Jogo de Sedução

NORA ROBERTS

Jogo de Sedução

TRADUÇÃO DE
FABIA VITIELLO

HARLEQUIN®

Rio de Janeiro, 2017

A Harlequin é um selo da HarperCollins Brasil.

Contatos:
Rua da Quitanda, 86, sala 218 – Centro – 20091-005
Rio de Janeiro – RJ
Tel.: (21) 3175-1030

CIP-BRASIL. CATALOGAÇÃO NA PUBLICAÇÃO
SINDICATO NACIONAL DOS EDITORES DE LIVROS, RJ

R549j
Roberts, Nora, 1950-
Jogo de sedução / Nora Roberts ; tradução Fabia Vitiello. – 1. ed. – Rio de Janeiro : Harlequin, 2017.
192 p.

Tradução de: Playing the odds
ISBN: 978-85-398-2434-2

1. Romance americano. I. Vitiello, Fabia. II. Título.

17-41432 CDD: 813
CDU: 821.111(73)-3

Os MacGregors

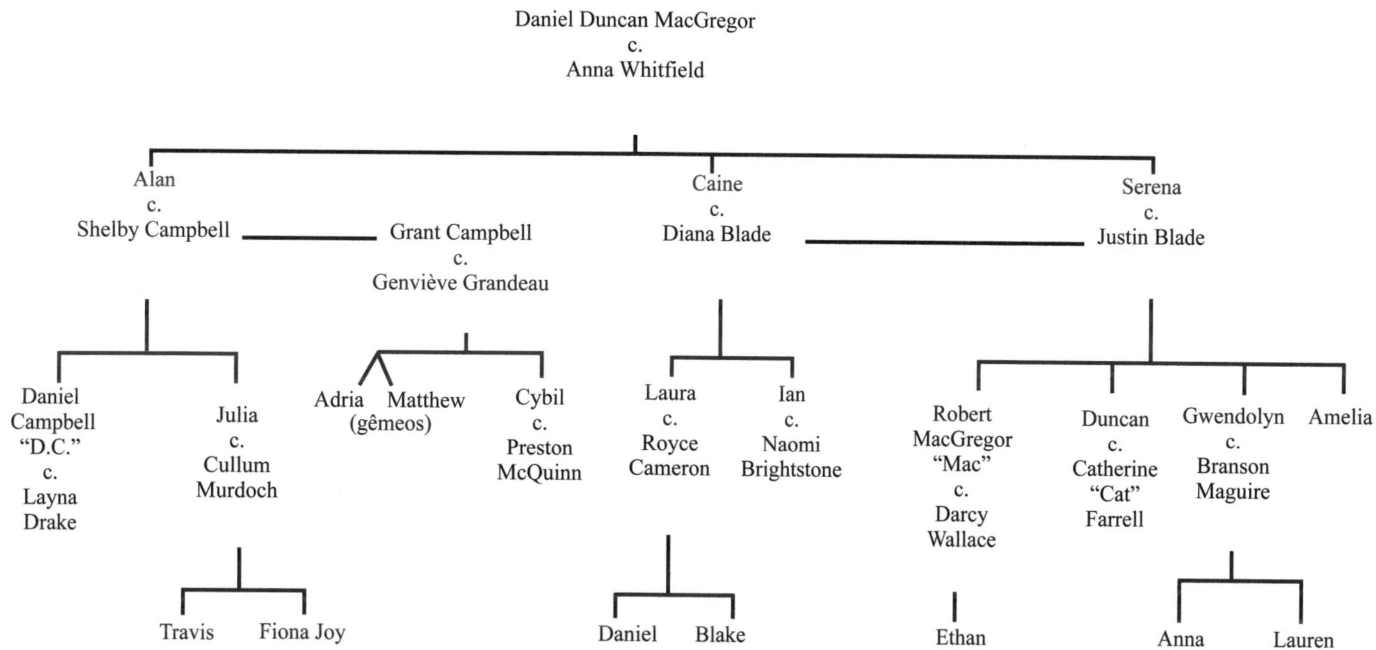

Capítulo 1

A CHEGADA DOS NOVOS PASSAGEIROS era sempre temperada por uma grande confusão, por mais barulho, e por uma pitada de pânico. Alguns já estavam exaustos do voo desde Miami, outros já estavam cheios de adrenalina por antecipação. O imenso navio branco de cruzeiro, o *Celebration*, aguardava no porto — uma promessa de diversão, descanso, romance. Ao atravessarem o passadiço, deixariam de ser contadores, subgerentes ou professores, e passariam a ser estimados passageiros, e poderiam ter certeza de que seriam alimentados, mimados e entretidos durante os dez dias seguintes. Era o que os panfletos garantiam.

Da balaustrada do convés Observação, Serena assistia à corrente humana. Daquela distância, podia apreciar o colorido e o som que nunca deixavam de ser novidade para ela, sem ser engolida pelo inevitável emaranhado de quinhentas pessoas tentando chegar ao mesmo lugar na mesma hora: os cozinheiros, barmen e camareiros, já no ritmo frenético de trabalho que continuaria, praticamente sem interrupção, pelos próximos dez dias. Mas ela tinha tempo. Podia observar o embarque.

Eram seus momentos ociosos, antes que o navio saísse do porto. Podia se lembrar de sua primeira experiência em um navio de cruzeiro. Tinha 8 anos, a caçula de três filhos do mago das finanças, Daniel MacGregor, e da dra. Anna Whitefield MacGregor. Tinham cabines na primeira classe, e o camareiro servia suco e pães quentes na cama para ela. Gostara daquilo tanto quanto gostava agora de sua minúscula cabine na ala da tripulação. Tudo era aventura para ela.

Serena também se lembrava do dia em que contou aos pais seus planos de se candidatar a um emprego no *Celebration*. O pai tinha bufado e resmungado sobre como ela estava jogando fora sua educação. Quanto mais ele bufava, mais forte ficava seu sotaque escocês. Uma mulher que havia se graduado na Smith com apenas 20 anos e então obtido diplomas de inglês, história e sociologia não servia para esfregar convés. Serena havia assegurado ao pai que essa não era sua intenção. Sua mãe tinha soltado uma gargalhada e dito ao marido que deixasse a filha em paz. E como, apesar de seu 1,90m e de seus cem quilos, Daniel MacGregor era incapaz de enfrentar aquelas que ele chamava de suas mulheres, ele a deixou em paz.

Então Serena conseguira o emprego e escapou de uma vida de anos e anos contínuos de estudo. Tinha trocado sua suíte de três cômodos na mansão da família em Hyannis Port por uma cabine do tamanho de um armário de vassouras com uma cama em um hotel flutuante. Nenhum de seus colegas de trabalho se importava com o seu QI ou com quantos diplomas tinha. Não sabiam que seu pai, se quisesse, poderia comprar a companhia de navegação e todos os navios. Ou que sua mãe era uma autoridade em cirurgia torácica. Não sabiam que seu irmão mais velho era um senador e o irmão mais novo, um procurador estadual. Quando olhavam para ela, eles viam Serena. E isso era tudo que ela queria.

Serena ergueu a cabeça e deixou o vento brincar com seus cabelos. Os fios dançaram com a brisa, uma massa loira de um tom dourado só visto em pinturas antigas. Ela tinha as maçãs do rosto altas e um queixo marcado, decidido. Sua pele se recusava a ficar bronzeada, mantendo um tom delicado de pêssego que contrastava com o azul-violeta dos olhos. Seu pai dizia que eram roxos; alguns românticos diziam que eram violeta. Serena teimosamente insistia que eram azuis. Seus olhos atraíam os homens pela cor singular, ela os atraía por transpirar uma sensualidade elegante, sem ao menos se dar conta disso. Mas não estava muito interessada neles.

Sendo bem objetiva, Serena achava que um homem capaz de se apaixonar por cores de olhos era um tolo. Afinal, era só uma questão de genética que pouco ou nada tinha a ver com ela pessoalmente. Ouvira elogios a seus olhos por 26 anos com certa perplexidade, ainda que indiferente a eles. Havia um pequeno retrato da mãe de sua bisavó na biblioteca do pai, outra Serena. Se alguém tivesse perguntado, teria explicado o processo genético que resultou na semelhança entre elas, indo desde a estrutura óssea até a cor dos olhos — e o famoso temperamento. Mas, em geral, os homens que Serena encontrou não estavam interessados em explicações científicas, e ela não estava interessada neles.

Lá embaixo, a multidão subindo pelo passadiço estava diminuindo. Logo a banda de calipso começaria a tocar no convés Lido, para distrair os passageiros enquanto o navio se preparava para zarpar. Serena gostaria de ficar ali ouvindo a música metálica e rítmica e as risadas. Haveria um bufê com mais comida do que as mais de mil pessoas poderiam comer, bebidas exóticas, e animação. Logo as balaustradas estariam cheias de gente em busca daquela última vista do porto antes que só restasse o mar aberto.

Melancólica, viu os últimos retardatários subirem a bordo. Era o último cruzeiro da estação. Quando voltassem a Miami, o *Celebration* ficaria na doca seca por dois meses. Quando pudesse navegar novamente, Serena não estaria a bordo. Tinha decidido que era hora de seguir em frente. Ao aceitar o emprego no navio estava procurando uma coisa: libertar-se de anos de estudos, das expectativas da família, de sua própria inquietação. Sabia que tinha conseguido alguma coisa no ano em que passara sozinha. Serena tinha encontrado a independência que sempre buscou, e tinha escapado do destino que tantas de suas colegas de faculdade estavam lutando para alcançar: um bom casamento.

Mas ainda assim, apesar de ter encontrado liberdade e independência, não tinha encontrado o ingrediente mais importante: o objetivo. O que Serena MacGregor queria fazer com o resto de sua vida? Ela não queria a carreira política que seus dois irmãos tinham escolhido. Não queria dar aulas. Queria adrenalina e desafios, e não mais procurá-los em uma sala de aula. Só tinha respostas negativas, mas o que quer que fosse preencher o resto de sua vida, sabia que não o encontraria flutuando eternamente pelas Bahamas.

"Hora de desembarcar, Rena", disse para si mesma com um sorriso inesperado. A próxima aventura está sempre logo ali esperando por você. Não saber o que era só tornava a busca mais intrigante.

A sirene tocou pela primeira vez, um grito alto e longo. Afastando-se da borda, Serena foi para sua cabine se trocar.

Trinta minutos depois ela entrou no cassino do navio vestindo o uniforme, um smoking adaptado. Tinha amarrado o cabelo em um coque folgado sobre a nuca para que não caísse sobre o rosto. Suas mãos logo estariam muito ocupadas para poder ajeitar o cabelo.

Os lustres iluminavam o tapete *art déco* vermelho e dourado. Longas janelas arredondadas permitiam ver o convés envidraçado Promedade e uma faixa verde-azulada de mar. As outras paredes estavam cobertas de caça-níqueis, silenciosas como soldados à espera de um ataque. Arrumando a gravata-borboleta, que ela nunca conseguia deixar arrumada, Serena atravessou o salão em direção a seu supervisor. Como qualquer marinheiro, ela sequer notou o navio se movendo sob seus pés.

— Serena MacGregor se apresentando para o serviço, senhor — disse ela, com firmeza.

Virando-se, prancheta na mão, ele a olhou de alto a baixo. Dale Zimmerman tinha em torno de 1,80m e um corpo de boxeador peso-leve. Tinha um rosto bonito com uma pele perfeita, sempre bronzeado, algumas rugas nos cantos dos olhos e cabelos encaracolados clareados pelo sol. Fazia questão de promover sua fama de ser um amante maravilhoso. Depois de inspecionar Serena rapidamente, sorriu.

— Rena, você nunca consegue arrumar isso direito? — Colocando a prancheta sob o braço, Dale arrumou a gravata dela.

— Eu gosto de deixar alguma coisa para você fazer.

— Sabe, amada, se você está mesmo decidida a se demitir depois desta viagem, vai ser a sua última chance de conhecer o paraíso. — Ele arrumou a gravata e ergueu os olhos, sorrindo para ela.

Serena levantou uma sobrancelha. O que tinha começado um ano antes como uma perseguição incessante da parte de Dale evoluíra para uma brincadeira bem-humorada sobre a recusa de Serena em ir para cama com ele. Tinham se tornado, mais para a surpresa dele, amigos.

— Vou odiar ter perdido a chance — disse Serena, com um suspiro. — A ruivinha da Dakota do Sul foi para casa feliz? — perguntou ela, com um sorriso inocente.

Dale semicerrou os olhos.

— Alguém já disse que você vê demais?

— O tempo todo. Qual a minha mesa?

— Você está na 2. — Apanhando um cigarro, ele o acendeu enquanto Serena se afastava. Se há um ano alguém lhe dissesse que uma garota de classe como Serena MacGregor não só resistiria ao seu charme, como também acabaria despertando sentimentos fraternais nele, Dale recomendaria um bom psiquiatra. Ele balançou a cabeça e voltou à prancheta. Iria se arrepender de perdê-la, pensou Dale, e não apenas por causa de seus sentimentos por ela. Serena era uma das melhores carteadoras de blackjack que ele tinha.

Havia oito mesas de blackjack espalhadas pelo cassino. Serena e os outros sete carteadores se revezariam nas mesas pelo resto da tarde e noite adentro, com apenas um pequeno intervalo para jantar. A menos que o jogo estivesse fraco, o cassino ficaria aberto até às 2h. Se a frequência estivesse alta, algumas mesas poderiam ficar abertas até às 3h. A primeira regra era dar aos passageiros o que eles quisessem.

Outros homens e mulheres de smoking estavam se encaminhando para suas mesas. Na mesa 2, ao lado de Serena, estava o jovem italiano que tinha acabado de ser promovido a crupiê. Serena sorriu para ele, lembrando-se que Dale havia pedido que ela tomasse conta dele.

— Divirta-se, Tony — disse ela, observando a multidão que já estava esperando do lado de fora das portas de vidro. E, sempre atenta, ela pensou com seus botões, enquanto Dale dava o sinal para abrir as portas: — Vai ser uma longa noite.

Os passageiros começaram a entrar. Não aos poucos. Raramente eles entravam aos poucos no primeiro dia. A multidão diminuiria durante a hora do jantar, então voltaria a aumentar até depois da meia-noite. A roupa era casual — bermudas, calças jeans, chinelos —, o uniforme do apostador da noite. Quando as portas se abriram, Serena pôde ouvir os sons das máquinas de jogos já em ação no convés Promedade. Um som que foi rapidamente abafado pelo ruído constante dos caça-níqueis.

Ela sabia diferenciar os apostadores dos "jogadores" e os jogadores dos "observadores". Em qualquer grupo de passageiros havia um pouco de cada tipo. Haveria sempre os que nunca tinham pisado em um cassino. Eles simplesmente passeavam pelo salão, atraídos pelo barulho e pelas cores das mesas e máquinas, até uma hora acabarem trocando suas notas por moedas para os caça-níqueis.

Havia os que vinham pela diversão, sem se importar se perdiam ou ganhavam. Estes eram os jogadores — estavam ali pelo jogo. Demorava algum tempo até o observador se tornar um jogador. Eles gritavam quando ganhavam e gemiam quando perdiam, tinham mais ou menos as mesmas reações dos viciados em jogos eletrônicos.

Mas sempre havia os apostadores. Eles assombravam o cassino durante a viagem, transformavam a balança entre ganhar e perder em uma arte — ou em uma obsessão. Não tinham características físicas específicas e nem se vestiam todos da mesma forma. A aura do jogador inveterado podia ser vista tanto na vovozinha da pequena cidade do interior quanto no executivo da avenida Madison. Quando as mesas começaram a encher, Serena os categorizou. Ela sorriu para as cinco pessoas que tinham escolhido sua mesa e abriu quatro baralhos novos.

— Bem-vindos a bordo — disse ela, e começou a embaralhar as cartas.

Em menos de uma hora, o aroma do jogo veio à tona. Ele se misturava à fumaça e ao toque de suor que flutuavam pelo cassino. Era um aroma inebriante, tentador. Serena sempre se perguntava se o que atraía as pessoas não era aquele cheiro, mais que as luzes ou o pano verde. O aroma, o barulho das moedas e alavancas sendo acionadas nos caça-níqueis. Serena nunca jogava nas máquinas, talvez por ter consciência de sua veia apostadora. Há muito tempo decidira não se arriscar a menos que as probabilidades estivessem a seu favor.

Durante seu primeiro turno, mudou de mesa a cada trinta minutos, circulando lentamente em volta do salão. Depois do intervalo para jantar, ela começou de novo. O cassino ficava mais cheio após o pôr do sol. As mesas ficavam lotadas e a roleta rodava sem parar. As roupas se tornavam mais elegantes, como se apostar à noite exigisse mais glamour.

Como as cartas e as pessoas sempre mudavam, Serena nunca se entediava. Escolhera o emprego para conhecer gente — não apenas pessoas vindas de famílias importantes como as que conhecera na faculdade, mas pessoas de vários tipos. No momento havia um texano, dois nova-iorquinos, um coreano e um georgiano em sua mesa, e identificou cada um deles pelo sotaque. Isso era parte do jogo para ela, tanto quanto as cartas que deslizava pelo pano verde da mesa. Nunca se cansava disso.

Serena deu a segunda carta, olhou sua carta oculta e ficou satisfeita com um 18. O primeiro nova-iorquino pediu uma carta, contou sua mão e gemeu insatisfeito. Balançando a cabeça, indicou que não queria outra carta. O coreano estourou com seu 22 e levantou-se da mesa resmungando. A segunda nova-iorquina, uma loira discreta em um vestido preto justo, parou com um 9 e uma dama.

— Eu quero uma carta — disse o homem da Georgia. Ele contou 18, olhou para Serena com um ar pensativo e parou.

O homem do Texas demorou um tempo pensando. Ele tinha 14 e não gostava do 8 que a mão de Serena mostrava. Considerando as probabilidades, coçou o queixo, bebeu um gole de bourbon, e então fez um gesto pedindo uma nova carta. Serena deu a ele a nova carta, um tanto alta, um 9.

— Querida — disse ele, inclinando-se sobre a mesa —, você é bonita demais para tirar o dinheiro de um homem desse jeito.

— Desculpe. — Com um sorriso, ela abriu sua carta oculta. — Dezoito — anunciou antes de pagar as apostas.

Serena viu a nota de cem dólares sobre a mesa antes de perceber que alguém tinha se sentado no banco outrora ocupado pelo coreano. Erguendo o olhar, encontrou um par de olhos verdes — frios, rasos, diretos. Ela encarou o homem, como que presa naquele instante de contato visual, incapaz de ver qualquer outra coisa. Um verde frio, acinzentado nas bordas da íris. Algo a fez sentir um frio glacial no estômago. Forçando-se a piscar, Serena examinou o homem.

Ele tinha o rosto magro de um aristocrata, mas aquele homem não era um príncipe. Serena pressentiu isso imediatamente. Talvez pela boca longa e séria, ou as sobrancelhas negras e grossas. Ou talvez tenha sido apenas algum alarme interno soando em sua cabeça. Um líder, sim, mas não da realeza. Esse era o tipo de homem que planejava e levava a cabo golpes implacáveis. Seus cabelos grossos e negros cobriam suas orelhas e desciam até o colarinho de sua camisa de seda branca. A pele lisa e retesada que cobria os ossos alongados de seu rosto era bronzeada como a de Dale, mas não pareceu a Serena que ele se preocupava com o tom exato, como seu supervisor. Esse homem encarava os elementos sem pensar na moda.

Ele não caiu no banco como o texano e nem esticou as pernas despreocupadamente como o homem da Georgia, mas sentou-se como um gato atento e paciente, sempre pronto para dar o bote. Foi só quando ele ergueu levemente uma sobrancelha que Serena percebeu que estivera encarando o homem por algum tempo.

— Trocando cem dólares — disse ela rápido, aborrecida consigo mesma. Em movimentos precisos, inseriu a nota em uma abertura na mesa e contou as fichas. As apostas foram feitas e Serena deu as cartas.

O homem de Nova York olhou para o 10 na frente de Serena, para seu 14 na mesa e pediu outra carta. E estourou. O novo jogador parou 15, avisando com um gesto de mão. Ela estourou a outra nova-iorquina e o georgiano, e o texano parou no 19. Serena colocou um 3 sobre seu 10, então tirou um 2, e estourou em 23 com a carta seguinte. O homem com cara de perigoso acendeu um cigarro fino e continuou a jogar em silêncio. Serena já sabia que ele era um apostador.

Seu nome era Justin Blade. Seus ancestrais tinham montado cavalos velozes e caçado com arco e flecha. Serena acertara sobre a aristocracia, apesar de ele não ter nascido na realeza. Parte de sua família vinha de imigrantes franceses pobres, mais alguns mineiros galeses. O resto era comanche.

Ele nunca tinha morado em uma reserva, e apesar de sua infância ter sido pobre, estava bastante acostumado ao toque da seda sobre sua pele. Tão acostumado que, como os muito ricos, raramente o notava. Ganhara sua primeira partida nos fundos de um salão de bilhar, aos 15 anos. Nos vinte anos seguintes, entrara em jogos mais elegantes. Ele era, como Serena tinha percebido, um apostador. E já estava calculando as probabilidades.

Justin tinha entrado no cassino com a ideia de gastar algumas horas em um jogo calmo. Apostas pequenas, valores que podia se dar ao luxo de perder, eram relaxantes. Então ele a tinha visto. Seu olhar tinha passado por outras mulheres em vestidos de noite justos, pelo brilho do ouro e o faiscar das joias, e tinha encontrado a loira no smoking masculino. Tinha um pescoço esguio, acentuado pelo cabelo preso e pela gola pregueada da camisa, e um porte que anunciava uma educação refinada. Mas havia mais, algo que ele sentiu no peito, uma sexualidade à flor da pele que não exigia nenhum movimento, nenhuma palavra da parte dela. Era uma mulher que faria um homem implorar por.

Justin observava as mãos dela ao dar as cartas. Eram requintadas — esguias, com dedos longos e veias azuis delicadas logo abaixo da pele alva. Suas unhas eram ovais e perfeitas, com um brilho de esmalte transparente. Mãos feitas para lidar com xícaras de chá frágeis e doces franceses. O tipo de mãos que um homem dava qualquer coisa para sentir sobre a pele.

Tirando os olhos das mãos dela, Justin a encarou. Franzindo levemente as sobrancelhas, ela o encarou de volta. Por que será, ela pensava, que este homem moreno e silencioso a deixava tão desconfortável, mas ao mesmo tempo tão curiosa? Ele não dissera uma palavra desde que se sentara à mesa

— nem para ela nem para qualquer outro jogador à mesa. Apesar de estar ganhando com a firmeza de um profissional, ele não parecia estar se divertindo. Na verdade, ele sequer parecia estar prestando atenção no jogo. Tudo que ele fazia era encarar Serena com a mesma expressão calma e atenta.

— Quinze — disse Serena, calmamente, apontando para as cartas à frente dele. Justin assentiu, pedindo uma nova carta, e recebeu um 6 sem mudar um milímetro a expressão.

— Porra, filho, que sorte você tem — disse o texano, brincalhão. Dando uma olhada em sua pequena pilha de fichas restantes, fez uma careta. — Que bom que alguém tem sorte. — Ele soltou um chiado quando Serena tirou para ela uma carta que estourou sua mão em 22.

Tirando 20 para a casa, ela recolheu as fichas e então deslizou duas fichas de 25 dólares para Justin. Os dedos dele cobriram os dela sobre as fichas. O toque era leve, mas potente o suficiente para fazer seus olhos cruzarem com os dele. Encarando-a, Justin não fez nenhum movimento para retirar a mão. Ele não apertava a mão dela como se estivesse flertando, mas Serena sentiu uma resposta em si mesma, como se fossem seus corpos colados, não suas mãos. Recuperando o controle, ele recolheu a mão de volta para o seu lado da mesa, devagar.

— Novo carteador — anunciou Serena calmamente, notando aliviada que seu turno naquela mesa tinha terminado. — Tenham uma boa noite. — Ela foi para a mesa seguinte, jurando não olhar para trás. Claro que olhou, e seus olhos se viram presos nos dele.

Enfurecida, permitiu-se sacudir a cabeça de leve. Seu rosto assumiu uma expressão de desafio. Pela primeira vez naquela noite viu aquela longa boca se curvar em um sorriso lento — um sorriso que quase não mudava os traços do rosto dele. Justin inclinou a cabeça, como que aceitando o desafio. Serena virou as costas para ele.

— Boa noite — disse ela com uma voz clara para o novo grupo de jogadores.

A Lua ainda estava alta, criando uma faixa de luz sobre a água escura. Da amurada, Serena podia distinguir as pontas brancas das ondas enquanto o navio cortava o mar agitado. Passava das 2h, e o convés estava deserto. Gostava dessa hora, quando os passageiros tinham ido dormir e a tripulação ainda não começara o turno da manhã. Estava sozinha com o mar e o vento e podia se imaginar em qualquer época que escolhesse.

Serena respirou profundamente, inalando o aroma do sal e da noite. Estariam em Nassau logo após o amanhecer, e enquanto o navio estivesse no porto o cassino ficaria fechado. Teria a manhã livre para fazer o que quisesse. Preferia a noite.

Pensou nas horas anteriores, no apostador silencioso que havia se sentado à sua mesa, ganhando e observando. Considerou que aquele era um homem que as mulheres notariam, mas não se surpreendia que estivesse sozinho. Um homem solitário, Serena devaneou, e estranhamente charmoso. Atraente, admitiu enquanto se inclinava para deixar o vento bater em seu rosto. Atraente de uma forma perigosa. Mas era parte de sua natureza encarar o perigo como um desafio. Riscos podiam ser calculados, porcentagens medidas, e ainda assim... E ainda assim Serena não achava que aquele homem seguiria o caminho seguro da teoria.

— A noite combina com você.

Os dedos de Serena agarraram a amurada. Apesar de nunca tê-lo ouvido falar, apesar de sequer o ter ouvido se aproximar, sabia quem estava parado atrás dela. Precisou se esforçar para não suspirar e rodopiar imediatamente na direção dele. Seu coração disparou ao virar para vê-lo sair das sombras. Querendo manter a voz firme, ela se deu um momento, esperando que ele viesse até o lado dela na amurada.

— Sua sorte se manteve por toda a noite? — perguntou ela.

Justin continuou a encará-la.

— Aparentemente sim.

Serena tentou, sem sucesso, determinar a origem dele pelo sotaque. A voz era profunda e suave, sem nenhuma inflexão.

— Você é muito bom — afirmou. — Não recebemos profissionais no cassino com muita frequência. — Um pequeno traço de humor pareceu cruzar seus olhos antes que ele apanhasse e acendesse um cigarro. A fumaça manchou o ar e depois desapareceu no vento. Serena soltou os dedos na amurada, um de cada vez. — Está gostando da viagem?

— Mais do que esperava. — Ele deu um longo trago, com ar pensativo. — E você?

Serena sorriu.

— É meu trabalho.

Justin segurou-se à amurada, sua mão ao lado da dela.

— Isso não é uma resposta, Serena — disse ele.

Já que seu nome estava no crachá em sua lapela, ela só ergueu uma sobrancelha ao ouvi-lo usar seu nome.

— Eu gosto, senhor...

— Blade — disse ele, contornando o rosto dela com a ponta dos dedos. — Justin Blade. Não esqueça.

Serena se recusou a recuar, apesar da resposta trovejante de seu corpo ao toque dele tê-la pego de surpresa. Em vez disso, ela o encarou com firmeza.

— Tenho boa memória.

Com uma sugestão de sorriso, ele assentiu.

— Sim, por isso você é uma boa carteadora. Há quanto tempo trabalha com isso?

— Um ano. — Apesar de Justin ter afastado a mão, o sangue dela continuava quente.

Surpreso, Justin deu uma última baforada no cigarro e o apagou com o pé.

— Eu imaginei que fazia isso há mais tempo pelo modo como manuseia as cartas. — Tomando a mão dela, ele estudou as costas, então virou-a para olhar a palma. Macia, pensou, e firme. Combinação interessante. — O que você fazia antes?

Apesar de seu cérebro estar dizendo que seria mais sábio recuar, Serena deixou sua mão ficar na dele. Sentiu a força e a habilidade do toque, apesar de não estar exatamente segura sobre como essa sensação devesse parecer.

— Eu estudava.

— O quê?

— O que quer que me despertasse o interesse. O que você faz?

— O que quer que me interesse.

Serena riu, um som baixo e abafado que perpassou sua pele.

— De alguma forma sei que o senhor quer dizer exatamente isso, sr. Blade. — Ela começou a puxar a mão, mas ele a segurou.

— Sim — murmurou ele. — É Justin, Serena. — Os olhos dele percorreram o convés deserto e o mar escuro e infindável. — Este não é o lugar para formalidades.

Seu bom senso dizia para ela tomar cuidado; seu instinto queria provocá-lo.

— Há regras para o modo como a tripulação deve se dirigir aos passageiros, sr. Blade — disse Serena, de forma fria. — Eu preciso da minha mão.

Quando ele sorriu, a luz da lua brilhou em seus olhos, como nos olhos de um gato.

— Eu também. — Puxando a mão dela, ele pressionou os lábios contra o centro da palma. Serena sentiu o choque do beijo em todos os seus poros. — E eu pego o que preciso — murmurou ele em sua pele.

Sua respiração tinha acelerado sem que ela se desse conta. No convés escuro e vazio, Justin era pouco mais que uma sombra com uma voz doce como o mel e olhos perigosos. Sentindo seu corpo ansiar por ele, Serena se controlou com uma pequena dose de irritação.

— Não dessa vez. Eu vou entrar, está tarde.

Segurando firme sua mão, Justin soltou, com a outra mão, as fivelas do cabelo dela. Enquanto os cabelos caíam sobre os ombros dela, ele jogou as fivelas no mar. Abismada com a audácia, Serena o encarou.

— Está tarde — concordou ele, deslizando os dedos desde a raiz até a ponta da cabeleira dela. — Mas você é uma mulher para as horas escuras. Soube disso no primeiro momento em que a vi. — Com um movimento que foi ao mesmo tempo muito rápido e muito suave para ser medido, ele deixou Serena presa entre seu corpo e a amurada. O cabelo dela esvoaçava em direção ao mar, puxados pelo vento, sua pele à luz da lua parecia mármore. Justin descobriu que precisava de mais do que tinha imaginado.

— Sabe o que eu pensei? — contrapôs Serena, lutando para evitar que sua voz tremesse. — Eu pensei que você era grosso e inconveniente.

Ele deu uma risadinha baixa e rápida de alguém se divertindo.

— Parece que os dois estavam certos. Talvez você deva saber que eu quase me distraí do jogo imaginando qual seria o seu sabor.

Serena ficou paralisada. O único movimento vinha dos fios dourados dançando na frente de seus olhos. Ela ergueu o queixo; seus olhos tornaram-se sombrios com o desafio.

— Uma pena — disse ela baixo, enquanto seu punho se fechava. Passageiro ou não, decidiu, ia dar nele um soco rápido e forte, como seus irmãos tinham lhe ensinado.

— É raro que algo atrapalhe a minha concentração. — Enquanto falava, ele se aproximava. Serena ficou tensa. — Você tem os olhos de uma feiticeira. Eu sou um homem supersticioso.

— Arrogante — corrigiu Serena, imediatamente. — Supersticioso eu duvido.

Ela viu o sorriso nos olhos dele, seu rosto cobrindo todo o seu campo de visão.

— Não acredita em sorte, Serena?

— Sim. — E em um bom soco, ela acrescentou em silêncio. Ela sentiu os dedos dele entrando sob seus cabelos esvoaçantes, para se apoiarem em sua nuca. A boca dele desceu em direção à dela. De alguma forma, o tremular quente da respiração dele fez os lábios de Serena se abrirem e sua concentração se desvanecer.

Uma das mãos dele ainda segurava a dela, e Justin circulava um dedo sobre a palma, como que para lembrá-la do toque de seus lábios em sua pele. Lutando contra uma fraqueza cada vez mais intensa, Serena afastou o punho cerrado, apontando para o estômago dele, vulnerável e desavisado.

A cinco centímetros do alvo, seu punho foi capturado por uma das mãos firmes de Justin. Frustrada, Serena tentou se desvencilhar, apenas para ouvir a risadinha dele novamente.

— Seus olhos denunciam você — disse ele, mantendo-a parada. — Precisa treinar mais.

— Se você não me soltar, eu vou... — A ameaça morreu quando os lábios dele tocaram os dela. Não era um beijo, mas uma tentação. A língua dela surgiu para umedecer os lábios, como que se antecipando a algo perigosamente doce e estritamente proibido.

— Vai o quê? — sussurrou Justin, roçando sua boca na dela novamente com uma leveza que fazia o sangue ferver na cabeça dele. Queria devorá-la quase tanto quanto queria saboreá-la. Os lábios de Serena eram úmidos, e ela cheirava levemente a mar e verão. Como ela não respondeu, ele correu a língua pelos lábios dela, memorizando a forma enquanto absorvia o sabor e esperava.

Serena sentiu um prazer espesso e líquido se infiltrando nela. Suas pálpebras ficaram pesadas e se fecharam; seus músculos relaxaram. O punho cerrado ainda preso pela mão dele amoleceu. Pela primeira vez em sua lembrança, sua mente se esvaziou — uma folha em branco onde ele poderia ter escrito o que quisesse. Ela sentiu uma pequena dor de excitação quando ele mordiscou seu lábio inferior, e sua cabeça se encheu de novo. Mas não com pensamentos.

Seu corpo estava colado ao dela, esguio e rijo. A boca dele era macia, mais macia do que ela imaginava que a boca de um homem pudesse ser, como o roçar de seda fina contra a pele nua. Pairava entre eles um leve aroma de tabaco, algo denso e estrangeiro, e o cheiro dele, sem traço algum de colônia. Ele sussurrou seu nome de uma forma que ela nunca tinha ouvido. O navio oscilou, mas ele acompanhou o movimento facilmente e a puxou para mais perto. Sem pensar mais em resistir, Serena passou os braços por trás do pescoço dele, sua cabeça voltada para cima, receptiva.

Justin sentiu uma necessidade quase selvagem de atacar quando segurou os cabelos dela em sua mão.

— Abra os olhos — ordenou ele. Enquanto a observava, as pálpebras pesadas se abriram, revelando olhos enevoados de prazer. — Olhe para mim quando eu beijar você — murmurou ele.

E então sua boca esmagou a dela, implacável, devoradora. Ele podia ouvir seu coração explodindo no peito enquanto se afundava mais nela. Descobriu gostos, sabores sem fim nos lugares que explorava. A língua dela respondia com a mesma urgência. Seus olhos eram pequenas ranhuras, enquanto ele olhava o prazer nos dela se fundir em paixão e depois ficarem vazios. Com um gemido, elas os fechou e a visão dele se embaralhou também.

Serena sentiu o desejo tomá-la como se tivesse garras. Vontades, necessidades, segredos, tudo exposto em numa tumultuosa explosão. Mesmo faminta para realizar todos, sabia que aquele era um homem que podia deixá-la nua até a alma. E ela não sabia nada sobre ele. Assustada, lutou para se soltar, mas ele a segurou firme, mantendo seus lábios colados até que tivesse terminado. Em alguma parte sã de seu cérebro, Serena percebeu que ele iria sempre pegar o que desejasse sem se preocupar com a vontade do outro.

Quando ele a soltou, Serena demorou alguns instantes para recuperar o fôlego. Justin a encarava, com aquela estranha habilidade que tinha de se manter completamente imóvel e em silêncio. Não havia como ler alguma coisa em seus olhos. Como costumava fazer quando ficava na defensiva, Serena transformou seu medo em raiva.

— Se você ler seu panfleto, vai ver que sua passagem não inclui pegar quem você quiser da tripulação.

— Certas coisas não têm preço, Serena.

Algo em seu tom de voz a fez tremer. Era como se ele já tivesse colocado sua marca nela, uma marca que não conseguiria apagar facilmente. Serena se afastou, para a sombra.

— Fique longe de mim — advertiu ela.

Justin se apoiou na amurada, mantendo o olhar em sua silhueta.

— Não — disse ele, suavemente. — Eu já dei as cartas e as probabilidades são sempre a favor da casa.

— Bem, não estou interessada — sibilou ela. — Então me esqueça.

Ela se virou e desceu as escadas que levavam ao convés inferior.

Colocando as mãos nos bolsos, Justin chacoalhou algumas moedas e sorriu.

— Sem chance.

Capítulo 2

SERENA VESTIU UMA BERMUDA CÁQUI e então se abaixou para procurar as sandálias debaixo da cama. De acordo com seus cálculos, a maioria dos passageiros que iria passar o dia em Nassau já tinha desembarcado. Havia pouca chance de ser pega no meio da aglomeração ou de precisar abrir caminho através dos motoristas de táxi e guias turísticos no cais. Já que seria sua última passagem por ali, queria brincar de turista e comprar algumas lembranças para a família. Praguejando sobre a sandália, que tinha ido se esconder no canto mais distante possível, esticou-se mais para baixo da cama.

— Depois de um ano morando em um armário, era de se esperar que eu já tivesse aprendido a manter as coisas no lugar — resmungou, recuperando a sandália.

Quando deitava na cama, podia tocar as duas paredes da cabine. Ao lado da cama sobravam cerca de sessenta centímetros, ocupados por uma minúscula mesa chumbada ao chão com um espelho, e por um pequeno compartimento que servia de armário. Sempre pensava que era uma sorte não ser claustrofóbica.

Ainda no chão, calçou as sandálias e começou a verificar o conteúdo da bolsa que ia levar. Uma carteira e óculos escuros. Bem, não conseguia pensar em nada mais de que precisasse. Pensou em perguntar aos outros carteadores se alguém queria ir com ela, mas rejeitou a ideia. Não estava no melhor dos humores, e qualquer um que a conhecesse rapidamente notaria, e talvez até adivinhasse a razão.

A última coisa que Serena queria era falar sobre Justin Blade. Na verdade, a última coisa que desejava era sequer *pensar* em Justin Blade, com seus olhos verdes e frios, sua boca sisuda e sua beleza implacável, pensou ela enquanto arrumava o boné de tênis cáqui sobre o cabelo.

Quando Serena percebeu que *estava* pensando nele, deixou a cabine com um humor ainda pior. São só mais nove dias, lembrou-se, ignorando o elevador e subindo as escadas. Podia aguentar qualquer coisa por nove dias.

Sorrindo, Serena se lembrou do vendedor de Detroit que tinha assombrado sua mesa por todo o cruzeiro na primavera anterior. Ele chegara ao ponto de segui-la até a ala da tripulação e tentar convencê-la a deixá-lo entrar em sua cabine. Ela se livrara dele dizendo que seu amante era o engenheiro chefe, um italiano moreno com um bíceps que parecia um bloco de cimento. O sorriso dela desapareceu. De alguma forma, não acreditava que a mesma tática pudesse funcionar com um homem como Justin Blade.

Conforme subia, o tapete puído do andar da tripulação transformou-se no vermelho e dourado vivos que cobria o resto do navio. Lustres ornamentados iluminavam os corredores, em vez das cúpulas de vidro simples dos andares inferiores. Ao chegar ao nível superior, trocou alguns cumprimentos com outros membros da tripulação ainda a bordo.

Dois homens estavam perfilados, um de cada lado do passadiço — um em um uniforme branco brilhante de primeiro oficial, o outro em roupas informais de cruzeiro. Como sempre, discutiam intensamente, mas sem agressões. Serena foi notada primeiro pelo diretor do cruzeiro, um inglês baixinho, com cabelos cor de areia e uma energia incansável. Ela piscou para ele e se colocou entre os dois.

— Qual diplomata pôs vocês dois juntos no passadiço? — perguntou ela, fingindo um suspiro. — Suponho que vou ter de servir de juiz novamente. O que foi agora?

— Rob diz que a sra. Dewalter é uma viúva rica — começou Jack, o inglês, em um tom sério. — Eu digo que ela é divorciada.

— Uma viúva — retrucou o primeiro oficial, cruzando os braços. — Uma linda viúva rica.

— Sra. Dewalter — disse Serena, tentando lembrar-se da pessoa.

— Alta — disse Jack. — Cabelos ruivos curtos e bem cortados.

— Meio malhada — acrescentou Rob.

— Com um ar burguês — continuou Jack, num tom brando, e então se dirigiu a Serena. — Um rosto meio andrógino.

— Certo — disse Serena, devagar, lembrando-se da mulher que tinha visto rapidamente no cassino na noite anterior. — Viúva ou divorciada? — perguntou, acostumada às discussões entre os dois homens. — Ela usava algum anel?

— Isso. — Rob respondeu a questão, sorrindo para o outro homem. — Ela usava anéis. Viúvas usam anéis.

— Viúvas e primeiros oficiais desmiolados — disse Jack, apontando com um olhar para o anel de sinete na mão de Rob.

— A questão é... — interrompeu Serena antes que Rob pudesse retorquir — que tipo de anel? Uma aliança de ouro? Uma pedra?

— Um enorme diamante do tamanho de um ovo de galinha — disse Rob, dando a Jack outro olhar de zombaria. — Viúva rica.

— Divorciada — discordou Serena, acabando com o entusiasmo do primeiro oficial. — Desculpe, mas se considerarmos as estatísticas, Rob, essa é a resposta mais provável. Diamantes grandes raramente são usados por seu valor sentimental. — Depois de acariciar o rosto de Rob para consolá-lo, ela bateu continência. — Permissão para desembarcar, senhor!

— Saia daqui. — Ele a empurrou de leve. — Vá comprar uma esteira.

— Exatamente o que planejo fazer. — Rindo, ela correu pelos degraus estreitos de metal até o cais.

O sol estava brilhando, o ar parecia úmido e ameno. Serena pechinchou com alguns garotos que viviam pelas docas, vendendo colares de conchas, e decidiu que talvez o dia pudesse não ser tão ruim. Tinha várias horas à disposição para fazer o que quisesse em um dos pontos turísticos mais lindos das Bahamas.

— Três dólares — disse a ela o menino negro de pernas finas, segurando vários colares de conchas escuras. Ele vestia apenas uma bermuda e um medalhão que estava enferrujando lentamente. Seu parceiro segurava um pequeno rádio portátil no ouvido, dançando ao som do reggae arranhado pela estática.

— Ora, você é um piratinha — disse Serena, bem-humorada. — Um dólar.

O menino sorriu, reconhecendo nela uma verdadeira negociante.

— Ah, minha linda — começou ele em sua voz aguda e cantada. — Se eu pudesse, eu daria o colar para você apenas por um sorriso, mas daí meu pai me daria uma surra.

Serena levantou a sobrancelha.

— Sim, eu vejo como você parece indefeso. Um dólar e vinte cinco centavos.

— Dois e cinquenta. Eu catei sozinho as conchas e fiz o colar à luz de velas.

Com uma risada, Serena negou com a cabeça.

— A próxima coisa que você vai me dizer é que você teve de lutar contra um bando de tubarões.

— Não tem tubarões perto da nossa ilha, minha senhora — disse ele com orgulho. — Dois dólares americanos.

— Um dólar americano e meio, porque eu gostei da sua criatividade. — Ela tirou a carteira da bolsa. O dinheiro estava fora das mãos dela e dentro do bolso dele em um piscar de olhos.

— Por você, linda senhora, eu me arrisco a levar uma surra.

Serena escolheu seu colar e então se viu dando ao menino mais 25 centavos.

— Pirata — murmurou quando ele sorriu para ela. Pendurando a bolsa no ombro, Serena começou a se afastar.

Foi quando o viu, parado sozinho no cais, atrás dela. Não ficou tão surpresa quanto achava que deveria ficar. De alguma forma, já sabia que o veria. Justin usava uma camiseta lisa bege, que contrastava com sua pele cor de bronze, e uma bermuda desbotada que acentuava suas coxas musculosas e seu corpo esguio. Apesar do sol forte, não usava óculos escuros ou qualquer outra proteção. Parecia não precisar. Enquanto Serena ainda estava decidindo se não devia simplesmente passar direto por ele, Justin veio em sua direção. Ele se movia suavemente, com a graça de um caçador — um homem, ela pensou sem nenhum motivo específico, que estava mais acostumado à areia ou à grama que ao asfalto.

— Bom dia. — Justin pegou sua mão como se esse encontro tivesse sido combinado.

— Bom dia — respondeu ela, fria, recusando-se a dar a ele a satisfação de afastar sua mão. — Você não se inscreveu em uma das excursões?

— Não. Eu não gosto de ser guiado. — Ele começou a andar em direção à cidade, puxando Serena pela mão.

Segurando a raiva, ela falou com uma voz falsamente gentil:

— Várias das excursões valem muito a pena. Elas realmente são a melhor maneira de conhecer a ilha no pouco tempo que passamos no porto.

— Você já esteve aqui — respondeu ele, rapidamente. — Por que não me mostra a ilha?

— Estou de folga — disse Serena, decidida. — E vou fazer compras.

— Ótimo. Já que você já começou — disse ele, olhando para o colar que ela ainda levava na mão —, para onde você quer ir agora?

Serena decidiu deixar de lado a diplomacia.

— Você pode me deixar em paz? Quero me divertir hoje.

— Eu também.

— Sozinha — disse ela, claramente.

Justin parou e se voltou para ela.

— Você conhece o costume dos americanos de ficarem juntos quando em solo estrangeiro? — perguntou ele, tomando o colar de sua mão e passando sobre a cabeça dela.

— Não — retrucou, desejando não estar com tanta vontade de sorrir.

— Eu explico enquanto damos um passeio de charrete.

— Eu vou fazer compras — recordou Serena, enquanto eles continuavam andando em direção à cidade.

— Depois do passeio você vai ter uma ideia melhor do que comprar e onde.

— Justin — ela sincronizou o passo com o dele, porque era melhor do que ser arrastada —, você alguma vez aceita "não" como resposta?

Ele pareceu pensar um pouco antes de balançar a cabeça.

— Não que eu me lembre.

— Achei mesmo que não — resmungou Serena, então parou, olhando de forma fria para ele.

— Está bem, vamos tentar de outro jeito. Cara, damos um passeio; coroa, você vai fazer compras. — Colocando a mão no bolso, ele tirou uma moeda.

— Provavelmente tem duas caras — disse Serena, olhando desconfiada para a moeda.

— Eu nunca trapaceio — disse Justin, solenemente, segurando a moeda entre o indicador e o polegar para que ela a verificasse.

Poderia se recusar e simplesmente ir embora, considerou Serena, mas ela se viu assentindo. As chances eram iguais. Com a destreza de um jogador profissional, Justin jogou a moeda girando-a no ar, apanhou-a de volta interrompendo sua queda, e virou-a nas costas da mão. Cara. De alguma forma, Serena já sabia qual seria o resultado.

— Nunca aposte contra a casa — resmungou Serena, subindo na charrete.

Quando o cavalo começou seu galope suave pela rua, Serena pensou em manter um silêncio digno — por uns trinta segundos. Como se conhecia bem, foi forçada a admitir que se não quisesse subir na charrete, não teria subido. Não sem fazer uma cena. Então, em vez de manter um silêncio digno, jogou a bolsa no chão da charrete, ignorando o charme da ruazinha estreita, e encarou seu acompanhante.

— O que você está fazendo aqui?

Ele passou um braço sobre a poltrona, seus dedos tocando o cabelo dela.

— Aproveitando o passeio.

— Sem dar uma de espertinho, Justin. Você queria minha companhia e a conseguiu, até que eu decida começar a gritar que estou sendo assaltada e pule da charrete.

Justin a olhou por um momento, primeiro com curiosidade, depois com admiração. Serena realmente faria isso. Ele deixou os dedos se apoiarem na nuca dela.

— O que você gostaria de saber?

— O que você está fazendo a bordo do *Celebration*? — perguntou, tentando ignorar o prazer que sentia ao toque dos dedos dele. — Você não parece o tipo de homem que embarca em um relaxante cruzeiro tropical.

— Um amigo me recomendou a viagem. Eu andava ansioso, ele me convenceu. — Seus dedos percorreram sua nuca novamente. — O que você está fazendo no *Celebration*?

— Dando cartas na mesa de blackjack.

Sua sobrancelha se ergueu diante da resposta dela.

— Por quê?

— Eu andava ansiosa. — Sem conseguir evitar, Serena sorriu.

O cocheiro começou seu monólogo sobre as atrações da ilha, mas notou que o casal só estava interessado um no outro. Ele estalou a língua para o cavalo e parou de falar.

— Certo, de onde você é? — perguntou Serena, procurando um lugar para começar. — Geralmente percebo de que região as pessoas vêm, mas não consigo colocar você em lugar nenhum.

Justin deu um sorriso enigmático.

— Eu viajo.

— Mas onde você cresceu? — insistiu Serena, cerrando os olhos ao receber aquela resposta evasiva.

— Nevada.

— Vegas — Serena assentiu. — Você passou algum tempo lá. Acho que é uma boa cidade para quem tem as habilidades certas. — Como ele apenas deu de ombros, Serena estudou seu perfil. — E como você ganha dinheiro? Apostando?

Justin virou a cabeça até seus olhos se encontrarem.

— Sim. Por quê?

— Havia apenas dois apostadores naquela mesa ontem à noite — disse Serena, pensativa. — Você e o homem da Georgia, mas ele era de um tipo mais moderado.

— E os outros? — perguntou Justin, de repente curioso.

— Ah, o texano só gosta do jogo, ele não pensa muito a respeito. A loira de Nova York acha que é uma apostadora. — O andar suave da charrete tinha um efeito calmante, Serena sorriu um pouco e relaxou. — Mas não consegue se lembrar das cartas e das probabilidades. Acaba errando a mão ou ganhando por pura sorte. O outro homem de Nova York segue as cartas, mas não sabe apostar. Você tem a concentração que diferencia o apostador do jogador.

— Uma teoria muito interessante — refletiu Justin. Com a ponta do dedo, empurrou os óculos escuros de Serena para a ponta do nariz dela, para poder olhar diretamente nos olhos dela. — Você joga, Serena?

— Depende do jogo e das probabilidades — disse ela, empurrando os óculos de volta. — Não gosto de perder. — Pela expressão nos olhos de Justin, percebeu que não estavam falando de cartas, mas de um jogo mais perigoso.

Sorrindo, ele se recostou, fazendo um gesto na direção de seu lado direito.

— Eles têm praias lindas aqui.

— Hmm.

Como se tivesse ensaiado, o cocheiro reiniciou seu texto, comentando as paisagens da ilha até voltarem ao ponto de partida.

Naquele instante as ruas estavam apinhadas de gente, na maioria turistas com sacolas de compras abarrotadas e câmeras. Havia uma fileira de pequenas lojas de cada lado da rua, algumas com as portas abertas, todas com as vitrines cheias.

— Bem, obrigada pelo passeio. — Serena começou a descer da charrete, mas Justin a pegou pela cintura com as duas mãos e ergueu-a um pouco no ar.

Ele a segurou alguns centímetros acima do chão por um momento, enquanto ela se equilibrava segurando em seus ombros. A leveza dela o surpreendeu, fazendo-o perceber que a tensão sexual e o seu estilo não tinham deixado que visse como ela era pequena. Seus dedos se tornaram subitamente gentis quando a colocou no chão.

— Obrigada! — conseguiu dizer Serena após limpar a garganta. — Divirta-se.

— Eu pretendo mesmo — disse ele, pegando-a pela mão novamente.

— Justin... — Serena respirou fundo. A hora tinha chegado, ela decidiu, de resistir bravamente. Aquele instante em que ele a manteve no ar tinha feito com que se lembrasse de quão idiota tinha sido em baixar a guarda, mesmo por um momento. — Eu fui passear de charrete, agora vou fazer compras.

— Ótimo. Eu vou com você.

— Estou procurando lembrancinhas, Justin — disse ela tentando fazê-lo mudar de ideia. — Você sabe, camisetas, caixas de palhinha. Você vai ficar entediado.

— Eu nunca fico entediado.

— Dessa vez você vai ficar — disse Serena enquanto ele começava a descer a rua ao seu lado, os dedos firmemente entrelaçados aos dela. — Garanto.

— Que tal cinzeiros com os dizeres "Bem-vindo a Nassau"? — sugeriu Justin, com gentileza.

Ela conteve uma gargalhada.

— Vou entrar aqui — declarou Serena, parando por impulso na primeira loja pela qual passaram. E, decidiu, entraria em todas as lojas da Bay Street até tirar Justin do sério.

Quando sua bolsa já estava cheia de chaveiros musicais, camisetas variadas e caixinhas decoradas com conchas, Serena tinha esquecido que desejava se livrar dele. Justin a fazia rir, a forma mais gentil de sedução. Para um homem que instintivamente classificara como um solitário, Justin era uma boa companhia. Logo Serena não apenas havia deixado de se ressentir de sua presença, como também tinha parado de se preocupar.

— Olha só! — Ela pegou um coco esculpido como uma cabeça sorridente.

— Elegante — afirmou Justin, girando a peça nas mãos.

— É ridículo, seu idiota. — Rindo, Serena tirou a carteira. — E perfeito para meu irmão. Caine também é ridículo... Bem, não o tempo todo — acrescentou, para ser exata.

Os corredores do mercado de artesanato estavam lotados de pessoas e produtos, mas não a ponto de impedir que Serena pudesse se desviar em busca de tesouros. Vendo uma imensa bolsa pendurada, ela apontou. Justin, sendo atencioso, a apanhou para ela.

— É quase tão grande quanto você — afirmou, quando ela a pegou das mãos dele.

— Não é para mim — murmurou Serena, estudando a bolsa com atenção. — Minha mãe costura; isso seria ideal para ela carregar o material dela.

— Feito à mão. — Serena baixou os olhos para a grande mulher sentada em uma cadeira de balanço, fumando um pequeno cachimbo marrom. — Por mim — acrescentou ela, batendo de leve em seus peitos generosos. — Nada feito em Hong Kong na minha barraca.

— Seu trabalho é lindo — disse Serena, apesar de já estar mais interessada na mulher que na bolsa.

Levantando um grande leque de folha de palmeira, a mulher assentiu majestosamente e começou a se abanar. Serena ficou fascinada ao notar que cada dedo tinha um anel.

— Você comprou algo bonito para sua mulher hoje? — perguntou a senhora a Justin, mostrando rapidamente os dentes brancos.

— Não, ainda não — respondeu Justin antes que Serena pudesse falar. — O que você sugere?

— Justin...

— Aqui. — A senhora interrompeu Serena, virando-se para pegar um tecido ao seu lado. Depois de alguns chiados e grunhidos, ela tirou uma túnica creme com um bordado de arco-íris nas extremidades. — Especial — disse a mulher a Justin, colocando a peça nas mãos dele. — Muito roxo aqui, como os olhos dela.

— Azuis — começou Serena —, e eu não sou...

— Vamos ver... — Justin estendeu a túnica na frente dela, estudando o resultado com os olhos semicerrados. — Sim, combina com você — decidiu.

— Veste isso para seu homem hoje à noite — aconselhou a mulher, já dobrando a peça e colocando em uma sacola. — Muito sexy.

— Excelente ideia — concordou Justin, contando o dinheiro.

— Espera um pouco. — Serena apontou para ele com a mão que ainda segurava a bolsa de palhinha. — Ele não é meu homem.

— Não é seu homem? — A mulher deu uma grande gargalhada, balançando para frente e para trás até a cadeira começar a ranger reclamando. — Querida, esse é seu homem, com certeza, você não pode enganar a sétima filha de uma sétima filha. Não pode. Você vai levar a bolsa também?

— Bem, eu... — Serena olhou para a bolsa de palhinha como se não tivesse ideia de como aquilo fora parar em sua mão.

— A bolsa também. — Justin separou mais notas. — Obrigado.

O dinheiro desapareceu na imensa mão da mulher, que continuava a balançar.

— Vocês se divirtam em nossa ilha.

— Espere aí...

Mas Justin já a estava puxando para fora.

— Você não pode discutir com a sétima filha de uma sétima filha, Serena. Nunca se sabe que praga ela poderia rogar em você.

— Bobagem — respondeu ela, mas olhou com cautela para trás, onde a mulher balançava. — E você não pode comprar roupas para mim, Justin. Eu nem conheço você.

— Já comprei.

— Bem, não deveria ter comprado. E você pagou a bolsa da minha mãe.

— Mande meus cumprimentos para sua mãe.

Ela suspirou enquanto os olhos se apertavam ao saírem de volta para a luz do dia.

— Você é um homem muito difícil.

— Aí está, vê? Você me conhece. — E pegou os óculos no topo da cabeça de Serena, e os colocou de volta nos olhos dela. — Com fome?

— Sim. — Os cantos de seus lábios se contraíram, e Serena desistiu de resistir e sorriu. — Sim, estou com fome.

Com seus olhos nos dela, Justin acariciou a palma da mão dela com a ponta do dedo, bem devagar.

— Que tal um piquenique na praia?

Não foi fácil ignorar o arrepio que corria pelo braço, mas ela conseguia manter a pose.

— Se você tivesse comida, e se você tivesse como nos levar até lá, e se você tivesse alguma bebida gelada local, eu poderia até me interessar.

— Alguma outra coisa? — perguntou Justin, parando e encostando-se ao capô de uma Mercedes.

— Agora não me veio mais nada à cabeça.

— Certo, então vamos. — Tirando as chaves do bolso, Justin deu a volta e destrancou a porta do passageiro do carro.

Com sua sacola pendurada pelos dedos, Serena o encarou.

— Você quer dizer que este é o seu carro?

— Não, este é o carro que eu aluguei. Tem um cooler no porta-malas. Você gosta de salada de frango?

Quando ele jogou as sacolas de compras no banco de trás, Serena pôs as mãos na cintura.

— Você confia mesmo no seu taco, não é?

— Só testando as probabilidades — alegou Justin, e a segurou suavemente pelo queixo, beijando de leve seus lábios. — Só testando as probabilidades.

Serena caiu no banco do passageiro, sem saber se admirava ou detestava a audácia dele.

— Eu bem queria saber que cartas ele esconde na manga — resmungou enquanto Justin dava a volta no carro para sentar-se ao lado dela.

Ela notou que ele dirigia como fazia todo o resto, com a facilidade arrogante de quem está no controle. Parecia acostumado a dirigir do lado esquerdo da estrada como se fizesse isso todos os dias.

Passaram sob as folhas arredondadas das amendoeiras, ao lado de densas videiras verdes, que em um mês estariam roxas. Mais próximo do mar, galhos cobertos pela flor laranja típica da ilha dançavam com a brisa. Serena não falou, e notou mais uma vez que Justin tinha uma capacidade estranhamente admirável de ficar em silêncio. Mas não era um silêncio tranquilizador, e sim provocante.

Enquanto passavam pelas graciosas casas de estilo colonial da elite local em direção às praias, ocorreu a ela que uma verdadeira tranquilidade não era algo a se esperar perto de um homem como Justin Blade. E então o contraponto veio rápido a sua mente, rápido até demais: tranquilidade era algo que ela raramente buscava.

Virando-se no banco, Serena trocou a beleza tropical de Nassau pelas formas atraentes e quase marciais de Justin. Um apostador, pensou. Um conhecido do navio. Serena tinha experiência demais com os dois tipos para esperar qualquer relacionamento mais sério ou duradouro. Ainda assim, achava que, se fosse cuidadosa, poderia aproveitar a companhia dele por alguns dias.

Que mal poderia haver em conhecê-lo melhor? Em passar algum do seu tempo livre com ele? Serena não era como alguns de seus colegas, que se apaixonavam e se desapaixonavam uns pelos outros, ou que se entregavam a um passageiro apenas para ficarem arrasados e desolados ao final do cruzeiro. Uma mulher que conseguiu manter o coração inteiro por 26 anos não ia perdê-lo em dez dias... Ia?

Justin se virou e a premiou com um de seus olhares sérios. Ela sentiu o coração disparar. Seria muito cuidadosa, decidiu Serena, como se estivesse andando por um campo minado.

— No que você está pensando?

— Em bombas — respondeu ela, maliciosamente. — Bombas mortais, camufladas. — Ela sorriu para ele, inocente. — Nós vamos comer logo? Estou morrendo de fome.

Depois de olhar para ela mais uma vez, Justin parou o carro no acostamento.

— Que tal aqui?

Serena contemplou a areia branca e o azul intenso do oceano.

— Perfeito.

Ao sair do carro, Serena respirou fundo, absorvendo o aroma de flores, mar e areia.

— Não costumo fazer isso. Quando o navio está atracado, em geral recupero o sono atrasado ou aproveito para ler. Ou tento mais uma vez ganhar um bronzeado no convés. Perdi a conta do número de vezes que estivemos ancorados nessa ilha.

— Você aceitou o emprego no navio para viajar? — Justin tirou um cooler de isopor e uma manta do porta-malas.

— Não, foi mais pelas pessoas. Eu queria descobrir quantos tipos diferentes de pessoas existem no mundo. — Serena tirou as sandálias para sentir a areia quente em seus pés. — Somos mais de quinhentos tripulantes, e apenas dez americanos. Você ficaria impressionado com a diversidade que pode encontrar aqui. É como uma ONU flutuante. — Pegando a manta presa sob o braço dele, Serena o abriu com um gesto brusco e deixou que ele se assentasse na areia. — Eu já dei cartas para pessoas de todos os continentes. — Ela se sentou com as pernas cruzadas em um lado da manta. — Vou sentir saudades disso.

— Saudades? — Justin se sentou ao seu lado. — Você vai se demitir?

Tirando o boné, Serena balançou os cabelos.

— Está na hora. Quero passar um tempo com a minha família antes de começar uma nova fase.

— Alguma ideia em mente?

— Eu estava pensando em um hotel-cassino. — Serena torceu os lábios, pensativa. Era um projeto que desejava discutir com seu pai em breve. Ele saberia a melhor forma de financiar o terreno e a construção.

— Você já tem experiência — disse Justin, imaginando que ela estava pensando em trabalhar como carteadora. — A única diferença é que estaria em terra firme. — Uma ideia surgiu em sua mente, mas ele achou melhor esperar antes de tocar no assunto. — Onde mora sua família?

— Hmm? Ah, em Massachusetts. — Ela olhou para o cooler. — Ei, trate de me alimentar.

Quando Justin abriu a tampa, ela notou que os guardanapos e os talheres eram do navio.

— Como você conseguiu essas coisas? — perguntou Serena. — A cozinha não permite fornecer comida para piqueniques.

— Eu os subornei — respondeu Justin, sem mais, e deu a ela uma coxa de galinha.

— Ah. — Serena de uma mordida. — Bem pensado. O que você trouxe para beber?

Como resposta, Justin pegou uma garrafa térmica e dois copos de plástico com o logo do navio.

— Como está a galinha?

— Excelente. Coma. — Ela aceitou o copo com um líquido rosa-escuro que ele lhe deu e tomou um pequeno gole. Era um coquetel de frutas misturado com o rum fabricado na ilha. — Ops, a especialidade do *Celebration*. Ela olhou desconfiada para o copo. — Normalmente evito chegar a menos de um metro de um desses.

— Você está de folga e em terra — lembrou-a Justin, pegando um pedaço de galinha do cooler.

— E eu quero voltar dela inteira — murmurou Serena.

Por algum tempo ela se concentrou na galinha e no prazer de não ter nada para fazer a não ser sentir a brisa do oceano.

— Eu pensava que as praias estariam mais cheias — comentou Justin.

— É. — Serena assentiu, bebendo mais um gole. — A maioria dos turistas que não está fazendo compras está em excursões guiadas ou mergulhando do outro lado da ilha. E também estamos na baixa temporada. — Ela gesticulou com o osso de galinha, antes de jogá-lo no guardanapo. — As praias não são tão tranquilas na alta temporada. Mas também tem muito mais o que ver e fazer em Nassau além de nadar e tomar sol.

— Hum. — Ele a viu tirando um pouco de areia da coxa. — Foi o que nosso cocheiro disse.

— Estranho você não ter pegado a balsa para a ilha Paradise, para passar o dia nos cassinos de lá.

— Você achou estranho? — Justin se inclinou e colocou a mão no cabelo dela. — Não é o único jogo disponível.

Justin roçou seus lábios nos dela, com a intenção de dar um beijo leve, provocante. Mas a intenção foi para o espaço quando ele sentiu o gosto quente e denso dela.

— Como foi que me esqueci do quanto desejo você? — murmurou, e então abafou a resposta dela com um movimento decidido, irresistível.

Sua língua deslizou entre os lábios que ele abriu com facilidade, enquanto pressionava as costas dela contra a manta. Sentindo os músculos rígidos do corpo de Justin contra o dela, Serena ensaiou reclamar, mas seus braços já estavam em volta dele, puxando-o para mais perto, sua boca já buscava e respondia ávida à dele.

Raios de sol atravessavam as folhas da palmeira sob a qual eles estavam deitados, fazendo a luz dançar sobre as pálpebras cerradas de Serena, até que só houvesse uma névoa avermelhada diante de seus olhos. Ele a beijou como ela nunca tinha sido beijada, com lábios, dentes e língua, mordiscando e devorando, seduzindo e possuindo. Bocas coladas formando um gosto mais forte do que o do rum que tinham provado.

Uma gaivota alçou voo em direção ao mar com um grito longo e agudo que nenhum dos dois ouviu, e com um rápido movimento de asas desapareceu como se nunca tivesse estado ali. Quando Justin correu as mãos por seus braços, Serena sentiu aquele toque em cada centímetro de seu corpo. Seus seios se endureceram, suas coxas tremeram. Querendo transformar o imaginário em real, ela gemeu e se mexeu debaixo dele, em um convite.

Descolando sua boca da dela, Justin colocou os lábios sobre o pescoço de Serena, lutando para se manter dentro dos limites da razão. Ele a queria, queria sentir aquela pele macia ficar quente e úmida sob seus dedos. Queria tocar cada curva sutil, cada reentrância, sentir cada pulsação e saborear, saborear até que ambos estivessem fora de si.

O desejo se agarrava a ele com uma nitidez que Justin nunca tinha experimentado, enquanto as mãos dela se moviam por suas costas, pressionando e massageando, fazendo com que ele tivesse que lutar para se lembrar de que não estavam sozinhos em um quarto escuro e silencioso. Alguma mulher já o levara tão longe com apenas um beijo? Justin só podia pensar em quão longe Serena o levaria quando pudesse tê-la inteira.

Mordendo e chupando, ele moveu sua boca até o ouvido dela.

— Volte comigo agora, Serena. — Ele lambeu o lóbulo antes de segurá-lo com os dentes. — Volte comigo para minha cabine. Eu quero você.

As palavras dele pareciam flutuar em sua consciência, quase desaparecendo antes que o significado delas conseguisse abrir caminho naquela paixão.

— Não. — Ouvindo seu próprio protesto débil, Serena lutou para se recompor. — Não — repetiu ela, se afastando dele. Sentando-se, ela abraçou os joelhos até que sua respiração voltasse ao normal. — Não — disse pela terceira vez. — Você não tem o direito de... de...

— Do quê? — perguntou Justin, segurando o rosto dela entre suas mãos e virando-o para ele. — De desejar você ou de fazer você ver que me deseja também?

Seus olhos não estavam frios agora, mas faiscantes, irritados. Serena se lembrou da primeira impressão que Justin lhe passou, de ser grosseiro e malvado, então conteve um tremor antes de empurrar as mãos dele para longe.

— Não me diga o que eu desejo — disse ela. — Se você está interessado em uma paixãozinha de viagem, vá procurar outra pessoa. Não vai ser difícil encontrar alguém. — Ficando em pé de repente, ela começou a andar furiosamente em direção ao mar. Justin a pegou pelo braço e fez com que se voltasse em sua direção.

— E não me diga no que eu estou interessado — ordenou ele, ríspido. — Você sequer sabia onde estávamos. Eu poderia ter tido você toda em uma praia pública à luz do dia.

— É mesmo? — Ela jogou a cabeça para trás, enfurecida por ele estar falando a mais pura verdade. — Bem, se estava tão certo disso, por que não foi em frente?

— Gosto de ter privacidade, mas continue me provocando e abro uma exceção.

— E porcos voam — disse ela se controlando, virando-se para o mar pela segunda vez. Tinha apenas molhado a ponta dos dedos quando Justin a agarrou de novo. Por um instante, Serena achou que tinha calculado mal. A ira nos olhos dele não era brincadeira, mas ela também jamais tivera capacidade de controlar seu próprio temperamento depois de certo ponto. Quando Justin a puxou de novo, ela o xingou.

Justin queria esmagar aquela boca quente e furiosa de novo. O desejo fervia dentro dele tão rápido quanto sua raiva, e uma emoção alimentava a outra. Sabendo o que aconteceria caso se rendesse à primeira sensação, Justin se rendeu à segunda. Serena caiu sentada na água rasa.

A expressão dela foi primeiro de choque, então de fúria incontida.

— Seu... Seu *animal*! — Colocando-se em pé, ela se jogou contra ele, com a única intenção de se vingar do tombo. Mas quando Justin segurou seus braços para contê-la, ele estava sorrindo.

— Você acreditaria se eu dissesse que você fica linda quando está nervosa?

A água fria não tinha acalmado a cólera dela.

— Você vai pagar por isso, Justin Blade. — Com os braços presos, ela tentou chutar, mas acabou de volta na água, com o corpo grudado ao dele. — Tire suas mãos de mim, seu babaca! — Ela o empurrou, submergiu e voltou à tona cuspindo água. — Ninguém se mete com uma MacGregor e consegue se safar!

Tentando evitar que ela afogasse os dois, a mão dele acabou sobre o seio de Serena. No momento seguinte Justin descobriu que sua boca tinha novamente coberto a dela, enquanto sua mão a acariciava sobre a camiseta molhada colada ao corpo. Apesar de sentir o gemido dela em resposta, ela continuou a lutar, levando os dois para baixo d'água novamente. Justin sentiu o gosto de sal misturado aos lábios dela; ele sentiu as coxas esguias coladas às suas quando rolaram um sobre o outro na onda seguinte. Com uma risada abafada, ouviu-a praguejando de novo quando tomava ar. Então a água arrastou seus corpos juntos. As ondas iam e vinham, levantando a areia e as conchas debaixo deles. Eles se deitaram na parte rasa, meio cobertos pela água, ofegantes.

— MacGregor? — repetiu Justin de repente, sacudindo a cabeça para limpá-la. Gotas de água de seu cabelo caíram sobre o rosto dela. — Serena MacGregor?

Ela afastou seu cabelo ensopado da frente dos olhos e tentou pensar. Seu corpo estava latejando com a combinação explosiva de raiva e desejo.

— Sim. E no momento em que lembrar alguns daqueles maravilhosos insultos escoceses, eu vou atirá-los todos em você.

Pela primeira vez, Serena viu uma expressão de pura surpresa no rosto dele. Aquilo teve o efeito de aplacar sua fúria e substituí-la por perplexidade. Então os olhos deles se semicerraram, e ele parecia estudá-la. Ainda ofegante, Serena o encarou de volta, apenas para ficar ainda mais confusa ao ver um sorriso se abrir lentamente no rosto de Justin. Encostando sua testa na dela, ele começou a rir, e então a gargalhar.

Era um som cativante, mas Serena evitou rir junto com ele, concentrando-se na areia e nas conchas que haviam entrado em suas roupas.

— O que é tão engraçado? — reclamou ela. — Eu estou ensopada e cheia de areia. Com certeza conchas me cortaram toda e nem cheguei a terminar meu almoço.

Ainda rindo, ele levantou a cabeça, e então deu um beijo fraternal no nariz dela.

— Outro dia você me pergunta de novo. Venha, vamos nos lavar e comer.

Capítulo 3

Serena MacGregor. Justin balançou a cabeça, pegando uma camisa no armário estreito. Essa era, ele percebeu, a primeira vez em muitos anos que se sentia completamente desconcertado. Um homem que ganha a vida com sua perspicácia não tem a liberdade de ser pego de surpresa com frequência.

Estranho não ter notado a semelhança familiar, mas por outro lado, Serena tinha muito pouco em comum fisicamente com seu pai grande, forte e ruivo. Ela era mais uma versão moderna da pequena miniatura que Daniel tinha na biblioteca. Quantas vezes, ao longo dos anos, estivera naquela fortaleza em Hyannis Port? Justin tentou se lembrar. Rena, como a família a chamava, estava sempre fora, na escola ou na faculdade. Por alguma razão, ele havia a imaginado como uma acadêmica magricela de óculos, com os cabelos flamejantes de Daniel e a distinção excêntrica de Anna. Sim, Serena MacGregor era uma grande surpresa.

Entranho, pensou Justin, que ela aceitasse um emprego que pagava pouco mais que a cama e a comida. Pelo que diziam, o QI dela era maior do que o peso do pai, e Serena tinha capital suficiente para comprar um navio de cruzeiro para usar como iate pessoal. Por outro lado, os MacGregor eram uma gente estranha e teimosa, de quem se podia esperar qualquer coisa.

Por um momento Justin ficou parado, nu da cintura para cima, a camisa esquecida na mão. Seu torso era moreno e esbelto, a pele retesada sobre as costelas, o lado direito do peito marcado por uma cicatriz de quinze centímetros. Ele estava começando a se lembrar.

Justin tinha encontrado Daniel MacGregor pela primeira vez quando tinha 25 anos. Um golpe de sorte o tinha deixado com dinheiro o suficiente para comprar a parte de seu sócio em um pequeno hotel na Strip, em Las Vegas. Justin queria expandir e reformar. Para isso, precisava de um financiamento. Bancos costumavam ser reticentes em emprestar dinheiro para homens que ganhavam a vida com um baralho. De qualquer forma, Justin não gostava de banqueiros, com suas mãos macias e suas vozes secas. E seu sangue índio tinha pouca confiança em promessas escritas. E aí ele ouviu falar de Daniel MacGregor.

Justin investigou por conta própria o mago da bolsa e financista. Descobriu um escocês excêntrico e rude, que fazia suas próprias regras e vencia sempre. Justin o contatou, passou um mês falando com o homem por telefone e carta e então fez sua primeira viagem à fortaleza de Hyannis Port.

Daniel trabalhava em casa. Ele não gostava de prédios de escritórios onde tinha de depender de elevadores e secretárias. Comprou um terreno perto do mar com o dinheiro que ganhara, primeiro com suas mãos, depois com sua cabeça. Daniel percebeu logo que podia ganhar mais, e com muito mais satisfação, com sua cabeça. Então construiu sua casa e seu império, do jeito que quis.

Era uma casa imensa, com corredores gigantescos e cômodos enormes. Daniel não gostava de se sentir apertado. A primeira impressão que Justin teve de Daniel, quando o encontrou em seu escritório na torre, foi de grandiosidade... e inteligência.

— Então você é Blade. — Daniel tamborilava os dedos sob uma mesa que havia sido esculpida do tronco de uma única árvore.

— Sim. E você é MacGregor.

Um sorriso apareceu no rosto largo.

— Sou eu mesmo. Sente-se, garoto. — Daniel não notou qualquer mudança na expressão dele ao chamá-lo de "garoto", e apoiou as mãos sobre o peito com os dedos cruzados enquanto Justin se sentava. Ele gostou da forma como Justin se movia; ele já tinha descartado outros homens por menos que isso. — Então você quer um empréstimo.

— Eu estou oferecendo um investimento, sr. MacGregor — corrigiu Justin, de forma fria. Aquela cadeira fora projetada para engolir um homem. Justin se sentou nela com uma facilidade que apenas reforçava sua determinação em prosperar. — Usando minha propriedade como garantia, naturalmente.

— Hum hum. — Daniel fez um triângulo com as mãos, e continuou a estudar o homem à sua frente. Não era um homem simples, concluiu, observando as feições aristocráticas. Frio, controlado, e potencialmente violento. Sangue comanche, sangue de guerreiro, mas não um brigão. Daniel tinha muitos ancestrais guerreiros também. — Hum hum — repetiu ele. — O que você vale, garoto?

Uma resposta atravessada subiu à cabeça de Justin, e foi reprimida. Ele se abaixou e pegou sua pasta.

— Eu trouxe os relatórios financeiros, as avaliações e tudo o mais.

Daniel deu uma boa gargalhada e dispensou a pasta com um gesto.

— Você acha que teria chegado até aqui se eu não conhecesse todos os números que tem aí? Mas, e sobre você? — exigiu saber. — Por que eu devo emprestar dinheiro para você?

Justin colocou a pasta de volta no chão.

— Eu pago minhas dívidas.

— Seus negócios não durariam muito se não pagasse.

— E eu vou ganhar muito dinheiro para você.

Daniel gargalhou de novo, até que seus olhos azuis lacrimejassem.

— Eu tenho dinheiro, garoto.

— Mas só um idiota não ia querer mais — disse Justin em voz baixa, e Daniel parou de rir.

Recostando-se, ele assentiu.

— Você tem toda a razão. — Então ele sorriu, batendo a mão larga na mesa. — Tem toda a razão. De quanto você precisa para arrumar aquela sua espelunca?

— Trezentos e cinquenta mil — respondeu Justin sem piscar.

Daniel abriu uma gaveta e tirou uma garrafa de uísque escocês e um baralho.

— Pôquer.

Eles jogaram por uma hora, abrindo a boca apenas para apostar. Justin ouviu um gongo ecoante de relógio de pêndulo vindo de algum lugar na casa. Outra hora alguém bateu na porta. Daniel esbravejou e eles não foram mais incomodados. O aroma do charuto de Justin se misturou ao do uísque e à fragrância das rosas desabrochadas na floreira da janela. Depois de perder 1.500 dólares, Daniel se recostou na cadeira novamente.

— Você vai precisar de acionistas.

— Acabei de me livrar de um sócio. — Justin apagou o charuto. — Não quero outro.

— Acionistas, garoto. — Daniel empurrou as cartas para o lado. — Se quer ganhar dinheiro, primeiro precisa gastar dinheiro. Um homem que joga como você já sabe disso. — Com os olhos azuis fixos em Justin, ele pensou por um momento. — Vou emprestar o dinheiro a você e ficar com dez por cento. Você é esperto, fica com sessenta por cento e distribui o resto. — Depois de girar o copo, ele acabou de beber o uísque e sorriu. — Você vai ficar rico.

— Eu sei.

A gargalhada de Daniel fez tremer o vidro da janela.

— Fique para jantar — disse ele, levantando-se da cadeira.

Justin ficou para jantar, e ficou rico. Ele mudou o nome de seu hotel para Comanche, e então o transformou em um dos melhores hotéis-cassinos de Las Vegas. Comprou um prédio abandonado em Tahoe e repetiu o processo. Em uma década, tinha cinco hotéis com cassinos a pleno vapor e investimentos em uma variedade de outras empresas pelo país e na Europa. Nos dez anos desde aquela reunião no escritório da torre, Justin estivera na casa dos MacGregor várias vezes, tinha recebido Daniel e Anna em seus próprios hotéis e ido pescar com os filhos deles. Mas nunca tinha se encontrado com a filha.

— Menina inteligentíssima. — Daniel dizia de vez em quando. — Mas precisa decidir o que fazer da vida. Precisa de um bom homem. Você devia conhecê-la.

E Justin sempre fugira destas tentativas pouco discretas de Daniel de se fazer de casamenteiro. Ou pelo menos era o que ele achava.

— O velho malandro — murmurou, vestindo sua camisa.

Tinha sido Daniel a convencê-lo a participar desse cruzeiro. Fugir um pouco da pressão, ele tinha insistido.

Nada como o ar limpo do mar e mulheres seminuas para fazer um homem relaxar. Como ele andava inquieto, Justin tinha ficado de pensar no assunto, e então caiu em uma emboscada quando Daniel lhe enviou as passagens com um pedido de uma caixa de uísque escocês livre de impostos.

Então o velho pirata continuava aprontando das suas, pensou Justin, rindo. Daniel sabia que Justin iria ao cassino do navio, e havia deixado o resto para a sorte. Com uma gargalhada curta, Justin começou a abotoar a camisa. Sorte, refletiu ele, mas com um baralho marcado. O que o velho diria se soubesse que seu amigo e associado estivera atracado com sua filha naquela tarde, com a firme intenção de levá-la para a cama? Exasperado, Justin arrumou o cabelo com as mãos. A filha de Daniel MacGregor. Meu Deus!

Justin pegou seu paletó do armário e bateu a porta com força. Seria uma bela lição para aquele demônio dissimulado se ele tivesse seduzido sua filha. Seria uma boa lição se Justin evitasse Serena pelo resto da viagem e nunca mencionasse tê-la sequer encontrado. O velho escocês subiria pelas paredes. Justin viu sua própria imagem no espelho, um homem moreno e esbelto vestido de preto e branco.

— E se você acha que pode ficar longe dela, você está louco — murmurou para o homem no espelho.

Quando ele entrou no cassino, Serena estava em pé perto do pequeno monitor preto e branco, conversando com o homem loiro que, Justin sabia, era o supervisor dela. Ela riu de algo que o homem disse, e então balançou a cabeça. Os olhos de Justin se estreitaram um pouco quando Dale acariciou o rosto dela. Ele sabia qual era a sensação — aquela pele fresca e macia ao toque. Dale sorriu, então arrumou a gravata-borboleta de Serena enquanto falava em voz baixa. Mesmo reconhecendo que o que sentia era um ciúme infantil, Justin teve dificuldade em se controlar. Em poucos dias, Serena o fizera sentir desejo, fúria e ciúmes — emoções que ele normalmente mantinha em perfeito equilíbrio. Amaldiçoando o pai dela, andou na direção dos dois.

— Serena. — Ele percebeu que os ombros dele ficaram levemente tensos antes que ela se virasse. — Você não vai dar cartas hoje à noite?

— Estou voltando do intervalo. — Ela deveria saber que a trégua de vinte e quatro horas não ia durar. — Não o vi na noite passada, então achei que talvez você tivesse caído no mar. — Ouvindo Dale prender a respiração, surpreso, Serena virou-se para ele. — Dale, este é Justin Blade. Quando resisti ao seu charme na praia em Nassau, ele me jogou na água.

— Entendo. — Dale estendeu a mão. — Eu nunca tentei esse método. Funcionou?

— Cale a boca, Dale — disse Serena com a voz doce.

— Você deve perdoá-la — disse Dale a Justin. — A vida no mar torna alguns de nós ranzinzas. Está gostando da viagem, sr. Blade?

— Sim. — Justin olhou para Serena. — Tem sido uma experiência única até aqui.

— Se vocês me dão licença — disse ela com polidez exagerada. —, devo substituir Tony. — Virando-se, Serena se encaminhou para a mesa 5. Como trincar os dentes machucava sua mandíbula, forçou seus músculos a relaxarem. Ela deu um sorriso profissional para os três jogadores da mesa, que se transformou em um olhar gélido quando Justin ocupou um dos bancos vagos. — Boa noite. Novo baralho. — Quebrando os lacres, Serena embaralhou as cartas, fazendo o possível para ignorar o olhar calmo e fixo de Justin. Ele colocou uma pilha de fichas que ela estimou em uns duzentos dólares à sua frente e acendeu um charuto. Depois de dar uma última embaralhada nas cartas, ela decidiu descobrir se era capaz de deixá-lo sem fichas.

— Corte?

Justin cortou o baralho. Quando Serena colocou as cartas no suporte, ele empurrou uma ficha de 25 dólares para a mesa. Ela verificou se todas as apostas tinham sido feitas e começou.

Em dado momento, Serena o havia reduzido a três fichas, e estava sentindo uma satisfação sombria. Então deu a ele dois setes, que Justin dividiu e conseguiu 21 nas duas mãos. Sem dificuldade, ele transformou cinco fichas em dez. Quando ela mudou de mesa, Justin a seguiu, deixando-a furiosa. Ela renovou sua intenção de limpar as fichas dele.

Pelos próximos vinte minutos, Serena mal notou os outros jogadores. Só conseguia enxergar os olhos verdes insondáveis de Justin ou sua mão, quando ele gesticulava para receber ou não uma nova carta. Apesar de estar determinada a vencê-lo, as pilhas de fichas dele só cresciam.

— Vinte e um! Blackjack! — O grito do estudante universitário na outra ponta da mesa quebrou sua concentração. Serena olhou para ele, sorrindo. — Eu ganhei três dólares! — anunciou o jovem ao cassino todo, segurando três fichas azuis-claras como um troféu. Ele estava, concluiu Serena, agradavelmente bêbado. — Agora... — Ele bateu as três fichas de volta na mesa, e esfregou as mãos. — Eu estou pronto para apostar de verdade.

Rindo, ela deu as cartas novamente, mas seus olhos cruzaram os de Justin. Ela viu bom humor, a primeira expressão que reconheceu nele em horas, e se sentiu acolhida. Por um instante quis passar o braço sobre a mesa e tocá-lo, correr os dedos por aqueles cabelos densos e macios que cercavam seu rosto anguloso. Como é que a simples sugestão de um riso nos olhos dele podia parecer tão importante?

— Ei! — O estudante ergueu sua cerveja, brindando. — Estou em uma maré de sorte.

— Sim, uma maré de uma rodada só — disse sua namorada, seca.

A interrupção clareou a mente de Serena. Erguendo o queixo, ela voltou às cartas. Um sorriso não ia fazê-la esquecer que estava ali para vencê-lo. — Possibilidade de 21 — disse ela quando abriu um ás para a mesa. — Seguro? — A namorada do estudante colocou uma ficha. Justin não se moveu. Virando a ponta de sua carta oculta, Serena ficou satisfeita com o 3. Isso dava a ela espaço para jogar. — Sem blackjack. Ela olhou as cartas de Justin, satisfeita de ter dado a ele uma péssima mão. — Dezesseis. Outra carta ou para? — Ele apenas moveu um dedo, pedindo outra carta. Serena teve de morder a língua ao dar para ele um 4. — Vinte. — Ele passou a mão sobre as cartas, indicando que estava satisfeito.

Você deve estar satisfeito mesmo, pensou ela ressentida, tirando um valete e eliminando o jogador seguinte. Só sorte, disse ela a si mesma, dando cartas ao estudante até chegar a 18. — Quatro ou 14 — anunciou ao virar sua carta oculta. Com os olhos nos de Justin, ela tirou outra carta. — Seis ou 16 — disse, como se falasse só para ele. Mordeu a língua de novo ao tirar um 3 de paus. — A mesa para em 19 — anunciou, sabendo que Dale a jogaria ao mar se ela pedisse outra carta. — Pagando o 20.

Recolhendo todas as fichas, menos a de Justin, passou para ele outra ficha de 25 dólares. Ela imaginou ter visto outra sugestão de riso nos olhos dele quando ele apanhou a ficha, mas desta vez isso não a confortou.

Uma névoa pairava no ar, muito densa para ser completamente aspirada pelo sistema de exaustão. Serena nem precisava olhar o relógio para saber que estivera de pé por quase dez horas consecutivas. Gradualmente, o barulho metálico dos caça-níqueis começou a diminuir, a primeira indicação de que o turno da noite estava quase terminando. O casal na ponta da mesa, com rostos cansados, começou a conversar sobre a parada em Porto Rico no dia seguinte. Os dois juntos trocaram cinco dólares em fichas antes de se recolherem.

Uma olhada rápida pelo salão mostrou a Serena que apenas três mesas ainda estavam abertas. Havia só dois jogadores em sua mesa, Justin e a mulher que ela reconheceu como sendo a mesma sra. Dewalter que havia chamado a atenção de Jack e Rob. A ruiva estava prestando muito mais atenção em Justin do que em suas cartas. Cheia de malícia, Serena julgou o diamante na mão dela vulgar, e quase sorriu quando ela estourou com 23.

— Acho que esse jogo não é para mim — disse a ruiva, fazendo um beicinho de aborrecimento. Ela se virou para Justin, de modo a mostrar completamente seu decote considerável. — Você parece ter uma sorte e tanto. Tem um sistema? — Correndo o dedo pela manga do paletó dele, ela sorriu. Serena imaginou se ela gostaria de ter o nariz amassado contra o pano verde.

Divertindo-se com aquela abordagem tão direta, Justin permitiu que seus olhos percorressem a ruiva desde o fosso profundo de seu corpete até o rosto.

— Não.

— Você deve ter algum segredo — murmurou ela. — Eu adoraria saber qual é... Talvez tomando uma bebida?

— Nunca bebo quando estou jogando. — Ele soprou uma nuvem de fumaça sobre os ombros dela. — Um interfere no outro.

— Apostas? — disse Serena, em um tom um pouco acima do normal.

— Acho que joguei cartas demais essa noite. — Roçando a coxa na de Justin, ela se levantou e então colocou cerca de cem dólares em fichas na bolsa. Serena ficou ligeiramente satisfeita ao lembrar que a mulher começara com quatrocentos. — Estarei no salão — disse ela a Justin com um último sorriso, antes de virar e sair.

— Melhor sorte da próxima vez — disse Serena, sem conseguir se conter. Ela se virou para ver Justin sorrindo para ela.

— Você pode trocar as minhas fichas?

— Com certeza. — E agora ele vai correr atrás daquela ruiva com personalidade extragrande, pensou ela furiosa. Rapidamente empilhou e contou as fichas dele. Setecentos e cinquenta dólares, calculou, e ficou ainda mais zangada. — Dale está ocupado. Eu mesma faço isso.

Observando-a se afastar, Justin tentou se lembrar do pai dela. Não era fácil.

Serena voltou com um maço de notas novas e uma etiqueta branca presa em uma prancheta. Contou o dinheiro e passou para ele.

— Você teve uma noite lucrativa. — Depois de colocar o recibo no compartimento sob a mesa, foi guardar as cartas. Justin pegou seu pulso.

— Outra mão? — perguntou ele, apreciando o salto súbito da pulsação dela sob seus dedos.

— Você já trocou suas fichas — disse ela, e tentou puxar o pulso. Ele segurou mais forte.

— Uma aposta diferente, só entre nós dois.

— Desculpe, mas é contra as normas da casa permitir jogos paralelos com os passageiros. Agora, se você me permitir, preciso fechar essa mesa.

— Sem dinheiro. — Ele viu os olhos dela se estreitarem de raiva, e sorriu. — Um passeio pelo convés se eu vencer.

— Não estou interessada.

— Você não está com medo de me enfrentar, está, Serena? — A mão que tentava soltar a dele de seu pulso parou. — Você ainda tem a vantagem de ser a casa.

— Se eu vencer — começou ela, e cuidadosamente afastou a mão dele —, você vai ficar longe de mim pelo resto da viagem?

Justin pensou a respeito. Seria, claro, uma atitude muito mais sábia do que as que estava tomando. Dando uma última tragada no charuto, ele o apagou. Não seria a primeira que deixaria que as cartas decidissem seu destino.

— Fechado.

Ele olhou para o 2 e o 5 na sua frente, então para o 10 na frente de Serena. Pedindo uma carta, recebeu uma dama. Seu primeiro impulso foi de parar, mas outra olhada para Serena disse a ele que ela estava satisfeita demais consigo mesma. Ele teria apostado todo o dinheiro em seu bolso que a carta fechada dela era um 8 ou algo melhor. Mantendo os olhos fixos em Serena, fez o gesto pedindo outra carta.

— Droga! — Ela jogou o 4 de ouros na mesa e o encarou. — Eu juro, Justin, um dia eu vou ganhar de você. — Irritada, ela virou o valete que tinha fechado.

— Não vai não. — Ele se levantou, colocando as mãos nos bolsos. — Porque você está tentando ganhar de mim, e não das cartas. Espero você lá fora.

Dale se virou e viu sua melhor carteadora mostrando a língua para o passageiro que se afastava.

Encostado na parede, Justin olhava Serena através das portas de vidro do cassino. Achou que quase podia ver a irritação e a frustração fervendo em torno dela. Ele se sentia quase do mesmo jeito. Com um suspiro, lembrou-se de que tinha deixado a sorte decidir. Poderia ter perdido ou ganhado aquela aposta com a mesma facilidade.

Justin brincou com a ficha de 25 dólares que tinha ficado em seu bolso. Alguém poderia pensar que ele teve uma rara maré de sorte. Por outro lado, pensou, talvez sorte fosse ter pedido aquela última aposta. Se continuasse a ver Serena, sua vida não ia ficar menos complicada.

Até poderia ignorar a sensação de ter Daniel MacGregor vigiando seus passos se achasse que levá-la para cama faria com que a esquecesse depois. Mas a probabilidade de isso acontecer era muito pequena. Serena era a primeira mulher que Justin havia conhecido que ameaçava se tornar uma parte permanente de seus pensamentos.

O que ela diria, perguntou-se Justin, se eu contasse que o pai dela havia armado todo esse palco lá da sua fortaleza em Hyannis Port? Um sorriso formou-se em seu rosto. Ela esfolaria o velho e o penduraria para secar, concluiu. Vendo Serena andar em direção à porta, Justin decidiu guardar aquela pequena bomba para outro dia.

— Suponho que você tem o direito de sorrir — disse Serena, de forma fria, deixando a porta se fechar atrás dela. — Você teve muita sorte essa noite.

Justin apanhou a mão dela e então, em um gesto inesperadamente cortês, beijou seus dedos.

— Espero que a sorte dure bastante antes de acabar. Você é realmente muito bonita, Serena.

Desconsertada, ela o encarou.

— Quando estou zangada — completou ela, lutando para não se sentir lisonjeada.

Ele virou a mão dela e beijou a palma, sem deixar de encará-la.

— Realmente muito bonita.

— Não tente me enganar sendo bonzinho. — Sem ao menos perceber, ela entrelaçou os dedos nos dele. — Não tem nada de bonzinho em você.

— Não — concordou Justin. — Vamos sair. Imagino que você precisa de um pouco de ar fresco.

— Eu concordei com um passeio. — Eles começaram a subir as escadas. — Foi só com isso que concordei.

— Arrã. E a lua está quase cheia. Como vocês se saíram hoje?

— O cassino? — Quando ele abriu a porta, sentiram o vento, deliciosamente quente e limpo. — Melhor que o normal. Estamos operando no vermelho desde a primavera.

— Excesso de caça-níqueis. Diminui as margens de lucro. — Ele passou o braço pela cintura dela, e Serena olhou para ele. — Vocês também ganhariam mais nas mesas se alguns de seus carteadores fossem mais atentos.

— É difícil se manter atento quando você trabalha até sessenta horas por semana ganhando quase nada — disse ela com mágoa na voz. — De qualquer jeito, a rotatividade é alta. A maioria deles tem no máximo seis semanas de treinamento, vão subindo de caixa até crupiê, e boa parte não fica mais que uma ou duas viagens, porque percebem que isso não são as férias flutuantes que imaginavam. — Sem perceber, ela passou o braço em volta da cintura de Justin quando ele acertou o passo com o dela. — Essa é a melhor parte do dia para mim.

— Como assim?

— Tarde da noite, quando o navio está em silêncio. Você não ouve nada, só o mar. Se houvesse uma escotilha em minha cabine, eu a deixaria aberta a noite toda.

— Não tem escotilha? — A mão dele começou a se mover para cima e para baixo das costas dela.

— Só passageiros e oficiais tem cabines dando para fora. — Serena arqueou as costas com o movimento da mão dele, suspirando pelo alívio em seus músculos cansados. — Ainda assim, eu não trocaria este último ano por nada. Foi como encontrar uma segunda família.

— Sua família é importante para você? — perguntou ele, pensando em Daniel.

— Claro. — Ela achou a pergunta estranha, então inclinou a cabeça para trás, para olhar para ele. Quando Justin se virou para ela, os lábios de Serena quase tocaram o rosto dele. — Não faça isso — murmurou ela.

— O quê? — sussurrou ele, suavemente, dentro dos lábios abertos dela.

— Você sabe muito bem o quê. — Ela soltou o braço e se afastou dele, andando na direção da amurada. — Minha família — disse Serena, com a voz mais firme, virando-se e apoiando os braços na madeira — sempre foi a parte mais importante da minha vida. Somos extremamente leais, às vezes até demais, mas lealdade é algo de que todos nós precisamos. E você?

Serena tinha uma aparência que provocava a curiosidade, de maneira inconsciente; suas curvas ocultas, mas de alguma forma acentuadas pelo uniforme masculino, seu penteado antes arrumado sendo desmontado pelo vento. Sua cabeça estava inclinada para trás, deixando a luz da lua marmorizar sua pele.

— Minha família... — Fazendo um enorme esforço para prestar atenção à conversa, Justin se aproximou, parando na frente dela. — Eu tenho uma irmã, Diana. Ela é dez anos mais nova, nunca fomos muito próximos.

— Seus pais?

— Eles morreram quando eu tinha 16 anos. Diana foi morar com uma tia. Depois disso quase não a vi, por uns vinte anos.

Serena reprimiu na mesma hora a onda de compaixão que estava se formando automaticamente.

— Isso é horrível!

— Minha tia nunca aprovou minha profissão — disse Justin, seco. Apesar de ela jamais ter perguntado de onde via o dinheiro que recebia para o sustento de Diana, refletiu ele, movendo as mãos para os botões do paletó de Serena. — Era mais fácil para Diana se eu ficasse afastado.

— Que direito tinha sua tia de aprovar ou desaprovar qualquer coisa? — replicou Serena, muito alterada para notar a presteza com que ele a desabotoava. — Ela era sua irmã.

— Minha tia acredita com todas as forças que o jogo é obra do demônio. Ela é uma Grandeau, do lado francês da família.

Serena balançou a cabeça desaprovando a lógica dele.

— E você é o quê?

— Blade. — Ele fixou os olhos nos dela. — Comanche.

Seu rosto estava muito perto agora, ela sequer percebera a aproximação. Apesar de sentir o vento soprando contra o tecido fino de sua camisa, Serena ainda não tinha entendido o que ele tinha feito. Engoliu em seco, hipnotizada por aqueles olhos. Havia um tom de ameaça naquelas duas palavras ou ela estava imaginando coisas?

— Eu devia ter adivinhado — balbuciou ela. — Acho que me deixei enganar por seus olhos.

— Eles vêm das gotas de sangue francês e galês que chegaram até mim. Meu pai era quase puro, e minha mãe era descendente de um guerreiro comanche e uma colona francesa. — Bem devagar, sem nunca deixar seus olhos perderem contato, Justin desamarrou a gravata do pescoço dela. Serena engoliu em seco novamente, mas não se mexeu. — A história que contam é que um de meus ancestrais viu uma mulher com cabelos dourados, sozinha à beira de um riacho. Tinha junto dela uma cesta de roupa suja, e cantava enquanto lavava. Ele era um guerreiro feroz, que havia matado muitos colonos como ela para proteger suas terras. Quando a viu, ele a desejou. — Justin abriu os botões da blusa dela, um por um. — Então ele a tomou para si.

— Selvageria. — Ela mal conseguiu dizer, sua garganta subitamente seca. — Ele a sequestrou, roubou-a de sua família...

— Alguns dias depois, ela enterrou uma faca no ombro dele, ao tentar fugir. — continuou Justin, calmamente. — Mas quando viu o sangue em suas mãos, ela não fugiu. Ficou e cuidou dele e deu a ele filhos e filhas de olhos verdes.

— Talvez tenha sido preciso mais coragem para ficar que para usar a faca.

Justin sorriu, notando o tremor da voz dela em contraste com a firmeza do olhar.

— Ele deu a ela um nome que pode ser traduzido como Prêmio de Ouro e nunca teve outra mulher. Então virou uma tradição. Quando algum de nós deseja uma mulher com cabelos dourados... ele a toma para si.

Sua boca esmagou a dela, fazendo-a submergir de repente em um redemoinho de paixão. Suas mãos se enterraram nos cabelos de Serena, soltando as fivelas, que flutuaram ao vento antes de mergulharem nas ondas abaixo deles. Serena agarrou os ombros dele com medo de acabar seguindo as fivelas e cair naquelas águas escuras e agitadas. Pois era como ela se sentia, mergulhando das alturas em direção ao desconhecido. Seu coração estava acelerado mesmo antes que a mão dele cobrisse seu peito; o encontro de pele áspera com pele macia, de homem com mulher.

Gemendo, ela o segurou mais forte, como se Justin fosse uma boia em um mar que tinha passado de repente de calmo para agitado. Esquecendo-se de como ela era pequena, Justin a puxou com a mão, abandonando tanto a gentileza quanto a razão. Nenhum homem jamais ousara tocá-la dessa forma; talvez por isso ela tenha permitido. Justin ousou, sem pedir permissão, sem usar frases feitas de sedução. Era como se uma força os consumisse — um impulso muito antigo e muito primitivo, impossível de resistir.

O corpo dela ansiava por ser tocado. Quando seus pensamentos se embaralharam, o corpo assumiu o controle, mostrando aos dois o que ela precisava. Os beijos selvagens e rudes que percorriam sua garganta só a deixavam ansiando por mais. A brisa suave e morna do mar se transformou em uma chama que aumentava sua febre. Ela inspirou o ar úmido e sentiu que queimava seus pulmões.

A mão em seu seio explorava, atormentava, enquanto a outra subia por suas costas nuas até um ponto específico perto da espinha, onde uma pequena pressão de um dedo transformou suas pernas em gelatina. Serena arfava, agarrada a ele, enquanto ondas de prazer indescritível percorriam seu corpo.

— Não. — A voz de Serena soava fina e distante. — Não, pare.

Mas Justin cobriu esses protestos débeis com seus lábios. Sua boca estava faminta demais para ouvir o alarme que havia soado em seu cérebro. Ela se entregou à dele, saboreando a gosto suave de sal marinho. Qualquer que fosse a mágica que ele trazia nos dedos, seu feitiço agora a dominava. Serena faria qualquer coisa que Justin pedisse para que ele nunca parasse de tocá-la. Enterrando suas mãos nos cabelos dele, ela o puxou para mais perto, sequer notando como estavam úmidos.

Quando seus lábios ficaram livres, os dele enterrados em sua garganta, ela só conseguiu soprar seu nome. Ela nem sentiu a umidade em seu rosto; todos os seus sentidos estavam presos àquilo que a boca e as mãos dele a faziam sentir. E então Justin estava se movendo, e ela oscilou quando ele a puxou para longe da amurada. Fraca de desejo, Serena se apoiou nele enquanto ele acariciava seus cabelos.

— Você está ficando ensopada — murmurou Justin, mas sem conseguir deixar de beijar a cabeleira molhada de Serena, sem conseguir deixar de sentir seu aroma. — Vamos entrar.

— O quê? — Atordoada, Serena abriu os olhos e viu a fina cortina de água. — Está chovendo? — Enquanto a água fria a reanimava, ela balançou a cabeça. Ela se sentia como se estivesse despertando de um sonho, e tivesse sido acordada por uma bofetada. — Eu... — Afastando-se dele, ela passou a mão pelo cabelo. — Eu...

— Precisa dormir um pouco — completou ele. Ele tinha chegado muito perto, descobriu Justin, de possuí-la, como um tarado, ali mesmo onde estavam.

— Sim. — Sentindo as gotas de chuva em sua pele nua, Serena segurou o paletó fechado. — Sim, está tarde. — Seus olhos ainda estavam enevoados e confusos quando ela olhou em volta. — Está chovendo — repetiu.

Havia algo na súbita vulnerabilidade de Serena que fazia Justin desejá-la ainda mais do que antes, e que tornava impossível possuí-la. Colocando as mãos nos bolsos, ele as fechou em punhos por um instante. Maldito Daniel MacGregor, pensou, irritado. O escocês havia armado uma fantástica armadilha, com uma isca maravilhosa. Se Justin a possuísse naquele instante, isso quase certamente destruiria seu relacionamento com um homem que tinha chegado perto de amar. Se não a possuísse, apenas continuaria a desejando. Se esperasse... bem, era uma aposta.

— Boa noite, Serena.

Ela ficou ali parada por um instante, indecisa, querendo correr para dentro, para a sanidade, querendo mergulhar nos braços dele e na loucura. Respirando fundo, ela fechou um pouco mais o paletó.

— Boa noite.

Serena se afastou rapidamente, sabendo que bastaria um momento para mudar de ideia.

Capítulo 4

IMAGINANDO QUE ESTARIA DESERTO, SERENA preferiu ir ao convés Veranda, na popa. Quem ainda estivesse a bordo provavelmente preferiria tomar sol na área da piscina grande, por sua proximidade do Lido Bar e Grill. A maioria dos passageiros estaria visitando os pontos turísticos de San Juan, andando pelas ruas de paralelepípedo do bairro histórico, explorando os fortes, tirando fotos das montanhas que cercavam a cidade. Qualquer um que voltasse ao navio durante o dia possivelmente não iria incomodá-la no silencioso convés na parte de trás do navio.

Quase havia acordado atrasada, esquecido que estava escalada para ajudar Dale a fazer a contabilidade da noite anterior. Como estava amanhecendo quando Serena finalmente adormeceu, ela só dormiu quatro horas antes que o despertador tocasse. Quando terminou o trabalho da manhã, decidiu ir deitar ao sol do meio-dia e tirar o cansaço do corpo.

Serena não queria pensar, era só o que tinha feito durante as longas horas entre as três da madrugada e o amanhecer. Sabia que estava cansada demais para raciocinar sobre o que tinha acontecido na noite anterior, mas antes mesmo de se esticar na espreguiçadeira do convés, tudo voltou para assombrar seus pensamentos. O que era isso que acontecia com ela toda vez que os lábios de Justin tocavam os dela? Seja lá o que fosse, Serena tinha jurado que não deixaria acontecer novamente, mas depois foi incapaz de evitar que acontecesse. O que é que ele tinha que a arrastava para perto de algo fatal? A cada vez ficava mais difícil lembrar-se de se afastar.

Serena desamarrou as alças da parte de cima do biquíni e se deitou de costas. Chegou à conclusão de que talvez fosse mais inteligente pensar seriamente sobre tudo aquilo, em vez de evitar o assunto. Se havia algo que todo o clã MacGregor tinha em comum era ser realista. Encare um problema de frente e o atropele. Esse, pensou Serena com um leve sorriso, poderia ter sido o lema de seu clã. Então, resolveu encarar a questão Justin Blade.

Ele era perigosamente atraente. Perigoso, concluiu Serena, porque a atração a atingira desde o primeiro instante e não tinha diminuído em nada. E não era só a aparência, pensou, ajustando os óculos escuros. A aparência podia ser facilmente ignorada. Era a força e o sexo, e aquele jeito dominante e calmo. Três coisas que a desafiavam a se igualar a ele, ponto a ponto. Era, simplesmente, uma combinação irresistível para uma mulher que raramente escolhia o caminho mais fácil.

Ela gostava dele? Serena bufou, automaticamente, e então ficou pensativa. Bem, ela se perguntou novament: *gostava*? A resposta veio com as lembranças de uma tarde agradável em Nassau, aquela rápida brincadeira compartilhada no cassino, o modo natural como sua mão se encaixava na dele. Talvez gostasse dele, admitiu Serena, bem incomodada com a ideia. Um pouco. Mas, ela pressionou os óculos mais firmemente no nariz e fechou os olhos, não era esse o ponto. O ponto era, o que ela faria a respeito dele pelos próximos cinco dias?

Não podia se esconder. Mesmo que fosse fisicamente possível, com os dois no mesmo cruzeiro, o orgulho de Serena não permitiria. Não, ela teria de lidar com ele... e consigo mesma. A ideia de passar algum tempo com ele, de conhecê-lo um pouco melhor, não podia mais ser considerada inofensiva. Se fosse honesta, Serena teria de admitir que sabia desde o começo que não havia nada inofensivo em Justin Blade. E isso a trouxe de volta ao ponto de partida, de volta à atração básica. E isso, decidiu, virando-se com a barriga para baixo, não estava resolvendo nada.

Tinha apenas mais alguns dias no *Celebration* antes de voltar para a casa de seus pais para uma longa visita. Desempregada. Torcendo o nariz, ela se mexeu até ficar confortável entre as grossas hastes de plástico da espreguiçadeira. Ela tinha de decidir o que fazer com o resto da sua vida, então se preocupar com um encontro com um apostador itinerante devia estar longe de entrar em sua lista de prioridades. Concluiu que aquilo só estava acontecendo porque ela estava deixando. Agora que tinha admitido que achava Justin atraente e interessante, o problema devia se resolver.

A saída era realmente muito simples: tratá-lo como ela trataria qualquer outro passageiro. Com educação e simpatia. Bem, sem tanta simpatia, ela emendou colocando os óculos no chão. E sem mais apostas, acrescentou Serena com firmeza ao fechar os olhos. A sorte daquele homem era espantosa.

E o sol estava muito quente e o convés muito silencioso para ficar pensando em complicações. Suspirando, colocou as mãos sob a cabeça e adormeceu.

Quente e tranquilizador... Essas sensações a atravessaram, fazendo Serena suspirar de novo. Vagas imagens suas flutuando nua em uma jangada enquanto o sol batia em sua pele fizeram seus lábios emitirem um pequeno som de prazer. Poderia ter flutuado para sempre, sem destino. Sentia liberdade, ou melhor, abandono. Ela estava sozinha no mar azul, ou talvez em uma densa selva verde. Um lugar secreto e solitário, onde não havia restrições. Ali o sol acariciava seu corpo como as mãos de um amante.

Serena podia sentir suas carícias, fazendo emergir um prazer quente e sonolento... dedos lânguidos de luz... preguiçosamente excitantes... delicadamente sedutores.

O roçar de uma borboleta em sua orelha a fez sorrir. Serena ficou imóvel, para não perturbá-la. Macia como o orvalho, ela flutuou para seu rosto, parando um momento, como se tivesse encontrado uma flor aromática. Com um bater de asas final, ela sussurrou o nome dela no canto de sua boca.

Como era estranho, pensou ela com um pequeno gemido de prazer, que uma borboleta soubesse seu nome. Mexendo os ombros na direção das gentis carícias em suas costas, Serena forçou os olhos a se abrirem, querendo ver as cores daquelas asas macias. Ela viu apenas o verde frio e profundo dos olhos de Justin.

Por um momento, encarou aqueles olhos, feliz demais para ficar confusa.

— Pensei que você era uma borboleta — murmurou ela enquanto fechava novamente os olhos.

— Pensou? — Sorrindo, Justin voltou a tocar o canto da boca de Serena com os lábios.

— Huuum — Ela emitiu um longo suspiro preguiçoso. — Como você chegou aqui?

— Aqui onde? — Gostando dos movimentos suaves dela sob sua mão, ele continuou a acariciar suas costas.

— Onde quer que a gente esteja — murmurou Serena. — Você veio flutuando em uma jangada?

— Não. — Ele sabia, pelo ritmo da respiração dela, por aquele breve instante em que olhou dentro dos olhos escuros e nublados de Serena, que ela já estava excitada, desorientada o bastante para ser dócil e receptiva. A completa vulnerabilidade dela fazia surgir nele dois impulsos gêmeos, o de tomar e o de proteger. Enquanto se enfrentavam pela supremacia, Justin deu um beijo suave naquele ombro nu. — Você estava sonhando.

— Ah. — Serena não entendia porque isso tinha qualquer importância, desde que aquelas carícias quentes e maravilhosas continuassem. — É bom.

— Sim. — Justin desceu um dedo pela espinha dela. — É bom sim.

Aquele toque causou um tremor rápido, uma excitação mais concentrada. Os olhos de Serena se abriram bruscamente.

— Justin?

— Sim?

De repente acordada e palpitante, Serena se apoiou nos cotovelos.

— O que você está fazendo aqui?

Os olhos dele passaram rapidamente pela pequena amostra de tecido levemente agarrada aos seios dela.

— Você já perguntou isso. Com a sua pele, você não deveria deitar ao sol sem protetor. — Ele deslizou a mão pelas costas dela, espalhando o protetor solar que tinha aplicado. Quando os dedos dele pressionaram a parte de baixo das costas, ela prendeu a respiração.

— Pare com isso! — exigiu ela, furiosa por sua voz tremida.

— Você é muito sensível — murmurou ele. O desejo nos olhos de Serena tinha acendido rápido, escurecendo e se expandindo apesar de lutar contra ele. — É uma pena que nós nunca estejamos no lugar certo na hora certa.

— Justin — Serena virou-se de lado, para longe da mão dele, mal se lembrando de segurar a parte superior do biquíni. — Eu realmente queria que você me deixasse descansar. — Ela se sentou e amarrou cuidadosamente as alças atrás do pescoço. — Tive de acordar cedo essa manhã, e o cassino abre à noite, assim que sairmos do porto. — Voltando a se acomodar na espreguiçadeira, ela o dispensou. — Quero tirar uma soneca.

— E eu quero conversar com você. — Ele girou sobre o joelho que apoiara ao lado dela e se levantou.

— Bem, eu não... — A voz dela falhou quando seu olhar subiu pelas pernas musculosas dele, chegando até as ancas cobertas por uma pequena sunga, e depois até o torso firme e definido. Serena rapidamente desviou o olhar, virando para trás para ajustar novamente o encosto da espreguiçadeira. — Eu não quero falar com você — continuou ela, colocando os óculos escuros no nariz. — Por que você não vai visitar San Juan como todo mundo?

— Tenho uma proposta.

— Aposto que tem.

Sem esperar um convite, Justin levantou as pernas dela e sentou-se na ponta da cadeira.

— Negócios.

Serena dobrou as pernas, para que sua pele não se encostasse à dele e a distraísse.

— Não estou interessada nos seus negócios. Pegue uma cadeira para você.

— Não existe uma regra que proíbe membros da tripulação de serem grossos com os passageiros?

— Faça uma denúncia contra mim — desafiou ela. — É minha última semana neste emprego.

— É sobre isso que quero conversar com você. — Justin passou a mão gordurosa de protetor pela coxa dela.

— Justin...

— Pronto. — Ele sorriu para a expressão furiosa dela. — Agora você está prestando atenção.

— Você vai ganhar um nariz quebrado se não me deixar em paz — disse ela, exasperada.

— Você sempre tem essa dificuldade toda para se concentrar na hora de discutir negócios? — perguntou ele, calmamente.

— Não quando é uma conversa séria.

— Então nós não vamos ter problemas.

Ajeitando-se na espreguiçadeira, Serena o observou por trás das lentes escuras e notou a cicatriz branca serrilhada ao longo das costelas de Justin.

— Isso parece ter sido sério — disse ela com um sorriso frio. — Presente de um marido ciumento?

— Um racista com uma faca. — A resposta dele foi tão fria quanto a pergunta, sem nenhuma emoção na voz.

Subitamente Serena sentiu uma dor aguda, que a deixou com um nó na garganta. Ela quase conseguia ver a faca cortando a carne.

— Foi uma coisa idiota, o que eu disse. Desculpe-me. — Ela olhou novamente a cicatriz, sentindo-se mal pelo seu descuido. — Deve ter sido sério.

Justin pensou nas duas semanas que passou drogado na enfermaria do hospital, e deu de ombros.

— Faz muito tempo.

— Como aconteceu? — Serena não conseguiu evitar a pergunta, talvez porque uma pequena parte dela compartilhasse a dor sem saber a causa.

Justin a estudou por alguns instantes. Não pensava mais no incidente. Pouco tinha pensado nele nos últimos quinze anos. Ainda assim aquilo era, como a cicatriz, uma parte dele. Talvez fosse melhor que ela soubesse. Pegando uma toalha no chão, limpou as mãos.

— Eu estava em um bar no leste de Nevada. Um dos fregueses do bar não gostava de respirar o mesmo ar que um índio. Eu precisava terminar minha cerveja, então sugeri que ele fosse respirar em outro lugar. — Um sorriso muito frio e triste apareceu no rosto dele. — Eu era jovem, achava divertida a ideia de me meter numa briga de bar. Quando você tem 18 anos, trocar uns socos alivia muitas frustrações.

— Mas você não conseguiu essa cicatriz trocando socos.

Justin ergueu uma sobrancelha, concordando.

— A maioria das coisas tende a sair do controle quando o álcool entra na equação. Ele estava bêbado e querendo fazer alguma maldade. — Quase sem pensar, ele correu o dedo pela cicatriz, um hábito do qual pensava ter se livrado havia anos. — Tudo começou de uma forma bastante previsível: discussão, empurrões, socos... então o cara tinha uma faca. Ele provavelmente estava bêbado demais para entender o que estava fazendo, mas conseguiu enfiá-la em mim.

— Meu Deus. — Num reflexo, Serena estendeu o braço para segurar a mão dele. — Isso é horrível. Por que ninguém chamou a polícia?

Justin rapidamente pensou que, apesar da fortuna, do alto nível de instrução e das viagens, Serena teve uma vida protegida — talvez exatamente por causa disso tudo.

— Nem sempre as coisas funcionam assim — disse ele, simplesmente.

— Mas ele *esfaqueou* você — disse ela, sendo lógica e também transparecendo sua revolta. — Ele devia ter sido preso.

— Não. — O olhar de Justin se manteve tão calmo e firme quanto sua voz. — Eu o matei.

Com essa afirmação direta, a mão de Serena amoleceu na dele. Justin podia ver os olhos dela se arregalando, chocados, atrás das lentes escuras. Ele sentiu o recuo automático e instantâneo. E então, na mesma velocidade, Serena segurou firme em sua mão novamente.

— Legítima defesa — disse ela com apenas um traço de tremor na voz.

Ele não disse nada. Muitos anos atrás, tinha precisado desse tipo de fé simples e incondicional — durante os dias de dor no hospital, durante os dias de medo frio e solitário em sua cela, esperando o julgamento. Não houve ninguém lá para acreditar nele. Ninguém para devolver uma parte da esperança que ele tinha perdido naqueles dias vazios e intermináveis. Quando Serena tomou a mão dele entre as suas, alguma coisa se expandiu no peito dele, como algo escapando de um cofre há muito tempo trancado.

— Eu tentei pegar a faca — disse Justin após algum tempo. — Nós caímos. A próxima coisa de que me lembro é de acordar no hospital, acusado de homicídio em segundo grau.

— Mas a faca era dele. — Havia um traço de ultraje em sua voz, e nenhuma dúvida. — Ele atacou você.

— Demorou algum tempo até que isso fosse descoberto. — Justin podia se lembrar de cada hora, cada minuto da espera: o cheiro da cela, os rostos no tribunal. O medo e a ira. — Quando descobriram, fui inocentado.

Com quantas outras cicatrizes, perguntou-se Serena.

— Ninguém queria testemunhar a seu favor — disse ela instintivamente. — As pessoas que estavam no bar naquela noite.

— Eu não era um deles — disse Justin, seco. — Mas eles falaram a verdade no tribunal, sob juramento.

— Deve ter sido uma experiência aterrorizante para um garoto. — Quando Justin só ergueu uma sobrancelha, Serena tentou sorrir. — Meu pai diz que um homem não é um homem antes dos 30 anos, ou talvez dos 40. Ele muda um pouco de ideia.

Ah, como ele sabia bem disso, pensou Justin. Naquele momento, Justin ficou tentado a contar a ela sobre sua relação com Daniel, mas se forçou a seguir o plano original. Justin Blade não mudava de ideia.

— Contei tudo isso para você porque, se aceitar minha oferta, vai provavelmente ouvir pedaços dessa história de qualquer maneira. E prefiro que você saiba a história inteira por mim. — Ele percebeu que tinha despertado a curiosidade dela, o que era ainda melhor do que sua atenção.

— Que tipo de oferta? — perguntou Serena, pisando em ovos.

— Um emprego.

— Um emprego? — repetiu Serena, e então soltou uma gargalhada. — O que você quer fazer? Uma casa de blackjack flutuante, comigo como carteadora?

— Tenho uma coisa mais fixa em mente — murmurou Justin, olhando para baixo. — Quão seguras são essas alcinhas finas?

— Seguras o bastante. — Ela mal resistiu à vontade de dar um puxão nas alças. — Por que você não me conta exatamente o que tem em mente, Justin... Sem rodeios.

— Está bem. — De repente o humor deixou seus olhos. Eles estavam frios novamente, e a encaravam. — Observei você trabalhando. Você é muito boa. Não só com as cartas, mas com as pessoas. Você é capaz de avaliar os jogadores rapidamente, e sua mesa está quase sempre cheia, ao contrário de outras, que se esvaziam com frequência. Além disso, você sabe lidar com jogadores que estão um pouco irritados com as cartas ou que beberam um pouco demais. Para completar — acrescentou ele no mesmo tom impessoal —, você é cheia de estilo.

Sem saber onde ele queria chegar e não querendo parecer muito satisfeita com as palavras que ouvia, Serena deu de ombros com indiferença.

— E...?

— E eu poderia usar alguém com os seus talentos. — A expressão dele não mudou quando os olhos dela se estreitaram. Justin apenas cruzou as pernas sob o corpo e ficou observando a reação dela, parecendo-se um pouco demais com seu ancestral comanche, pensou Serena.

Empurrando seus óculos para o topo da cabeça, Serena o encarou de volta.

— Usar como? — perguntou ela, de forma fria.

— Gerenciando meu cassino em Atlantic City. — Ele teve a satisfação de ver a incredulidade tomar o rosto dela.

— Você tem um cassino em Atlantic City?

Em um movimento imperceptível, ele pôs as mãos suavemente sobre os joelhos.

— Sim.

Serena olhou séria para ele, os olhos semicerrados. Ele pensou, divertido, que a confiança dela não veio tão rápido dessa vez. Então Serena soltou o ar lentamente.

— Comanche — murmurou Serena. — Há outro em Vegas também, e em Tahoe, eu acho. — Recostando-se, ela fechou os olhos. Então o apostador itinerante na verdade era um empresário muito bem-sucedido e muito rico. — Eu devia ter adivinhado.

Divertindo-se ainda mais com a reação dela, Justin relaxou. Ele tinha pensado em oferecer um emprego a ela pela primeira vez naquela manhã em Nassau. E naquela manhã havia tomado esta decisão parte por capricho, parte por negócio. Mas agora, observando o rosto forte e elegante de Serena, soube que já era mais que isso, mais do que devia ser. Era algo com que lidaria, depois de arranjar as coisas.

— Demiti meu gerente logo antes de vir para cá — continuou Justin, sem esperar que Serena abrisse os olhos novamente. — Um probleminha nas contas.

Ela abriu os olhos nesse instante, as sobrancelhas arqueadas.

— Ele estava enganando você?

— Tentando — corrigiu-a Justin, suavemente. — Ninguém me engana.

— Não — concordou Serena. — Tenho certeza de que ninguém faz isso. Ela dobrou os joelhos para que seus corpos não se tocassem, e então colocou os braços em volta deles. — Por que quer que eu trabalhe para você?

Justin teve a desconfortável sensação de que ela sabia que havia mais motivos do que ele revelara, apesar de ele mesmo não saber ao certo quais eram. Ele só sabia que a queria em seu mundo, onde podia vê-la… e tocá-la.

— Eu já disse — respondeu, sem mais, muito cauteloso para acariciar a pele dela de novo.

— Se você tem três hotéis bem-sucedidos…

— Cinco — corrigiu ele.

— Cinco. — Ela assentiu. — Então você não pode ser um homem que administra suas empresas por impulso. — Ou faz qualquer outra coisa por impulso, ela completou em sua mente. — Tenho certeza que você sabe que administrar um cassino como o seu está muito distante de distribuir cartas em um navio de cruzeiro. Você provavelmente tem o dobro das mesas que temos, e um faturamento que faria o nosso minúsculo lucro parecer dinheiro de bala.

Justin se permitiu sorrir. Era tudo verdade.

— Claro, se você acha que não consegue...

— Eu não disse que não consigo — retrucou ela e franziu a testa para ele. — Você é muito esperto, não é?

— Pense a respeito — sugeriu ele, enganchando um dedo em volta de um dos dedos dela. — Você mesma disse que não tem nenhum plano definido para depois desse cruzeiro.

Nenhum plano definido, pensou ela. Apenas uma vaga ideia de abrir seu próprio negócio. Ainda queria ter seu próprio negócio, mas não seria sensato administrar o negócio de alguém até aprender um pouco mais?

— Vou pensar a respeito — respondeu Serena, pensativa, quase sem perceber que o polegar de Justin estava subindo e descendo por seu dedo.

— Muito bom. — Com sua mão livre ele alcançou o cabelo dela, tirando uma das fivelas. — Nós podemos jantar em San Juan para discutir as questões práticas. — Jogando a fivela no chão, Justin tirou outra.

— Você pode parar com isso? — Irritada, Serena agarrou o pulso dele. — Todas as vezes que nos encontramos, você fica jogando minhas fivelas fora. Quando o cruzeiro acabar, estarei sem uma sequer.

— Gosto de seu cabelo solto. — Ele passou o dedo pelo coque quase solto dela, e espalhou o resto das fivelas. — Gosto de vê-lo se soltar.

Empurrando a mão dele para longe, Serena se levantou. Quando ele usava aquele tom de voz, uma mulher inteligente mantinha distância.

— Não vou jantar com você em San Juan ou em lugar algum. — Ela pegou o *dashiki* que estava usando como saída de praia. — E acho que já pensei o suficiente sobre a sua proposta.

— Com medo? — Descruzando as pernas, Justin se levantou em um movimento suave, felino.

— Não. — Ela o encarou muito tranquilamente, para que ele visse que ela falava a verdade.

— Que bom. — Satisfeito com aquela expressão forte e teimosa, ele colocou as mãos em volta do pescoço dela. Medo era muito comum e muito fácil de vencer. — Mas pense por alguns dias. Esta é uma proposta profissional. Não tem nada a ver com você e eu sermos amantes.

As carícias firmes que os dedos dele faziam atrás de seu pescoço tinham quase a seduzido a relaxar. As palavras dele acenderam seus olhos.

— Nós não somos amantes.

— Vamos ser — disse ele, segurando-a parada com uma das mãos enquanto se aproximava. — Logo. Nós dois somos pessoas que vão atrás daquilo que desejam, Serena. E desejamos um ao outro.

— Por que você não se livra de seu ego por algum tempo, Justin? Deve estar pesado. — Quando a mão dele desceu pelas suas costas para trazê-la para mais perto, Serena permaneceu rígida, relutando em lutar, relutando em perder.

— Apostadores acreditam no destino. — Apesar das costas dela estarem retas e inflexíveis, ele sentiu o toque suave de seios contra seu peito. Só uma fina faixa de tecido separava a pele dos dois. — Você tem tanto de apostadora quanto eu, Serena MacGregor. — Abaixando a cabeça, ele mordiscou a mandíbula dela. — Precisamos jogar com a mão que a recebemos.

Por quanto tempo ela poderia resistir a essa voz doce e essa boca cheia de lábia? Serena já sentia o coração martelando as costelas e a fraqueza pesada e fluida em seus membros. Se resistisse, perderia. Talvez... Seu cérebro começou a se enevoar, ela forçou a neblina sedosa a se afastar de todas as formas. Talvez desta vez pudesse jogar do jeito dele, e conseguir um empate. Lutando contra sua própria necessidade de se render, fez uma aposta perigosa.

Vagarosamente, suavemente, ela correu sua mão pelas costas nuas dele, deixando que suas unhas o arranhassem de leve. Quando a boca dele se colou ao seu pescoço, os joelhos dela quase cederam, mas ela mordeu o lábio inferior com força. A dor a ajudaria a manter o controle. Ela se roçou em Justin, sinuosa, enquanto seus dedos traçavam linhas na base do pescoço dele. O coração dele começou a acelerar, se emparelhando com o dela.

A boca dele estava faminta, mas Serena se virou, para que a boca dele parasse em qualquer lugar menos na dela. Se ele a beijasse, se ele a prendesse em uma daquelas loucuras intensas e irracionais de boca sobre boca, estaria perdida. A respiração irregular de Justin encontrou sua orelha, fazendo-a gemer. Serena apertou os olhos com força, lutando para não sentir todas as coisas que ele podia, sem nenhum esforço, fazê-la sentir. Apertou os lábios contra o pescoço dele, dizendo a si mesma que não era pelo gosto, mas só para levar o jogo ao próximo nível. Não cederia por aquele perigoso gosto masculino, pela sensação dos músculos tensos e fortes sob suas mãos. Desta vez — desta vez, prometeu a si mesma, iria derrotá-lo.

Serena o ouviu grunhir e sentiu um leve tremor percorrer o corpo de Justin quando ele a esmagou contra seu corpo. Estava tão espantada com seu recém-descoberto poder que não conseguia curtir a novidade, então ela apenas se segurou. Justin sussurrou algo em uma língua primitiva que ela não compreendeu, antes de enterrar o rosto em seus cabelos.

Seu coração a incitava a ficar como estava, pele quente contra pele quente. Podia ser tão bom se ali não fosse o lugar dela? Se o corpo dela não tinha sido projetado exatamente para isso, como podiam se encaixar de forma tão perfeita? Se sua boca não tivesse sido feita para a dele, seu sangue ferveria assim só com a antecipação de um beijo?

Não. Serena se conteve antes que a fraqueza fosse além da conta. Não se deixaria ser dominada por uma necessidade... ou por um homem.

Ela se empurrou para longe com força, sabendo que tinha conseguido se soltar só por tê-lo pego de surpresa. Devagar, rezando para que suas pernas a sustentassem, inclinou-se para pegar o *dashiki*, que havia caído no chão. Sem dizer nada, Serena o vestiu pela cabeça. Isso deu a ela um momento, apenas um momento, para se recuperar antes de olhar para ele.

Ela viu desejo naqueles olhos, um desejo temerário que fazia seu coração bater dolorosamente. E viu também cautela. Isso a fortaleceu, saber que Justin estava tão despreparado para esse assalto aos sentidos quanto ela. E por causa disso, Serena tinha uma vantagem.

— Se e quando eu decidir que quero fazer amor com você, você vai saber. — Ela disse isso com calma, virou-se e foi embora sem olhar para trás. Seus joelhos tremiam.

Justin a observou partir. Ah, ele poderia tê-la arrastado de volta, pensou, enquanto sua mão se fechava em um punho. Poderia arrastá-la para sua cabine e possuí-la em questão de minutos. Poderia mandar seu plano para o inferno e saciar essa fome que parecia devorá-lo de dentro para fora. Se uma vez, apenas uma vez, ficasse realmente a sós com ela... Com cuidado, Justin relaxou sua mão. Nunca era bom deixar as emoções comandarem seus movimentos. Isso era algo que ele tinha aprendido há muitos anos, e não ia esquecer agora.

Curvando-se, apanhou o frasco de protetor solar que Serena havia deixado ao lado da espreguiçadeira. Ela ficara intrigada com sua oferta, ele pensou, apertando a tampa do frasco distraidamente. E Serena podia tentar ignorá-la, mas a ideia agora estava em sua mente. Depois de um ano seguindo ordens, a possibilidade de dar ordens a atrairia. Com a vitória que acabara de obter, Serena se consideraria capaz de lidar com ele no campo pessoal. Ele contava que ela fosse MacGregor o suficiente para encarar um desafio como algo irresistível.

Um sorriso lento e frio se formou em sua boca. Justin era tão susceptível a um desafio quanto Serena. Tinha feito sua aposta, concluiu ele. Por hora, deixaria suas fichas na mesa.

O quarto de Serena estava completamente escuro quando o telefone ao lado da cama tocou. Ela tateou às cegas, procurando o botão do despertador. Como o toque não havia parado, tentou acertá-lo de novo, aborrecida, e derrubou o fone do gancho, acertando sua própria testa.

— Droga, maldição!

— Bom dia, garotinha.

Bêbada de sono e esfregando a testa, ela colocou o fone contra o ouvido.

— Pai?

— Como vai a vida em alto-mar? — perguntou ele, com uma voz retumbante e alegre que a fez estremecer.

— Eu... Hum... — Passando a língua pelos dentes, Serena fez um enorme esforço para acordar.

— Vamos lá, menina, fale mais alto.

— Pai, são... — Ela aproximou os olhos do despertador de novo até conseguir ler o painel luminoso. — Não são nem 6h.

— Um bom marinheiro está de pé ao amanhecer — disse ele.

— Ah, sei. Boa noite, pai.

— Sua mãe quer saber quando você vai voltar para casa.

Mesmo meio dormindo, Serena sorriu. Anna MacGregor nunca tinha sido uma mãe superprotetora, mas Daniel...

— Nós vamos chegar a Miami no sábado à tarde. Devo estar em casa no domingo. Você vai contratar uma banda?

— Rá!

— Um chefe de clã de saias e gaita de fole?

— Você sempre foi a mais atrevida, Rena. — Ele tentou soar severo, mas acabou soando orgulhoso. — Sua mãe quer saber se estão alimentando você direito.

Ela segurou uma gargalhada.

— Eles nos dão uma fatia de pão de cevada todas as semanas, e carne de porco aos domingos. Como está mamãe?

— Bem. Ela já foi para o hospital abrir a barriga de alguém.

— E Alan e Caine?

Daniel bufou.

— E quem os vê? — reclamou ele. — Parte o coração de sua mãe que os filhos dela tenham se esquecido dos pais. Não tem nem um neto sequer brincando aos pés dela.

— É muita falta de consideração de nossa parte — concordou Serena, seca.

— Agora, se Alan tivesse se casado com aquela linda garota Judson...

— Ela andava como um pato — recordou Serena, bruscamente. — Alan vai escolher sua própria esposa quando estiver pronto.

— Rá! — exclamou Daniel novamente. — Ele está com o nariz enterrado em trabalho lá em Washington. Caine continua correndo atrás de todos os rabos de saia que aparecem e você está flutuando por aí em um barco.

— Navio.

— Sua pobre mãe não vai viver para pegar seu primeiro neto no colo. — Com um suspiro profundo, ele acendeu um dos charutos grossos que Anna ainda não tinha conseguido confiscar.

— Você me acordou às 6h para reclamar sobre a procriação no clã MacGregor?

— Isso não é um assunto para zombarias, garotinha. O clã...

— Eu não estou zombando — assegurou ela, querendo evitar um discurso longo e emocionado. — E planejo ficar em casa por algum tempo, então você pode deixar para começar a me dar bronca no domingo.

— E agora, isso é jeito de falar? — queixou-se ele, ofendido. — Eu nunca levantei a mão para você.

— Você é o melhor pai que eu já tive — disse ela, com uma voz suave. — Eu vou comprar uma caixa de uísque escocês para você em Saint Thomas.

— Bem, então. — Satisfeito com a ideia, ele amoleceu, e então se lembrou de outra promessa de uma caixa de uísque escocês e do motivo por ter ligado para Serena tão cedo. — Conheceu alguém interessante no cruzeiro, Rena?

— Ah... Eu poderia escrever um livro. Vou sentir saudades do resto da tripulação.

— E os passageiros? — insistiu ele. Daniel tragou de seu charuto e tentou fazer anéis de fumaça. — Encontrou algum apostador de verdade?

— Um ou outro. — Os pensamentos dela viajaram até Justin, como os de Daniel.

— Imagino que você deve ter estado bastante ocupada com os homens. — Ela deu um grunhido descompromissado e virou-se de costas. Um homem, na verdade, pensou ela. — Claro que não tem nada errado com um pouco de romance de vez em quando — acrescentou ele, com uma voz jovial. — Desde que ele tenha um sangue bom e alguma pose. Um bom apostador precisa ter uma mente afiada.

— Quer que eu diga que estou planejando fugir com um deles?

— Qual? — perguntou ele, semicerrando os olhos.

— Nenhum — respondeu Serena com firmeza. — Agora vou voltar para a cama. Lembre-se de se livrar de todas essas cinzas de charuto antes de mamãe chegar em casa. — Daniel franziu a testa para o telefone e então para o charuto na mão. — Vejo você e mamãe no domingo. E, aliás, amo você, seu velho pirata.

— Tome um café da manhã decente — ordenou ele antes de desligar.

Pensativo, Daniel se recostou em sua imensa poltrona. Rena sempre tinha sido difícil de lidar, pensou ele. E Justin, bem, se Justin Blade não tiver se dado ao trabalho de passar uma ou duas noites tropicais na companhia dela, então ele não era o homem que Daniel achava que era. Apagou o charuto, lembrando-se de que tinha de se livrar das evidências antes que Anna voltasse para casa.

Tomara que não tivesse se enganado sobre Justin Blade! Daniel sabia do que os homens são feitos. Ele se permitiu um momento de prazer, especulando sobre netos de cabelos pretos e olhos violeta. Primeiro um menino, decidiu ele. Mesmo que não tivesse o nome MacGregor — e isso era uma pena —, teria o sangue dos MacGregor. Dariam a ele o nome de seu avô.

De bom humor, Daniel pegou o telefone, pensando que, uma vez que ele tinha começado, podia bem importunar seus outros filhos também.

Capítulo 5

Apesar de ficar repetindo para si mesma que não era problema dela, Serena não conseguia parar de pensar em qual era o plano de Justin. Não o via há dois dias. Durante esse período, ele não tinha aparecido no cassino. Também não estivera a bordo do convés Promenade, participando dos jogos particulares, pelo menos no tempo em que ela passara por ali durante seus intervalos.

O que ele estava aprontando? Serena se perguntou enquanto se preparava para seu último dia de folga do cruzeiro. Um apostador devia apostar, não é? Ele não era o tipo de pessoa que se contentava com um bingo no salão.

Justin estava fazendo isso de propósito, concluiu abotoando seu vestidinho vermelho. Está tentando me irritar. Serena não ficaria nem um pouco surpresa se descobrisse que, enquanto tinha ficado trabalhando e pensando, Justin tinha passado o tempo dele tomando sol em algum lugar, sabendo de tudo. Provavelmente tomou uma ou duas bebidas com a sra. Dewalter também, concluiu, agarrando sua escova de cabelos. Ao passar a escova no cabelo em movimentos rápido e fortes, Serena franziu a testa para si mesma no pequeno espelho.

— E daí? — disse ela em voz alta. — Se ele está correndo atrás dela, não está correndo atrás de mim. — A última coisa que ela queria em seus últimos dias no navio era uma batalha, verbal ou de qualquer outro tipo. Então era ótimo que Justin tivesse encontrado algo com que se manter ocupado; poupava a ela o trabalho de ignorá-lo.

Ele mexia com ela quando estava por perto. E também quando não estava por perto, pensou, e jogou a escova de volta na penteadeira. Isso não era justo. Não vou pensar nisso, decidiu Serena, sentando no chão para calçar as sandálias. Vou mergulhar, comprar algumas bugigangas — uma caixa de uísque — e, acrescentou ela sombriamente, vou me divertir. Não vou mais pensar nele.

Foi de propósito, pensou, batendo com a sandália na palma da mão. Ele veio para cima de mim com aquela coisa sobre gerenciar seu cassino, e então sumiu. Ele sabia que ia me deixar maluca, concluiu Serena com uma frustração renovada. Bem, onde um pode jogar, dois também podem, lembrou-se enquanto enfiava o pé na sandália. Vou me manter longe dele pelos próximos dias, mesmo que tenha de dizer que estou com enjoo marítimo e me trancar em minha cabine. E isso, decidiu, ensinaria uma lição a ele.

A testa de Serena ainda estava franzida quando alguém bateu na porta.

— Está aberta — respondeu ela imediatamente.

A última pessoa que esperava ver em sua porta era Justin. A última coisa que esperava sentir era prazer. Meu Deus, percebeu Serena, eu estava com saudades dele.

Justin notou a luz de um sorriso rápido nos olhos dela antes que Serena conseguisse transformá-lo em indiferença.

— Bom dia.

— Não é permitido aos passageiros circularem por este andar — disse em um tom que era ao mesmo tempo frio e formal.

— Oh. — Ele entrou, fechando a porta. Ignorando o chiado de aborrecimento dela, Justin examinou a pequena cabine.

Devia ter sido um espaço monótono e sem cor, com uma cama simples e paredes brancas, mas Serena tinha conseguido dar ao lugar certo estilo com apenas alguns toques. Um quadro de barcos à vela com cores vivas, uma tigela verde-escuro de formato estranho e cheia de fragmentos de conchas, um travesseiro listrado de tricô que o fez lembrar-se de Anna. A despensa em Hyannis Point, pensou ele, era maior que essa cabine.

— Nenhum espaço desperdiçado — comentou ele, deixando seus olhos se voltarem para ela.

— É *meu* espaço — advertiu Serena. — E é completamente contra as normas você estar aqui. Você poderia ir embora antes que eu seja demitida?

— Você já pediu demissão. — Postando-se entre ela e a cama, Justin examinou a pintura de mais perto. — Isso é muito bom... É o porto aqui em Saint Thomas?

— Sim. — Serena decidiu continuar sentada no chão, sabendo que era impossível duas pessoas ficarem em pé na cabine sem se tocarem. — Desculpe não poder ficar e fazer sala para você, Justin. Eu estava de saída.

Com um som indiferente de concordância, ele se sentou na cama.

— Resistente — comentou ele, extraindo dela um sorriso relutante. A cama era dura como uma pedra.

— É ótima para as costas. — Eles ficaram sentados se olhando por um momento, enquanto ela tentava esquecer o prazer de simplesmente tê-lo por perto. — Pensei que tinha me livrado de você.

— Pensou? — Apanhando a camisola fina com a qual ela dormia, Justin correu os dedos pela renda. Sem esforço algum, ele podia imaginá-la vestindo aquela peça, imaginar aquele material fino e maleável escorregando por sua pele enquanto ele a despia.

— Solte isso. — Serena se inclinou para tirar a camisola das mãos dele, e acabou ficando em cima dele ao fazer isso.

— Então você gosta de seda e rendas — afirmou ele, deixando a lingerie cair sobre a cama de novo antes que Serena conseguisse pegá-la. — Eu sempre admirei mulheres que usam coisas como essa quando dormem sozinhas. — Justin olhou para baixo, para ela, enquanto Serena se ajoelhava no chão, frustrada. — Mostra certa independência de espírito.

Ela levantou as sobrancelhas.

— Isso é um elogio?

— Eu achei que era. — Com um sorriso, ele se inclinou para enrolar as pontas do cabelo dela em seus dedos. — Por que você achou que tinha se livrado de mim?

— Eu gostaria que você não fosse tão gentil, Justin. Você me deixa desconcertada. — Sentando-se de volta sobre as ancas, Serena suspirou. — Você não tem ido ao cassino.

— Há outras diversões a bordo.

— Com certeza. — Sua voz ficou fria. — Como explicar o seu sistema para a sra. Dewalter?

— Quem?

Irritada, Serena se levantou e começou a procurar sua bolsa.

— A ruiva divorciada com o diamante do tamanho de um ovo.

— Oh. — Surpreso e achando graça daquilo, Justin observou enquanto ela mexia embaixo da cama. — Procurando alguma coisa?

— Sim.

Enquanto ele olhava, Serena ficou de barriga no chão e se enfiou embaixo da cama.

— Você quer ajuda?

— Não. Que droga! — Ela soltou um palavrão quando bateu a cabeça na parte de baixo da cama. Quando ela se arrastou de volta, Justin estava sentado no chão ao lado dela. Sem falar nada, ele sorriu e tirou o cabelo do rosto de Serena. — Justin... — Serena se virou e esvaziou o conteúdo da bolsa sobre a cama. — Eu realmente odeio ter de dizer isso.

Acostumada com sua língua ferina, ele deu nos ombros.

— Vá em frente, fale de qualquer jeito.

— Estava com saudade.

Olhando para trás, Serena viu surpresa no rosto dele pela segunda vez.

— Eu avisei que odiava dizer isso. — Quando ela começou a levantar, ele a segurou pelo braço e a fez parar.

Três palavras. Três palavras que trouxeram uma torrente de emoções conflitantes que ele nunca tinha experimentado. Ele tinha se preparado para vê-la aborrecida, fria, furiosa. Mas não para aquelas três simples palavras.

— Serena. — Ele colocou a mão no rosto dela, em um raro gesto de puro carinho. — Essa é uma coisa perigosa de dizer para mim quando estamos sozinhos.

Ela tocou rapidamente a mão dele, e então a tirou de perto de seu rosto.

— Eu não pretendia mesmo dizer isso para você. Acho que nem tinha me dado conta disso até você aparecer aqui. — O suspiro dela foi ao mesmo tempo confuso e melancólico. — Eu apenas não entendo.

— Fico pensando por que nós dois achamos que precisamos entender — disse ele, mais para si mesmo.

Ela se levantou abruptamente e começou a colocar o que achava que ia precisar na bolsa.

— Vou à praia, mergulhar e passear pelos pontos turísticos — disse Serena. — Você gostaria de vir comigo?

Ela não ouviu quando ele se moveu — ele não fez nenhum barulho —, mas sabia que Justin tinha levantado e parado atrás dela. Pela primeira vez em um ano, Serena sentiu o leve pânico da claustrofobia.

Justin colocou as mãos nos seus ombros e a virou para ele. Esses olhos, pensou. Essa cor intensa, penetrante, impossível. Parecia que bastava olhar para eles e o desejo surgia nos seus.

— Uma trégua? — perguntou ele.

Serena viu, com alívio, que Justin não ia usar a vantagem que ela havia lhe dado.

— Qual seria a graça? — retrucou ela. — Você pode vir comigo se quiser, mas sem trégua.

— Seus termos parecem razoáveis — respondeu ele. Quando colocou as mãos na cintura dela, Serena colocou a bolsa entre eles. Justin olhou para a bolsa e então para ela.

— Isso está longe de ser um obstáculo.

— A oferta é para passear pelos pontos turísticos — lembrou ela. — É pegar ou largar.

— Vamos combinar assim, então. — Com uma hesitação tão rápida que foi imperceptível, Justin tirou as mãos. — Por hora.

Aceitando a resposta, Serena virou-se e abriu a porta.

— Você já passeou em um barco com fundo de vidro?

— Não.

— Você vai adorar — garantiu ela, e o tomou pela mão.

A pele de Serena estava molhada, quente e brilhava ao sol. Dois pequenos pedaços de pano cobriam seus seios e seus quadris. Quando esticou as pernas na manta, soltou um suspiro de satisfação.

— Eu gosto de pensar nos piratas. — Justin olhou além da areia, para a magnífica água azul e quase podia ver a bandeira negra com a caveira tremulando na brisa. Montanhas verdes altas os cercavam, como se elas também estivessem flutuando no mar. — Trezentos anos atrás. — Sacudindo seus cabelos molhados, ela sorriu para Justin. — Quase nada, se você pensar há quanto tempo essas ilhas estão aqui.

Algumas gotas de água brilhavam na pele morena dele.

— Você não acha que Barba Negra ficaria um pouco chateado se visse tudo isso? — Ele gesticulou para indicar as pessoas espalhadas pela areia branca da praia e brincando na água turquesa. Havia o som de risos e o aroma de loção bronzeadora. — Ao contrário de nós, não acho que ele ia considerar essas praias intocadas.

Ela riu, revigorada e cheia de animação depois de uma hora mergulhando.

— Ele encontraria algum outro lugar. Piratas tem um dom para isso.

— Você fala como se os admirasse.

— É fácil romantizar qualquer coisa alguns séculos depois. — Serena se apoiou nos cotovelos, aproveitando a sensação de secar ao sol. — E eu acho que sempre admirei pessoas que viveram de acordo com suas próprias regras.

— A qualquer preço?

— Ah, você vai ser pragmático. — Serena inclinou o rosto em direção ao sol. O céu estava tão azul quanto a água, e não havia nenhuma nuvem. — Isso aqui é bonito demais para sermos práticos. Há tanto barbarismo e crueldade hoje quanto havia há trezentos anos, e nem metade da aventura. Eu adoraria dar uma volta na máquina do tempo de H.G. Wells.

Intrigado, Justin pegou o pente que Serena tinha largado e começou a passá-lo nos cabelos dela.

— Para onde você iria?

— A Inglaterra de Arthur, a Grécia de Platão, a Roma de César.

Ela suspirou, achando a sensação do pente que Justin passava em seu cabelo ao mesmo tempo sensual e calmante.

— Centenas de outros lugares. Eu teria de ir conhecer Rob Roy na Escócia, ou meu pai jamais me perdoaria. Eu gostaria de ter visto o Oeste antes que os colonos o descobrissem, mas aí, suponho que teria de estar na primeira caravana para o Oregon. — Rindo, ela virou a cabeça toda para trás, até ver o rosto de Justin de baixo. — Teria valido o risco de ser escalpelada por seus ancestrais.

Justin segurou os cabelos dela.

— Teria sido um prêmio e tanto.

— Eu preferiria mantê-los — disse Serena, com ironia. — E você? — perguntou. — Você não gostaria de voltar alguns séculos no tempo, e jogar cartas em um bar do velho Oeste?

— Eles não gostavam de comanches.

Virando o braço para trás, ela retirou os cabelos molhados da testa dele.

— Você está sendo pragmático novamente.

Ele a encarou por um momento.

— Eu estaria em um grupo de guerreiros, atacando sua caravana.

— É. — Ela olhou para o mar outra vez. Era besteira esquecer quem e o que ele era, mesmo que por um momento. Ele era diferente. E isso só aumentava a atração. — Acho que você estaria. Nós estaríamos abrindo novas fronteiras e você estaria defendendo o que já era seu. Tudo fica nebuloso, e você se pergunta se algum dos dois lados estava errado no início. Você se sente enganado? — ela se perguntou em voz alta. — Acha que seus direitos ancestrais foram violados?

Justin passou o pente pelo cabelo dela bem devagar. Conforme os fios secavam, Justin podia ver todas as sutis variações de tonalidade que se fundiam para formar o intenso dourado. — Prefiro conquistar o que quero, em vez de pensar em heranças.

Serena assentiu, porque aquelas palavras expressavam com precisão os seus próprios sentimentos.

— Os MacGregor foram perseguidos na Escócia, forçados a desistir de seu nome, de seu padrão de xadrez, de suas terras. Se eu estivesse lá, teria lutado. Agora é só uma história fascinante. — Ela deu uma risada, mudando de humor. — Uma história que meu pai vai contar sem parar, à menor provocação.

Uma criança pequena, correndo pela areia para escapar da mãe, caiu como uma bola de praia sobre o colo de Serena. Rindo, ela agarrou o pescoço de Serena e se pendurou nela, como se elas estivessem juntas na conspiração.

— Ora, olá — Com uma risada, Serena devolveu o abraço, e então inclinou a cabeça da criança o suficiente para conseguir ver a expressão de alegria em seus olhos castanhos. — Você está fugindo, é?

A menina pegou um punhado de cabelo de Serena.

— Bonito.

— Que menina inteligente — comentou ela, olhando por cima dos ombros para Justin. Para sua surpresa, ele pegou a menina e a colocou em seu próprio colo. Ele tocou o narizinho da criança.

— Você é bonita também. — Com mais uma sequência de risadas, ela deu um beijo molhado no rosto de Justin.

Antes que Serena pudesse se recuperar da surpresa pela facilidade com que ele aceitou aquele cumprimento ensopado, uma mulher em um maiô preto os alcançou, sem fôlego.

— Rosie! — A mãe, exausta, trazia um balde de plástico e uma pá nas mãos, e suas bochechas estavam coradas. — Ai, me desculpem.

— Bonito — reafirmou Rosie, dando outro beijo em Justin. Desta vez Serena começou a rir.

— Rosie! — Exasperada, a mãe passou a mão pelo cabelo. — Desculpem-me — repetiu. — Ela corre para todo lado como uma louca. Ninguém está a salvo.

— Correndo, você chega mais rápido e tem mais tempo para brincar, não é, Rosie? — Serena acariciou o cabelo castanho de Rosie, sorrindo para tranquilizar a mãe. — Ela deve te dar muito trabalho.

— Fico exausta — admitiu a mulher. — Mas, sério, eu...

— Não se desculpe. — Com delicadeza, Justin limpou a areia das mãos da menina. — Ela é linda.

Claramente feliz com o elogio, a mãe relaxou, então deu a mão para a filha.

— Obrigado. Vocês têm filhos?

Serena demorou um instante para perceber que eles estavam sendo tratados como um casal. Antes de ela conseguir lidar com aquilo, Justin já estava respondendo.

— Ainda não. Suponho que essa aqui não esteja à venda.

Pegando Rosie no colo, a jovem mulher sorriu para ele.

— Não, apesar de às vezes eu me sentir tentada a alugá-la. Ela dá um bocado de trabalho. Obrigada de novo. Nem todo mundo gosta de ser atacado por um tornado de 2 anos. Diga adeus, Rosie.

— Tchau! — Rosie acenou com a mão gordinha por cima dos ombros da mãe, antes de fazer um grande esforço para descer do colo novamente. Serena podia ouvir risadas altas e divertidas enquanto mãe e filha caminhavam pela praia.

— Realmente, Justin. — Serena espanou a areia que Rosie tinha trazido. — Por que você disse para aquela mulher que nós ainda não temos filhos?

— Porque não temos.

— Você sabe perfeitamente do que estou falando — começou ela.

— Quem está sendo pragmática agora? — Antes que Serena pudesse responder, ele passou o braço por sua cintura e colou os lábios em seu ombro. Em vez de resistir, ela se apoiou nele por um instante, aproveitando a proximidade.

— Ela é um doce.

— A maioria das crianças é assim. — Ele beijou o outro ombro dela. — Elas não têm pretensões, não têm preconceitos e sentem muito pouco medo. Logo sua mãe vai ensiná-la a não falar com estranhos. O que é necessário, mas bem triste.

Serena se afastou para poder girar e olhar para ele direito.

— Eu não acreditaria se me dissessem que você sequer pensava em crianças.

Justin ia começar a contar a ela como aquele momento que compartilharam com a menina tinha despertado necessidades nele, a necessidade de ter uma família, o que ele quase tinha esquecido como era. Uma mulher ao seu lado, uma criança pedindo um beijo. Mas Justin afastou esse pensamento para longe, do mesmo jeito que Serena tinha espanado a areia. Era melhor andar com cuidado em terreno desconhecido, disse a si mesmo.

— Eu mesmo comecei daquela forma — disse ele por fim.

Ela notou a hesitação nele, mas descobriu que suas próprias emoções estavam estranhamente nebulosas.

— Tem certeza? — Sorrindo, ela colocou as mãos nos ombros dele.

— Acho que posso dizer que sim.

— Vou contar uma coisa para você — disse Serena solenemente, se inclinando um pouco mais para perto.

— Sim?

— Eu não acho que você seja bonito.

— As crianças tem um olhar mais preciso que os adultos.

— Você não tem sequer uma essência bonita — insistiu ela, mas achou a urgência de colar seus lábios aos dele difícil demais de resistir.

— Nem você. — Correndo suas mãos pelas costas dela, Justin a beijou com mais intensidade. As pálpebras pesaram, como as dela, mas nenhum dos dois fechou completamente os olhos. Ela sentiu algo sair dela enquanto seu corpo amolecia, algo pequeno, mas vital, que era dela em um momento e no momento seguinte era dele. Serena se rendeu a ele em um beijo que trazia mais promessa que paixão.

— Eu nunca quis ter uma essência bonita — murmurou ela.

— Graças a Deus. — A mão dele, de repente, por um instante, segurou seus cabelos com mais força, apesar da boca continuar colada à dela suavemente.

Serena se afastou. Alguma coisa tinha mudado. Não havia nenhuma explicação, nenhuma ideia do quê, mas algo tinha mudado. Ela precisava colocar as coisas de volta em terra firme até ter tempo para decifrar esse enigma. Seu corpo estava mole, fraco e estranho.

— Melhor nós irmos — conseguiu dizer. — Preciso comprar algumas coisas na cidade antes de voltar ao navio.

— O tempo e a maré não esperam por ninguém — recitou ele.

— Mais ou menos isso. — Levantando, ela bateu a areia de seu vestido antes de vesti-lo sobre o biquíni.

— Você não vai sempre ter essa desculpa. — Justin se levantou junto com ela, parando as mãos que abotoavam a roupa.

— Não — concordou Serena, e voltou a abotoar o vestido. — Mas eu tenho agora.

Foi preciso alguma destreza no volante para contornar o trânsito da Charlotte Amalie, e depois um golpe de sorte para encontrar uma vaga para estacionar o carro. As ruas estavam lotadas de táxis, gente e pequenos ônibus abertos com tetos decorados com cores alegres. Durante esse tempo, Justin e Serena ficaram em silêncio, ocupados cada um com os próprios pensamentos.

O que tinha acontecido, perguntava-se ela, durante aquele beijo curto, quase amigável, na praia? Por que ele a tinha feito se sentir derretendo por dentro, apreensiva e, de alguma forma, maravilhada? Talvez tenha algo a ver com como ficou tocada ao ver Justin com a menininha. Era difícil imaginar um homem como ele, um apostador com aqueles traços de frieza e crueldade, fazendo-se de bobo para uma moreninha de dez quilos com mãos grudentas e salgadas. Ela simplesmente nunca tinha esperado aquela delicadeza dele.

Podia também ser porque, se antes Serena *achava* que poderia gostar dele, agora ela *sabia* que gostava. Mas com um pé atrás, acrescentou, como que para se tranquilizar, jamais seria inteligente deixar a cautela completamente de lado ao lidar com Justin. E agora que ela podia admitir que gostava dele e que apreciava sua companhia, o cruzeiro estava quase no fim. Durante esse tempo, Serena estaria tão ocupada com seus turnos e deveres que não teria nem uma hora livre para passar com ele, muito menos um dia inteiro. Pelo resto da viagem estariam no mar, com o cassino aberto dezesseis horas por dia.

Claro que ainda havia a possibilidade de aceitar a sua oferta de emprego. Franzindo a testa levemente, ela olhou pela janela, vendo uma mesa na calçada coberta de chapéus feitos com folhas de palmeira ao lado de uma loja da Gucci. Pelos últimos dois dias, Serena tinha evitado pensar na proposta — primeiro por seu gênio, segundo por seu bom senso lhe dizer que seria melhor considerar a oferta quando houvesse alguma distância entre eles. Atlantic City seria uma aventura. Trabalhar com Justin seria um risco. Talvez um e outro fossem a mesma coisa.

Por que o súbito relaxamento de Serena o preocupava?, perguntava-se Justin. Aquele, afinal, tinha sido um de seus objetivos. Ele a queria da mesma forma que a quis no primeiro momento em que a viu. Ainda assim, os dias que passaram juntos, discutindo, rindo e envolvidos em uma paixão tinham aberto alguns novos ângulos ao que deveria ter permanecido uma necessidade básica.

Já não era mais tão simples atribuir suas emoções conflitantes às maquinações do pai dela. Na verdade, fazia dias que ele não pensava nela como a filha de Daniel MacGregor. Enquanto manobrava o carro na vaga, Justin decidiu que talvez fosse melhor voltar a pensar nela assim, pelo menos por hora.

— Mais chaveiros que tocam "Pour Elise"? — perguntou ele quando desligou o motor. Apesar da decisão que tinha acabado de tomar, Justin a puxou para perto para sentir o gosto dos lábios dela novamente.

— Eu nunca me repito — retrucou ela, mas não se afastou.

— Só dessa vez — murmurou ele —, abra uma exceção.

Com uma risadinha baixa, ela aumentou a pressão até que os dois esqueceram que estavam dentro de um carro estacionado na rua no meio de uma cidade lotada. Hoje à noite, pensou ela, enquanto seus dedos corriam pelo rosto dele, a caminho do cabelo. Tinha chegado a hora de parar de fingir e pegar o que ela queria.

— Serena. — Meio gemendo, meio suspirando, ele a afastou.

— Eu sei. — Por um instante, Serena descansou a cabeça no ombro dele. — Parece que estamos destinados a nos encontrar em lugares públicos. — Ela suspirou de forma rápida e audível, e saiu do carro. — Como nós passamos tanto tempo na praia, eu não vou ter tempo para nada além de compras muito disciplinadas. — Justin deu a volta no carro para pegá-la pela mão. Serena sorriu, e com uma rápida olhada em volta da rua estreita e lotada, apontou.

— Acho que dá para comprar algumas lembranças e a bebida que eu preciso ali.

Antes que pudessem chegar ao seu destino, a vitrine da Cartier a atraiu. Serena deu um longo suspiro de admiração e desejo.

— Como é que uma mulher inteligente pode se pegar desejando um monte de pedras brilhantes? — perguntou-se ela em voz alta.

— É natural, não é? — Justin parou ao seu lado, deixando seu olhar passear pelo brilho dos diamantes e pelo cintilar das esmeraldas. — A maioria das mulheres é atraída por diamantes... A maioria dos homens também.

— Carbono pressurizado — disse ela, e suspirou outra vez. — Pedaços de pedra escavados de cavernas. Séculos atrás, nós os usávamos como amuletos para afastar maus espíritos ou para atrair boa sorte. Os fenícios navegaram até os países na costa do Báltico em busca de âmbar. Guerras foram travadas por eles, países explorados... E de alguma forma, isso os torna mais atraentes.

— Você nunca faz um agrado para si mesma?

Serena se afastou da vitrine e sorriu para ele.

— Não, isso me dá alguma coisa para desejar. Prometi a mim mesma que minha próxima viagem vai ser somente para relaxar, e nada mais. Daí eu vou comprar tanta coisa que talvez deixe um grande buraco na minha conta bancária. Mas agora... — Ela gesticulou em direção à próxima loja. — preciso comprar mais algumas lembrancinhas, das tradicionais mesmo, para alguns primos e uma caixa de Chivas Regal.

Justin entrou na loja com ela, e Serena foi imediatamente tomada por uma excitação de pegar, escolher e comprar. Ela geralmente não gostava de fazer compras, mas quando começava, se esbaldava. Quando Justin se afastou, mal prestou atenção, concentrada na seleção de toalhas de mesa bordadas de linho.

Depois de comprar e embalar as lembrancinhas, Serena foi até o balcão de bebidas, onde havia inúmeras garrafas de destilados, licores e vinhos. Uma olhada no relógio a informou que tinha pouco menos de duas horas para estar de volta ao navio.

— Uma caixa de Chivas, doze anos.

— Duas.

Ao ouvir a voz de Justin, Serena se virou.

— Oh, pensei que tinha me perdido de você.

— Você achou tudo o que queria?

— Mais do que eu queria — admitiu com uma careta. — Vou me odiar quando for fazer as malas. — O vendedor colocou duas caixas de uísque sobre o balcão. — Eu gostaria que a minha fosse entregue no *Celebration*. Tirando seu cartão de crédito, ela esperou que o vendedor preenchesse o formulário.

— E a minha — disse Justin, contando notas.

Serena reparou naquela caixa de uísque enquanto ele fornecia a informação necessária. Estranho, pensou ela, ele não parecia o tipo de pessoa que comprava uísque em caixa. Ele nunca bebia enquanto jogava, uma das primeiras coisas que Serena notou. Por todo o cruzeiro, só tinha visto Justin com uma bebida nas mãos uma vez, durante o piquenique em Nassau. Ela deduziu que talvez ele estivesse comprando para dar de presente, mas ainda assim parecia estranho que comprasse tanta bebida de um só tipo e marca. Depois de assinar o comprovante do cartão, ela colocou o recibo na bolsa.

— Acho que acabamos. — Deslizando sua mão para a dele, ela começou a andar para a saída. — Estranho nós termos comprado a mesma marca de uísque.

— Não se você levar em consideração que é tudo para a mesma pessoa — respondeu ele, pausadamente.

Com um sorriso perplexo, Serena olhou para ele.

— Para a mesma pessoa?

— O seu pai não bebe nenhuma outra marca.

— Como você... — Confusa, ela balançou a cabeça. — Por que você compraria uma caixa de uísque para o meu pai?

— Ele me pediu. — Ele a conduziu através de um grupo de adolescentes.

— Pediu para você? — Bloqueados por outro grupo de compradores, Serena teve de esperar até conseguir abrir caminho. — Como assim ele pediu para você?

— Nunca vi Daniel fazendo nada sem segundas intenções. — Justin a pegou pelo braço para guiá-la até o outro lado da rua, pois ela estava olhando para ele e não para os carros. — Não parecer ser nada demais quando ele pediu uma caixa de uísque.

Daniel?, pensou Serena, notando a facilidade com que ele usava o nome de seu pai. Por um momento seu pensamento se concentrou naquele pequeno detalhe, até que perguntas desconfortáveis e sem resposta começaram a surgir. Ignorando o fluxo de pedestres, ela parou no meio da calçada.

— Justin, é bom você me explicar exatamente do que está falando.

— Estou falando sobre comprar uma caixa de uísque para seu pai, para agradecer a gentileza dele em reservar minha passagem no *Celebration*.

— Você está enganado. Meu pai não é um agente de viagens.

Ele deu uma gargalhada tão alta quanto a que deu no dia em que soube o sobrenome dela.

— Não, Daniel pode ser tudo, menos um agente de viagens. Por que não vamos até ali e nos sentamos?

— Não quero me sentar. — Ela recolheu o braço bruscamente enquanto ele a conduzia a um dos pátios frios. — Quero saber por que diabos meu pai teria algo a ver com o planejamento das suas férias.

— Acho que ele estava fazendo planos para minha vida, na verdade. — Encontrando uma mesa vazia, Justin a empurrou de leve em uma cadeira. — E para a sua — acrescentou, sentando-se.

Ela podia sentir o cheiro das iguarias saídas do forno na padaria em frente a eles, ouvir a conversa da pequena livraria ao lado. Sentiu uma vontade súbita de socar alguma coisa, por isso cruzou as mãos sobre a mesa. — De que diabos você está falando?

— Conheci seu pai há uns dez anos. — Calmamente, Justin sacou um charuto e o acendeu. Serena reagia precisamente do modo como ele esperara. A previsibilidade diminuiu a tensão com a qual ele vinha lutando desde aquele momento na praia, quando havia sentido algo escapando de seu controle. — Fui a Hyannis Port com uma proposta de negócios — começou Justin. — Jogamos pôquer e, desde então, temos feito alguns negócios. Você tem uma família bem interessante. — Serena não fez comentário algum, mas seus dedos se fecharam, ainda mais apertados.

— Fiquei muito amigo deles ao longo dos anos — continuou ele, gentilmente. — Você sempre parecia estar na escola quando eu os visitava, mas ouvi muito sobre... Rena. Alan admira sua inteligência, Caine seu cruzado de direita. — Embora os olhos dela ardessem, Justin não pôde evitar que um pequeno sorriso curvasse seus lábios. — Seu pai quase levantou um monumento quando você se graduou na Smith dois anos antes do previsto.

Serena reprimiu a vontade de xingar, reprimiu a vontade de gritar. Aquele cara tinha sido íntimo da vida dela por uma década sem seu conhecimento ou consentimento.

— Você sabia — começou ela, com uma voz baixa e furiosa. — Sabia esse tempo todo quem sou eu, e não disse nada. Fazendo jogos quando só precisava explicar...

— Espere um pouco. — Quando ela começou a se levantar, ele apanhou o braço dela com um aperto forte. — Não sabia que a carteadora de blackjack chamada Serena era a Rena MacGregor de Daniel, a garota modelo de quem ouvi falar nos últimos dez anos.

Serena corou, tanto de fúria quanto de embaraço. Durante a maior parte de sua vida, tinha achado engraçada e também fofa a forma como seu pai se vangloriava dela. Agora sentia aquilo como um tapa frio e forte em seu rosto.

— Não sei qual é seu jogo...

— O jogo de *Daniel* — interrompeu Justin de novo. — Não percebi quem você era nem porque Daniel tinha insistido tanto para eu fazer essa viagem até aquele dia na praia, quando você gritou comigo sobre os MacGregor não serem obrigados a nada.

Serena baixou um pouco a guarda, pois se lembrava da expressão de completo choque no rosto dele naquele dia.

— Ele lhe enviou as passagens e não mencionou que eu trabalhava no *Celebration*?

— O que você acha? — retrucou Justin, batendo o charuto em um cinzeiro de plástico, observando-a. — Quando descobri seu nome completo, percebi que havia sido manipulado por um especialista. — Ele sorriu, mais uma vez achando graça. — Admito que fiquei incomodado por um instante ou dois.

— Incomodado — repetiu Serena, sem achar graça. A breve conversa que teve pelo telefone com o pai passou em sua cabeça. Ele a havia sondado, percebeu, imaginando se seu pequeno esquema tinha dado frutos. — Eu vou matá-lo — disse, baixinho. Seus olhos, sombrios pela fúria mal controlada, voltaram-se para Justin. — Depois que acabar com você. — Ela esperou um momento, porque a vontade de gritar estava crescendo de novo. — Você poderia ter me contado isso há dias.

— Poderia — concordou Justin. — Mas quando percebi que sua reação seria basicamente essa, decidi não dizer.

— Você decidiu — disse ela entredentes. — Meu pai decidiu. Ah, que maravilhosos egomaníacos vocês homens são! Talvez não tenha ocorrido a vocês que eu estava no tabuleiro também. — A raiva inundou o rosto dela.

— Você achou que me levaria para a cama para se vingar dele por esses momentos de incômodo?

— Você sabe que é mais que isso — Justin falou tão delicadamente que Serena teve de engolir uma nova resposta atravessada. — Por algum motivo, tive dificuldade em relembrar de quem você é filha todas as vezes em que coloquei as mãos sobre você.

— Vou lhe dizer o que eu sei — disse Serena na mesma voz perigosamente baixa. — Vocês dois se merecem. São ambos arrogantes, pretensiosos, idiotas prepotentes. Que direito você tem de se intrometer na minha vida dessa maneira?

— Seu pai provocou essa intromissão — disse-lhe Justin no mesmo tom. — O resto foi estritamente pessoal. Se você quer assassinar o velho, é problema seu, mas não enfie suas garras em mim.

— Não preciso da sua permissão para matá-lo! — devolveu ela, começando a falar alto o bastante para que algumas cabeças se virassem.

— Acho que acabei de dizer isso.

Ela se levantou em um pulo, procurando inutilmente por algo para jogar nele. Já que era impossível para ela erguê-lo e o arremessá-lo com força através da vitrine da livraria, ela simplesmente bufou.

— Acho que não tenho o mesmo senso de humor que você — conseguiu dizer depois de um momento. — Acontece que para mim o que meu pai fez foi um insulto e uma humilhação. — Reunindo o que havia restado de sua dignidade, Serena apanhou suas sacolas. — Gostaria que você ficasse longe de mim durante o resto da viagem. Será extremamente difícil me conter para não jogar você no mar.

— Certo. Se... — acrescentou Justin antes que ela pudesse falar de novo — você prometer que em duas semanas vai me dizer o que decidiu sobre a oferta de emprego em Atlantic City. — Mesmo com os olhos dela se arregalando e sua boca se escancarando para demonstrar o abuso, ele ergueu a mão. — Ah, não. O acordo está acabado se você me der sua resposta agora. Duas semanas.

Tensa, ela assentiu.

— Vai receber a mesma resposta, mas posso adiá-la. Adeus, Justin.

— Serena. — Soltando fumaça, ela se virou para lançar um olhar fulminante para ele. — Mande um abraço meu para o Daniel antes de matá-lo.

Capítulo 6

A PRIMEIRA COISA QUE SERENA notou durante o trajeto do aeroporto para casa foram as árvores. Fazia algum tempo que não via carvalhos, bordos e pinheiros tocados pelo outono. Mal era setembro, mas a sensação do outono estava no ar, com toda a força e todas as cores. Mesmo apreciando a paisagem, ela fervia.

Se não tivesse sido doutrinada a terminar um trabalho uma vez que o tivesse começado, teria apanhado o primeiro avião para sair de St. Thomas depois da revelação de Justin. Em vez disso, enfrentara suas obrigações com um sorriso no rosto e raiva no peito. Em vez de se acalmar nesse meio-tempo, Serena tinha ficado ainda mais brava e frustrada, e se sentira ainda mais usada. Talvez porque Justin mantivera sua parte do acordo, ficando fora de seu alcance pelo restante do cruzeiro, toda a raiva de Serena estava completamente concentrada em um homem: Daniel MacGregor.

— Ah, você vai se arrepender — murmurou ela, fazendo o taxista olhar rapidamente pelo retrovisor. Moça bonita, ponderou ele. Louca de pedra. Ele começou a tranquila corrida ao longo da Nantucket Sound em um silêncio discreto.

A primeira vista da casa conseguiu distrair Serena de seus planos de vingança. A pedra cinzenta brilhava em alguns pontos pela mica sob o sol do fim da tarde. A casa havia sido construída de acordo com o capricho de Daniel, e com suas torres gêmeas, assemelhava-se tanto com um castelo quanto foi possível. Havia grandes sacadas de pedra, rusticamente entalhadas, e venezianas altas. Um canteiro encantador de flores formava um semicírculo em torno da fachada — no lugar, Serena sempre considerou, do fosso que o pai teria preferido.

Da construção principal, duas estruturas de pedra mais baixas se projetavam. Uma era uma garagem para dez carros, que, com Alan e Caine fora, estaria meio vazia. A outra guardava uma piscina aquecida. Daniel poderia preferir um estilo primitivo de arquitetura, mas apreciava o conforto.

O táxi parou na frente dos degraus de granito, interrompendo a análise que Serena fazia sobre a casa na qual crescera. Deixando as duas malas e o uísque para o taxista tirar do porta-malas, juntou suas muitas sacolas de compras e subiu os degraus.

Seguindo um velho hábito, olhou para a porta maciça de carvalho, onde o brasão dos MacGregor estava entalhado em uma aldrava de bronze. Sob o leão coroado, havia o lema em gaélico, que significava "Real é minha raça". Como sempre, ela sorria ao ler. O pai havia insistido que eles aprendessem a dizê-lo em gaélico, ainda que não soubessem mais nenhuma palavra nessa língua.

— Só as coloque ali, obrigada. — Ainda sorrindo, Serena pagou o motorista, depois se virou para bater o brasão da família na porta. O som reverberaria pela casa, pensou, como o barulho de um canhão se aproximando.

A porta foi escancarada em suas dobradiças bem lubrificadas por um pedacinho de mulher com cabelo cinza-chumbo e traços angulosos. Sua boca se escancarou, acentuando o queixo afiado.

— Senhorita Rena!

— Lily. — Serena abraçou a mulher pequena e ossuda com toda a exuberância da juventude. Além de cumprir suas obrigações como governanta, Lily havia sido a mãe substituta todas as vezes que Anna estivera ocupada no hospital. Tinha cuidado das três crianças indomáveis com destreza, curando feridas e permitindo que as brigas se resolvessem por si mesmas. — Sentiu saudades de mim? — quis saber Serena, dando um último abraço em Lily antes de finalmente parar de abraçar a mulher mais velha.

— Mal percebi que você partiu. — Lily lhe deu um sorriso acolhedor. — Onde está seu bronzeado?

— Na minha imaginação.

— Lily, não era a porta? — Segurando uma peça de bordado em uma das mãos, Anna MacGregor colocou a cabeça para fora de uma porta no fundo do longo saguão. — Rena! — Ela se adiantou, os braços abertos. Serena correu para eles.

Anna era delicada e forte. Isso afetou Serena, junto com uma centena de memórias. Ela inspirou fundo, inalando a fragrância de flor de macieira que a mãe usara desde que mal podia se lembrar.

— Bem-vinda ao lar, querida. Pensávamos que viesse amanhã.

— Peguei um avião mais cedo. — Serena se afastou, inclinando a cabeça de modo a poder estudar o rosto da mãe. A pele ainda era sedosa, com apenas algumas rugas traindo sua idade. Havia uma maciez jovem no rosto de Anna que Serena achava que ela nunca perderia. Seus olhos eram calmos, refletindo sua essência, que havia se recusado a mudar ao longo de anos em salas de operação, lado a lado com a morte. Seu cabelo caía em ondas suaves, um rico castanho salpicado de cinza. — Mãe. — Serena encostou o rosto com o da mãe de novo. — Como você consegue se manter tão bonita?

— Seu pai insiste nisso.

Rindo, Serena se afastou, apanhando uma das mãos fortes e habilidosas de sua mãe.

— É bom estar em casa.

— Você está maravilhosa, Rena. — Anna a estudou com uma mistura fácil de orgulho maternal e profissionalismo. — Nada melhor que o ar úmido do mar para a pele. Lily, por favor, avise ao cozinheiro que a srta. Rena está em casa; vamos fazer o jantar de boas-vindas um dia antes. Quero que você me conte tudo sobre suas viagens — continuou ela, virando-se de novo para a filha. — Mas se você não subir primeiro para ver seu pai, nunca vou ouvir o fim da história.

Abruptamente, Serena se lembrou de sua missão. Anna observou os olhos dela se estreitarem e, reconhecendo o sinal, ergueu as sobrancelhas.

— Ah, pretendo subir e vê-lo, claro.

— Algo que você gostaria de me contar?

— Depois. — Serena suspirou. — Ele vai precisar de atendimento médico quando eu terminar com ele.

— Entendo. — Sabendo que era melhor não questionar a filha, Anna apenas sorriu. — Vou estar no estúdio, então. Teremos uma ótima e longa conversa quando você terminar de gritar com seu pai.

— Não vai demorar muito — murmurou Serena e começou a subir a escadaria larga e curva.

No primeiro degrau, ela olhou para o corredor à sua esquerda. Era ali que a família dormia, com o quarto da infância de Serena três portas à esquerda.

A ala era um labirinto de curvas, desvios e cantos escuros. Ela podia se lembrar de seu irmão Caine se escondendo atrás de um baú de quase um metro de altura, depois saltando detrás dele para quase matá-la de susto.

Serena o perseguira por aproximadamente trinta minutos até que sua raiva fosse superada pela simples alegria da correria. Ele a deixara apanhá-lo no fim, no gramado leste, onde a jogara no chão, para lutar até que ficasse fraca de tanto rir. Quantos anos tinha?, perguntou-se Serena. Oito, 9 anos talvez? Caine deveria ter 11 ou 12. Subitamente, sentiu saudades dele com uma dor física que apenas a saudade entre irmãos traz.

E Alan, ponderou, continuando a subir. Ele sempre a havia protegido, mas agindo de uma forma impulsiva. Talvez porque fosse seis anos mais velho do que ela, nunca haviam se divertido com brigas de irmãos como as que ela e Caine costumavam ter. Quando garoto, Alan tinha uma enorme preocupação em ser honesto, enquanto Caine usava a verdade como bem queria. Nunca mentindo, Serena lembrou-se disso com um sorriso sutil. Só desconversando, com maestria. Ainda assim, à sua própria maneira, Alan sempre usara as circunstâncias a seu favor. Ela decidiu que era um traço básico dos MacGregor. Olhando para a escadaria estreita que conduzia ao quarto da torre, Serena jurou que um MacGregor lamentaria isso.

Recostado em sua cadeira, Daniel ouvia a voz precisa e entediante ao telefone. Banqueiros, pensou com ironia. Era uma maldição lidar com eles. Mesmo possuindo o controle no banco, isso não o protegia deles.

— Dê-lhes um adiamento de trinta dias no empréstimo — ordenou por fim. — Sim, estou ciente dos resultados, só me dê os resultados. — *Estúpido*, pensou. Tamborilou os dedos sobre a mesa, impaciente. Por que é que os banqueiros não conseguiam ver além do dois mais dois? — Trinta dias — repetiu ele. — Com a taxa padrão de juros por atraso. — Ele ouviu a batida alta na porta e estava prestes a responder ao intruso quando a porta se escancarou. No mesmo instante, a irritação virou alegria. — Faça isso — rosnou ele no telefone antes que o batesse com força. — Rena!

Antes que pudesse sair da cadeira, ela avançara na direção dele. Parando na frente da mesa, Serena bateu as palmas das mãos nela e se inclinou.

— Seu bode velho!

Acomodando-se de volta na cadeira, Daniel pigarreou. Agora, concluiu ele, o bicho vai pegar.

— Você parece bem, também.

— Como... você... ousa. — Ela espaçou as palavras lentamente, sinal de perigo próximo. — Como você ousa me jogar na frente de Justin Blade como um pedaço de filé de primeira?

— Filé? — Daniel lhe laçou um olhar incrédulo. Garota linda, pensou ele, cheio de orgulho. Uma verdadeira MacGregor. — Não sei do que você está falando — continuou ele. — Então, você conheceu Justin Blade. Bom garoto.

Ela fez um som profundo na garganta.

— Você armou para mim. Armou seu esqueminha bem aqui nessa sala, como um rei maluco com uma filha encalhada nas mãos. Por que você simplesmente não faz um contrato? — quis saber Serena, aumentando o tom de voz. — Não espero nada menos de você. Daniel Duncan MacGregor, por meio desse, vende sua única filha para Justin Blade por uma caixa de uísque escocês doze anos. — Ela deu um soco na madeira vermelha. — Você podia até colocar nos adendos o número de filhos que você espera que eu tenha para carregar o nome da família. Estou surpresa que não tenha oferecido um dote para ele!

— Agora, escute aqui, garotinha...

— Não me venha com garotinha. — Ela caminhou em volta da mesa dele e girou sua cadeira para que ele a encarasse. — Foi desprezível. Nunca fui tão humilhada em toda a minha vida.

— Não sei do que você está falando. Convenci um amigo a ir a um cruzeiro relaxante.

— Nem tente sair dessa. — Ela cutucou o enorme peitoral dele com um dedo fino. — Você o enviou no meu navio esperando que nos esbarrássemos várias vezes, o bastante para que seu investimento valesse a pena.

— Você poderia nunca tê-lo encontrado — trovejou ele. — É um barco grande.

— Navio! — trovejou ela de volta. — É um navio grande e um pequeno cassino. Você sabia muito bem que a probabilidade estava a seu favor.

— Bem, que mal há nisso? — quis saber ele, do alto de seus pulmões. — Você conheceu um jovem amigo meu. Você conheceu centenas de amigos meus.

O som veio da garganta dela novamente. Dessa vez, Serena se virou para sair. Havia uma enorme estante de livros ao longo da parede à direita.

Batendo nela, Serena tirou um livro chamado *Convenção Constitucional*. Ela o abriu, revelando o buraco no qual seis charutos estavam escondidos.

Observando o pai, ela os apanhou e os partiu ao meio.

— Rena! — disse ele, horrorizado.

— É a próxima coisa que vai envenenar você — disse-lhe ela, limpando os dedos.

Colocando a mão no coração, Daniel se levantou. Seu rosto largo tinha um ar sinistro.

— É um dia triste quando uma filha trai o próprio pai.

— Trair! — gritou ela, avançando nele novamente. — Você tem a ousadia, o completo descaramento de me falar sobre traição? — Colocando as mãos nos quadris, furiosa, ela o encarou. — Não sei como Justin se sente sobre isso, mas posso lhe dizer, estou insultada pelo seu esqueminha.

Ele se retraiu, mas notou que chamou Justin pelo primeiro nome. Talvez as coisas não estivessem tão mal quanto pareciam estar.

— Esse é o agradecimento que recebo por me importar com a felicidade da minha filha. Não há nada mais afiado que a língua de uma filha ingrata.

— A faca de açougueiro que eu estava considerando é afiada.

— Você falou de veneno — relembrou-lhe ele.

— Sou flexível. — Então ela sorriu lentamente. — Bem, só para você não pensar que seu dinheiro foi investido em nada, suponho que deva lhe dizer o que decidi sobre Justin.

— Bem, então... — Daniel voltou à mesa, pensando que ela seria mais razoável agora que já gritara e explodira um pouco. Uma pena sobre os charutos, no entanto. — Ele é um bom rapaz, inteligente, íntegro, orgulhoso. — Ele cruzou as mãos sobre a barriga, preparado para ser magnânimo e perdoá-la.

— Ah, sim, concordo — disse ela, em um tom melódico. — Ele também é muito, muito atraente.

Daniel sorriu, satisfeito.

— Sabia que você era uma garota sensível, Rena. Tive um pressentimento forte sobre você e Justin por algum tempo.

— Então ficará feliz em saber que decidi virar amante dele.

— Eu não... — Daniel se interrompeu, confuso, depois espantado e em seguida ultrajado. — *O diabo que você vai!* O dia em que minha filha se colocar na posição de ser... de ser *uma mulher mantida* será o dia em que vou bater nela pela primeira vez na vida! Ouviu, uma surra, Serena MacGregor, adulta ou não.

— Oh, então sou uma mulher crescida agora, não é? — Enquanto ele se irritava, ela lhe deu um longo olhar duro. — Lembre-se disso: uma adulta decide com quem se casará, quando se casará e se vai se casar. Uma adulta não precisa do pai armando encontros às cegas complicados além do limite. Da próxima vez, pense em como você pode se ferrar antes de meter o nariz na minha vida.

Franzindo a testa, ele estudou o rosto dela.

— Não está pensando em virar amante dele, então?

Serena lhe lançou um olhar altivo.

— Se quiser escolher um amante, vou escolher um, mas não serei mantida por nenhum homem.

Ele sentiu uma onda de orgulho misturada com um pouco de desconforto. Só levou um instante para que ele se concentrasse no orgulho. Daniel ajeitou um conjunto de caneta e lápis dourados sobre a mesa.

— Você se lembrou do meu uísque?

Ela tentou continuar a encará-lo com cara de brava, mas o riso nos olhos dele a venceu.

— Que uísque?

— Ah, Rena.

Caminhando até ele, Serena passou os braços em seu pescoço.

— Não vou perdoá-lo — murmurou ela. — Só vou fingir que vou. E quero que saiba que não senti saudade de você. — Ela colocou os lábios na bochecha dele.

— Você sempre foi uma menininha malcriada — constatou Daniel, abraçando-a com todo o vigor.

Quando Serena desceu ao estúdio da mãe, encontrou-a sentada em sua poltrona favorita, forrada de cor-de-rosa, trabalhando em seu bordado mais recente. Na bandeja de pau-rosa a seu lado havia um delicado jogo de chá de porcelana estampado com pequenas violetas. Observando a cena, Serena se maravilhou, mais uma vez, ao ver que uma mulher tão satisfeita na vida doméstica pudesse ser uma cirurgiã tão dedicada e brilhante. As mãos que criavam o frágil padrão com agulha e linha brandiriam um bisturi na próxima segunda-feira.

— Ah, bom. — Anna levantou os olhos quando Serena entrou. — Pensei ter cronometrado bem quando pedi o chá. Coloque outro pedaço de lenha no fogo, querida, e venha me contar sobre suas aventuras.

Enquanto Serena obedecia, Anna acomodou seu bordado na mesinha ao seu lado. O fogo já estava aceso na lareira de pedra, mas ficou mais forte com a adição de madeira nova. Serena observou a madeira queimar, depois inspirou profundamente. Até aquele momento, não percebera o quanto tinha sentido falta do cheiro de madeira queimando.

— E de uma banheira — disse em voz alta. Sorrindo, virou-se para a mãe. — Não é estranho que só agora eu tenha percebido que luxo seria mergulhar em uma banheira pelo tempo que eu quisesse? Depois de doze meses em um cubículo que fingia ser um boxe de chuveiro!

— E você amou cada minuto.

Rindo, Serena se sentou no pufe aos pés de Anna.

— Você me conhece tão bem. Trabalhei duro e me diverti muito. Mas estou feliz por estar em casa. — Ela aceitou a xícara e o pires que Anna lhe passou. — Mamãe, sei que nunca teria conhecido tanta gente, tantos tipos diferentes de pessoas na vida se não fizesse isso.

— Suas cartas sempre estiveram cheias deles. Você deveria ler todas algum dia para relembrar de tudo o que aconteceu. — Anna cruzou as pernas sob o corpo e riu. — Você nunca vai saber o quanto foi difícil convencer seu pai a não fazer um cruzeiro.

— Quando ele vai parar de se preocupar? — perguntou Serena.

— Nunca. É um dos jeitos dele de demonstrar amor.

— Eu sei. — Com um suspiro, Serena tomou um gole de chá. — Se ele apenas relaxasse e me deixasse cuidar da minha vida do meu jeito...

— Por que você não me conta o que achou do Justin. — Quando Serena levantou os olhos tão repentinamente, Anna apenas sorriu. — Não, eu não tinha a menor ideia do que seu pai tramava. Ele sabia que era melhor não me contar. Sua... Ahn, discussão com ele foi bem expansiva.

— Dá para acreditar? — Inflamada novamente, Serena se levantou com a xícara nas mãos. — Ele realmente tapeou o Justin e o fez viajar, esperando que eu voltasse para casa com um brilho no olhar e um frio no estômago. Nunca fiquei tão furiosa, tão *envergonhada*.

— Como Justin reagiu?

Serena deu um olhar desdenhoso para a mãe.

— Creio que ele achou tudo muito divertido depois do choque inicial. Não fazia ideia de quem eu era até que brigamos na praia um dia e eu disse meu nome completo.

Brigaram na praia, pensou Anna. Para disfarçar um sorriso, ela tomou um gole do chá.

— Entendo. Seu pai tem grande consideração por ele, Rena. Eu também. Suponho que Daniel simplesmente não pôde resistir à tentação.

— Ele é tão irritante.

— Quem?

— Justin. Os dois — emendou ela, pondo a xícara sob a mesa com um estalido. — Ele não me contou até que o cruzeiro estivesse quase no final, e foi do modo mais descuidado. Por que, eu estava realmente começando a... — Abaixando a voz, ela se virou para encarar a lareira.

— Começando a...? — perguntou Anna, gentilmente.

— Ele é muito atraente — murmurou Serena. — Acho que tem algo a ver com sua grosseria descarada e aquele maldito charme que vem se chegando devagarinho, sem ser notado. — Sabiamente, Anna permaneceu em silêncio, especulando. — Mesmo ao me deixar furiosa, ele mexeu com coisas dentro de mim. Coisas que não incomodariam ninguém se ficassem quietas. Nunca senti aquele tipo de paixão. Não tenho certeza que algum dia quis sentir. — Virando-se, ela viu a mãe observando-a calmamente. — Passamos o último dia juntos em St. Thomas. Eu teria ido para a cama com ele naquela noite... até que ele me contou sobre o pequeno plano de papai.

— Como você se sente agora?

Serena abaixou os olhos para as mãos, deixando escapar um longo suspiro.

— Ainda o desejo. Não sei se há alguma coisa além disso. Como poderia haver, se ficamos juntos por menos de duas semanas?

— Rena, você realmente confia tão pouco na sua intuição? — Sua testa se franziu e Serena olhou de volta para a mãe. — Por que as emoções deveriam seguir um padrão de tempo? O tempo de cada um é tão particular quanto as pessoas a quem pertencem. Quando conheci seu pai, pensei que ele era um touro convencido e falastrão. — Com a risada de Serena, concordando com a mãe, Anna riu como uma menininha. — Claro que ele era. Eu me apaixonei de qualquer maneira. Dois meses depois, estávamos morando juntos, e em um ano estávamos casados. — Ela deu um sorriso cansado com o choque óbvio no rosto da filha. — Paixão e sexo antes do casamento não são propriedade exclusiva de sua geração, meu amor. Daniel queria se casar; eu estava determinada a primeiro terminar a faculdade de medicina. A única coisa em que ambos concordávamos era que não poderíamos e não viveríamos um sem o outro.

Serena pensou nas palavras da mãe enquanto o fogo estalava violentamente atrás dela.

— Como você soube que era amor e não apenas desejo?

— De todos os meus filhos, você sempre fez as perguntas mais difíceis. — Inclinando-se, Anna apanhou as mãos da filha. — Não tenho certeza se você pode separar os dois quando se trata de um homem e uma mulher. Pode-se sentir um sem o outro, mas não quando é amor de verdade, não quando é desejo de verdade. Paixão que vem rapidamente e se apaga com o tempo é só um eco. Sem substância, um simples resultado. Você acha que se apaixonou por Justin ou tem medo de ter se apaixonado?

Serena abriu a boca, fechou-a, depois tentou de novo.

— As duas coisas.

Anna apertou as mãos de Serena.

— Não conte a seu pai; ele ficaria muito convencido. — Isso arrancou outra risada relutante de Serena antes de Anna se sentar de novo. — O que você pretende fazer?

— Não pensei nisso. Melhor, me recusei a pensar nisso. — Ela dobrou as pernas e pousou o queixo nos joelhos. — Acho que soube o tempo todo que teria de vê-lo de novo. Ele me ofereceu um emprego.

— Ah, foi?

Serena deu de ombros, impotente, enquanto as ideias começavam a mudar em sua cabeça.

— Gerenciar um cassino em Atlantic City. É uma coincidência, porque havia decidido consultar papai sobre a possibilidade de abrir meu próprio hotel-cassino.

— Se Justin lhe ofereceu um cargo assim, ele deve ter muita confiança em sua capacidade.

— Desenvolvi a habilidade de lidar com pessoas — ponderou Serena, concentrando-se em seus pensamentos.

— Você a desenvolveu quanto tinha 2 anos — informou-lhe a mãe.

— Tenho uma intuição para o negócio — continuou ela, com um traço de sorriso nos lábios. — Aprendi mais do que a jogar nesse último ano. Resumindo, o *Celebration* é um dos melhores hotéis que já vi e, ainda que o cassino seja pequeno, todos os itens essenciais estão lá. Não houve nada que eu não tenha aprendido como funciona observando de dentro. — Ela ficou em silêncio de novo, enquanto seu sorriso se alargava. Anna reconheceu o olhar.

— O que está planejando, Rena?

— Estou pensando em elevar a aposta — respondeu ela. — Ganhar, perder ou mostrar as cartas.

Depois de dar uma gorjeta ao mensageiro, Justin se despiu e foi para o chuveiro. A camareira poderia desfazer as malas de manhã e o cassino poderia funcionar outra noite sem sua atenção. Por ora, jantaria em sua suíte enquanto fazia todas as ligações necessárias para suas outras propriedades. Com sorte, não haveria problemas que não pudessem ser resolvidos a distância. Ele tinha outras coisas em mente.

Ajustou o controle da ducha para que a água saísse em jatos pulsantes. Serena deveria estar em casa a essa hora, pensou ele. E, se a conhecia, Daniel já estaria pagando o preço. O sorriso de Justin apareceu rápido, naturalmente. Teria dado qualquer coisa para estar por perto durante a reunião. Isso quase compensaria os dois últimos entediantes e frustrantes dias a bordo do *Celebration.*

Manter sua parte no acordo tinha sido mais difícil do que Justin imaginara. Saber que ela estava ao seu alcance — jogando, com seu *smoking* sofisticado, dormindo naquela cabine estreita coberta por apenas uma fina camada de seda quase o havia levado à loucura. Mas ele se afastara porque um trato era um trato — e porque tinha reconhecido que por trás daquela fúria havia uma intensa vergonha, que apenas o tempo faria diminuir. As duas semanas que lhe dera deveriam torná-la mais favorável para que negociasse com ele.

Mesmo se recusasse a oferta dele, como esperava que ela fizesse, Justin não planejava deixar as coisas assim. Calculava que poderia tentá-la com uma viagem para Atlantic City se necessário e, depois que ela estivesse lá, ele teria a vantagem de jogar em casa. Desligando o chuveiro, apanhou uma toalha.

Justin precisava de um bom gerente lá embaixo. Precisava de uma mulher no andar de cima. Serena era a única que podia preencher os dois requisitos. Com a toalha em volta da cintura, entrou no quarto.

Como o restante da suíte, o quarto era espaçoso e sofisticado. O tapete sob seus pés descalços era espesso e macio. Compridas persianas verticais cobriam as portas de vidro que davam para a sacada, e o toque de um botão as abriria, revelando a vista do oceano Atlântico. Ele olhou a larga cama coberta com seda azul-marinho. Quantas mulheres haviam dormido ali? Justin não sabia, nem se importava. Uma noite de prazer mútuo — elas não significavam nada mais, nada menos do que isso.

Do armário, ele tirou um robe, deixando a toalha cair enquanto o vestia. Houve um tempo em que vivera em lugares menores que esse quarto de solteiro. Ainda assim, tivera mulheres. Se quisesse uma para aquela noite, só precisava escolher um número em sua agenda e ligar. Seu corpo ansiava por uma. Mas ele sabia que, pela primeira vez na vida, uma mulher qualquer não serviria.

Frustrado e insone, vagou pela suíte. Tivera bons motivos para se instalar no Leste. O empreendimento de Atlantic City era o mais recente, e o mais novo sempre exigia mais atenção. Nunca importara a Justin onde iria viver. Ao longo dos anos, ele se acostumara a viver em um hotel onde seu menor desejo seria atendido com o apertar do botão certo. Agora se flagrava pensando em um lar — algo permanente, com grama macia e um ar que não fosse compartilhado com centenas de outras pessoas.

Passando a mão pelo cabelo, Justin perguntou-se por que sentia essa leve insatisfação quando tinha tudo que sempre desejara. Mas seus planos nunca haviam incluído o desejo por uma mulher. Era ela a culpada pela sensação de falta de calor que o assaltaria quando entrasse em seus quartos de novo? Se ela estivesse ali, aquele completo vazio não teria lugar. Ela o preencheria com energia e risos. Com paixão.

Por que lhe dera duas semanas?, perguntou-se Justin furiosamente, enfiando as mãos nos bolsos do robe. Por que não a importunara para voltar com ele, arrastando-a consigo, para que agora não estivesse sozinho, desejando-a? Precisava de algum contato com ela — sua voz ao telefone. Não, pensou Justin com mais calma, não sua voz. Aquilo só complicaria mais as coisas. Foi até o telefone e discou o número particular de Daniel MacGregor.

— MacGregor.

— Seu velho bastardo — disse Justin, com a voz pausada.

— Ah, Justin. — Daniel elevou os olhos para o teto, sabendo que estava prestes a ter a segunda discussão do dia. — Como foi sua viagem?

— Educativa. Suponho que Serena já tenha conversado com você, não?

— Empolgada por estar em casa — constatou Daniel, olhando com tristeza para os charutos quebrados em sua mesa. — Falou muito bem sobre você.

— Aposto que sim. — Com um sorriso, Justin se sentou no sofá macio. — Não teria sido mais simples me contar que Serena trabalhava no navio?

— Você teria viajado?

— Não.

— Aí está, então — constatou Daniel. — E tenho certeza que lhe fez muito bem. Você tem estado tenso, garoto, cansado. — Ele cogitou tentar acender um dos charutos mutilados. — E não se preocupe, vou falar com Rena, acalmá-la um pouco.

— Não, não vai. Tenho uma caixa de uísque como refém, Daniel, até ter certeza de que você vai ficar fora disso.

— Certo, certo, não há necessidade disso. É só preocupação paterna com vocês. — Esses dois certamente sabiam aonde enfiar a faca, pensou ele, carrancudo. — Por que não prolonga suas férias por mais alguns dias, Justin? Venha nos visitar.

— Serena virá até mim — respondeu ele, categoricamente.

— Ir até você? — A testa larga se franziu. — O que quer dizer com isso?

— O que eu disse.

— Certo, garoto. — Seu peito se inflou. — É melhor me dizer quais são suas intenções.

— Não. — Um pouco da tensão se aliviou nos músculos de Justin. Divertindo-se, ele se recostou.

— Como assim não? — rugiu Daniel. — Sou o pai dela.

— Não é o meu. Você fez sua jogada, Daniel, estou elevando a aposta.

— Agora, escute aqui...

— Não — disse Justin de novo, tão calmamente quanto da primeira vez. — Estou lhe dizendo para abrir as cartas, Daniel. Serena e eu vamos para o dobro ou nada.

— Magoe aquela garota e eu te esfolo vivo.

Justin riu.

— Se há uma mulher que pode tomar conta de si mesma, é Serena MacGregor.

— Isso mesmo. — O orgulho invadiu o coração de Daniel e isso o distraiu. — A garota é danada.

— Claro, se acha que ela vai se fazer de idiota...

— Nenhum dos meus filhos se faz de idiota! — explodiu Daniel, fazendo Justin sorrir.

— Certo, então fique fora disso.

Daniel cerrou os dentes e olhou feio para o telefone.

— Dê sua palavra, Daniel.

— Certo, certo. Lavo minhas mãos, mas no minuto em que souber que você...

— Até logo, Daniel.

Justin desligou, satisfeito por ter atingido seu benfeitor como ele o atingira.

Capítulo 7

JUSTIN MANTINHA SEU ESCRITÓRIO NO andar térreo do Comanche, ligado à cobertura por um elevador particular. Achava isso conveniente, já que não tinha hora certa para trabalhar e havia momentos em que não tinha vontade de passar pelas acomodações públicas do hotel. O elevador era uma conveniência, como também eram os monitores de TV nos cantos mais distantes e o espelho de dois lados escondido atrás do painel de mogno na parede lateral.

Porque exigia privacidade completa em seu escritório, Justin trabalhava em uma grande sala sem janelas e com apenas uma entrada. Sua experiência em uma cela lhe dera aversão permanente a lugares fechados. Para compensar, tinha decorado seu local de trabalho cuidadosamente. A mobília de cores claras — amarelo-claro, aveia, marrom-claro — dava ao ambiente uma aparência de leveza. Os quadros eram grandes e coloridos. Uma cena de deserto, com os últimos raios de sol, os picos inclementes das Rochosas, um guerreiro comanche galopando a toda sobre um cavalo de batalha. As cores, e a falta delas, davam a Justin uma ilusão de liberdade que se contrapunha à inquietação que às vezes sentia preso atrás da mesa.

Naquele momento estava revisando um relatório financeiro que satisfaria qualquer acionista da Blade Enterprises. Por duas vezes, Justin se apanhou lendo sem realmente prestar atenção à coisa alguma, e se forçou a começar de novo. As duas semanas de Serena acabaram, e também, descobriu ele, sua paciência. Se Serena não ligasse nas próximas vinte e quatro horas, ele iria a Hyannis Port para encurralá-la com sua parte no trato.

Que droga, não queria persegui-la, pensou Justin, jogando o relatório sobre a mesa. Nunca tinha corrido atrás de uma mulher e chegara muito perto disso com Serena desde o princípio. Ele jogava melhor quando seu oponente fazia os movimentos ofensivos.

Oponente, ponderou Justin. Ele preferia pensar nela daquele modo. Era mais seguro. Mas não importava como pensasse nela, Serena dominava seus pensamentos. Não importava o quanto lutasse para se concentrar, ela sempre estava lá, bem no fundo de sua mente, esperando para se desviar de suas defesas. Todas as vezes que ele pensava em ter uma mulher, Serena estava em sua cabeça, quase perto demais para ser tocada e cheirada. O desejo por ela apagou completamente o desejo por qualquer outra pessoa. Frustrado, faminto, Justin disse a si mesmo que esperasse. Agora, decidiu, tinha esperado o bastante. Antes que a noite acabasse ele a teria.

Quando apanhou o telefone para pedir um transporte para o norte, uma batida soou em sua porta.

— Sim.

Precavida pelo tom nessa única sílaba, a secretária colocou apenas a cabeça pela porta.

— Desculpe-me, Justin.

Com esforço, ele afastou sua raiva dela.

— O que foi, Kate?

— Telegrama. — Ela entrou, uma morena esguia e graciosa, com uma voz baixa e formas esculturais. — E o sr. Streeve está esperando lá fora. Ele quer que você estenda seu crédito.

Justin apanhou o telegrama com um resmungo.

— Quanto ele deseja?

— Cinco — disse ela, indicando cinco mil.

Rasgando o envelope, Justin praguejou baixinho.

— O imbecil não sabe quando desistir. Quem está lá embaixo?

— Nero.

— Diga a Nero que Streeve pode ter mais uma e então está fora. Com sorte, vai recuperar alguns milhares e se contentar com isso.

— Com a sorte que tem, ele vai tentar negociar suas ações da AT&T por fichas — retrucou Kate. — Nada pior do que ricos mimados que estão sem dinheiro vivo.

— Não estamos aqui para passar um sermão neles — relembrou-lhe Justin. — Diga a Nero para ficar de olho nele.

— Certo. — Dando de ombros, Kate saiu e fechou a porta.

Distraidamente, Justin esticou a mão para o botão que abriria o painel do espelho de dois lados. Seria inteligente também ficar de olho em Streeve. Antes que pudesse apertar o botão, o olhar de Justin parou no telegrama.

Considerei sua oferta. Vou chegar na quinta-feira à tarde para discutir as condições. Por favor, prepare acomodação apropriada.

S. MacGregor

Justin leu a breve mensagem duas vezes antes que um sorriso surgisse em seus lábios. Tão típico dela, pensou. Curta, direto ao ponto, e belamente vaga. E bem na hora, acrescentou ele, recostando-se. Já passava do meio-dia na quinta-feira. Então, Serena vinha para discutir as condições, considerou ele. Um pequeno nó de tensão se desfez na base de seu pescoço. Sacando um charuto, Justin o acendeu, pensativo. Condições, refletiu. Sim, eles discutiriam as condições, mantendo os negócios à parte do resto.

Tinha falado sério sobre tudo que conversara com ela quando lhe ofereceu o cargo. Em sua opinião, Serena era bem qualificada para lidar com sua equipe e seus clientes. Precisava de alguém no cassino que pudesse tomar decisões independentes, deixando-o livre para viajar para suas outras operações quando fosse necessário. Com o restante dos hotéis para gerenciar, Justin não podia se dar ao luxo de gastar todo seu tempo cuidando do cassino. Soprando uma fina coluna de fumaça, decidiu tornar o cargo atraente para Serena durante um tempo. E assim que isso estivesse resolvido...

Assim que estivesse resolvido, pensou ele novamente, ela teria de lidar com ele em um nível pessoal. Seus olhos ficaram opacos e sua boca longa e fina se apertou. Dessa vez não haveria Daniel MacGregor bancando a terceira parte benevolente, com um ás na manga. Naquela noite, ele e Serena começariam um jogo a dois muito particular. Os olhos de Justin entraram em foco com uma rápida risada. Ganhar era o seu negócio. Apanhando o telefone, ele ligou para a recepção.

— Recepção, Steve falando. Como posso ajudar?

— Aqui é Blade.

O recepcionista ficou automaticamente mais atento.

— Sim, senhor.

— Uma senhorita MacGregor vai se registrar nessa tarde. Serena MacGregor. Providencie para que suas malas sejam levadas para a suíte de convidados em meu andar. Ela deve ser trazida diretamente a mim.

— Sim, senhor.

— Providencie para que o florista envie algumas violetas para o quarto dela.

— Sim, senhor. Um cartão?

— Não.

— Vou cuidar disso pessoalmente.

— Ótimo. — Satisfeito, Justin desligou. Agora, tudo o que tinha a fazer era esperar. Apanhando o relatório novamente, deu-lhe sua atenção total.

Serena entregou as chaves do carro ao porteiro e deu uma primeira espiada no comanche. Justin não tinha optado pela ostentação ou opulência, estabelecendo-se com graça e charme. O hotel era uma torre aberta em forma de V, construído em um tom uniforme de tijolo que trouxe um toque da Costa Oeste à Costa Leste. Serena aprovou a arquitetura, notando que quase todos os quartos possuíam vista para o oceano. O motorista circulou ao redor de uma fonte com pedras naturais e com sua própria cachoeira em miniatura. Moedas brilhavam no fundo. Obviamente, muitos estavam dispostos a arriscar alguns trocados para ter boa sorte.

Ao lado da porta principal havia um cacique comanche em tamanho real com cocar completo. Não um índio de loja barata, pensou Serena, mas uma escultura deslumbrante em mármore branco com veias negras. Cedendo ao impulso do toque, correu a ponta do dedo pelo peito liso de pedra. Era a cara de Justin não escolher algo comum, pensou enquanto deixava seus olhos flutuarem até o rosto de mármore. Estaria imaginando coisas ou havia alguma semelhança ali? Se os olhos fossem verdes... Balançando a cabeça, Serena se virou.

Enquanto suas malas eram descarregadas, aproveitou o tempo para dar uma olhada no famoso calçadão.

Nomes famosos em letras enormes sobre painéis brancos, placas de neon vibrantes imóveis sob a luz do fim de tarde, um hotel imenso após o outro, fontes, tráfego, barulho. Mas não era como Vegas, percebeu. E era mais do que apenas a ausência de montanhas e o som do mar em seus ouvidos. Parecia haver um ar de carnaval ali. Ainda era um resort, concluiu, com uma praia na porta dos fundos. Era possível sentir o cheiro das apostas, mas também o salgado vapor úmido do Atlântico, e ainda ouvir as risadas das crianças construindo castelos de areia.

Ajustando a alça da bolsa, Serena seguiu sua bagagem para dentro. Não havia tapete vermelho ou candelabros cintilantes, mas sim um discreto mosaico de ladrilhos e iluminação indireta. Tão surpresa quanto contente, Serena notou enormes plantas frondosas em vasos de cerâmica e itens pendurados nas paredes que representavam a vida e a cultura dos índios das Planícies. A herança de Justin fazia mais parte dele do que imaginava, pensou enquanto caminhava até o balcão. Podia ouvir a distância o som familiar de máquinas caça-níqueis e o bater dos seus saltos no chão de cerâmica. Dando uma gorjeta para o porteiro, virou-se para o recepcionista.

— Serena MacGregor.

— Sim, srta. MacGregor — disse ele, dando-lhe um rápido sorriso de boas-vindas. — O sr. Blade a aguarda. Leve as malas da srta. MacGregor à suíte de hóspedes na cobertura — disse ao carregador, que já tinha se colocado ao lado dela. — Ele gostaria que fosse direto ao escritório dele, srta. MacGregor. Mostrarei o caminho.

— Obrigada. — Os nervos dela quase estalaram, mas Serena ignorou. Ela sabia o que iria fazer, e como iria fazer. Tivera duas semanas para trabalhar em sua estratégia. Durante a longa viagem de Massachusetts a Nova Jersey, tinha revisado seus planos várias vezes. Uma ou duas vezes quase cedeu à vontade de dar a volta e dirigir para o norte. Estava arriscando alto o seu futuro e seu coração. Mais cedo ou mais tarde acabaria se machucando. Isso era inevitável. Mas havia algo que ela desejava em Atlantic City — algo chamado Justin Blade.

Pressionou a mão contra o estômago uma vez, rapidamente, como se para acalmar-se, enquanto o funcionário do hotel abria uma das espessas portas duplas de madeira que ostentavam uma placa na qual se lia "Privado". A morena na mesa ébano ergueu um olhar inquisitivo antes de concentrar-se em Serena.

— Srta. MacGregor — anunciou o funcionário.

— Sim, claro. — Kate levantou-se e assentiu. — Obrigada, Steve. O sr. Blade a espera, srta. MacGregor, deixe-me apenas avisá-lo de que está aqui.

Então era por isso que o chefe estava com o pavio curto, concluiu Kate, medindo Serena com um olhar frio enquanto apanhava o telefone. Ela notou o longo cabelo dourado, preso com dois pentes de marfim na altura das têmporas, os traços elegantes destacados pelos grandes olhos violeta, a silhueta esguia em um terno de seda pura alguns tons mais escuros do que violeta. Muito sofisticada, avaliou Kate, e quando Serena encarou-a sem vacilar, acrescentou: e muito firme.

— A srta. MacGregor está aqui, Justin. É claro. — Colocando o telefone no gancho, deu a Serena um sorriso educado.

— Por aqui, srta. MacGregor. — Conduzindo-a pela sala, Kate abriu outra porta. Serena parou ao lado dela.

— Obrigada, senhora...

— Wallace — respondeu Kate automaticamente.

— Obrigada, sra. Wallace. — Serena pegou a maçaneta e fechou a porta atrás dela gentilmente. Kate olhou o puxador por um momento, percebendo que fora dispensada com habilidade. Mais intrigada que chateada, voltou à sua mesa.

— Serena. — Ele se recostou na cadeira. Por que esperava que algo mudasse?, perguntou-se Justin. De alguma maneira pensou que estaria pronto para o ataque violento de sentimentos simplesmente por fazer com que ela viesse até ele. Cada hora das últimas duas semanas desapareceu em um instante.

— Olá, Justin. — Serena rezou para que ele não estendesse a mão para cumprimentá-la, pois as suas estavam encharcadas. — Você tem um belo lugar aqui.

— Sente-se. — Ele indicou uma cadeira na frente da mesa — Gostaria de tomar alguma coisa? Café?

— Não. — Com um sorriso educado, Serena atravessou o escritório para sentar em uma cadeira coberta de camurça. — Agradeço por reservar algum tempo para me ver imediatamente.

Justin apenas ergueu uma sobrancelha. Avaliaram um ao outro por algum tempo, de uma forma que a Justin pareceu como um par de boxeadores estudando defesas nos primeiros *rounds*.

— Como foi o seu voo?

— Vim dirigindo — respondeu ela. — Dirigir foi uma das coisas que me deram saudade no ano passado. O tempo estava adorável — acrescentou, determinada a manter uma conversa banal até que seus nervos se acalmassem.

— E a sua família?

— Meus pais estão bem. Não consegui ver Alan nem Caine. — Serena fez a primeira menção de um sorriso verdadeiro. — Meu pai manda lembranças.

— Ele ainda está entre os vivos, então?

— Encontrei maneiras mais sutis de vingança. — Com um prazer sombrio, Serena pensou nos charutos partidos.

— Está se ajustando à vida em terra? — Sem resistir ao impulso, Justin baixou os olhos para os lábios dela. Sem batom e ligeiramente úmidos.

— Sim, mas não ao desemprego. — Serena sentiu uma pincelada de calor ao longo dos lábios respondendo ao fogo que vinha de seu peito. Percebeu que desejava mesmo ir até ele, para aceitar qualquer coisa que Justin quisesse dar, quaisquer que fossem as condições que ele lhe oferecesse. Apenas para ser mais uma vez envolvida por aqueles braços, para que aquelas mãos esguias e hábeis a tocassem. Cuidadosamente, pousou as dela no colo. — É sobre isso que desejo falar com você.

— A vaga de gerente do cassino ainda está aberta — disse ele, ainda que demorando algum tempo para permitir que seus olhos se encontrassem. — São muitas horas de trabalho, mas acredito que você não vai considerá-las tão desgastantes quanto o trabalho no navio. Geralmente, não há necessidade de estar no salão antes das 17h, embora naturalmente você possa ajustar isso de tempos em tempos, caso precise de uma noite livre. Há algum trabalho burocrático, é claro, mas na maior parte do tempo você vai orientar a equipe e atendendo os clientes. Você teria seu próprio escritório do outro lado da área de recepção. Quando sua presença não for necessária no salão, pode supervisionar de lá. Há monitores — continuou gesticulando. — E uma visão mais direta.

Justin pressionou um botão, liberando o painel. Serena olhou através do vidro para observar a multidão no cassino, apostando, falando, perambulando, com em um filme mudo.

— Você terá um assistente — continuou Justin. — Ele é competente, mas não é autorizado a tomar decisões sozinho. Uma suíte para você está incluída nos benefícios do cargo. Quando eu estiver fora do hotel você terá autoridade completa sobre o cassino... Dentro da minha estrutura de regras.

— Bem, isso parece muito bom. — Afrouxando as mãos, Serena relaxou. Deu a Justin um leve sorriso amigável. — Eu poderia considerar assumir as funções gerenciais do cassino, Justin... Como sua sócia.

Ela viu uma centelha, mas apenas uma centelha nos olhos dele antes de recostar-se. Vinda de qualquer outra pessoa, aquela postura provavelmente indicaria baixa de guarda. Mas vinda de Justin parecia preparação para um golpe.

— Minha sócia?

— No Comanche Atlantic City — disse ela, com calma.

— Preciso de um gerente para o cassino, Serena. Não preciso de uma sócia.

— E eu não preciso de um trabalho ou de um salário — disse ela. — Sou rica o bastante para ter independência financeira, mas não é da minha natureza ficar ociosa. Aceitei o emprego no *Celebration* para ganhar experiência, não preciso de outro trabalho por esse mesmo motivo. Procuro algo em que eu possa ter participação mais ativa.

— Você me disse, certa vez, que estava considerando procurar trabalho em um cassino quando deixasse o navio.

— Não. — Serena sorriu outra vez e balançou a cabeça — Você me entendeu mal. Eu estava pensando em abrir meu próprio negócio.

— Seu próprio negócio? — Com uma rápida risada, Justin se recostou de novo. — Você tem alguma ideia do que esse trabalho envolve?

Serena ergueu o queixo.

— Acho que sei. Acabo de passar um ano da minha vida trabalhando e vivendo no que era basicamente um resort flutuante de apostas. Sei como uma cozinha é comandada para atender mais de mil e quinhentas pessoas, como manter em dia o suprimento de lençóis para o serviço de quarto e como estocar uma adega de vinhos. Sei quando um crupiê está se sentindo sob pressão e precisa de alívio e como convencer um cliente a encontrar outro jogo antes que gere um mal-estar. Para mim, havia um pouco mais a fazer no navio além de aprender. E eu aprendo muito rápido.

Justin considerou o furioso tom frio da voz dela, a brilho intenso e determinado em seus olhos. Serena, provavelmente, poderia se sair bem o suficiente, concluiu após um momento. Tinha a coragem, a vontade e o dinheiro.

— Ainda que levando tudo isso em consideração — disse ele, indo devagar —, por que eu deveria aceitá-la como sócia?

Levantando-se, Serena caminhou até o vidro.

— Você vê a crupiê na mesa 5? — perguntou, batendo um dedo contra o vidro.

Curioso, Justin levantou e se juntou a ela.

— Sim, por quê?

— Ela tem mãos excelentes; rápidas, firmes. Ao que tudo indica, trabalhou para alcançar um bom ritmo, sem parecer apressar os jogadores. Ela não deve ficar no horário das tardes da semana. Você precisa de crupiês assim durante os dias de jogo intenso. O crupiê na mesa paradona parece estar morrendo de tédio. Ele precisa ser demitido ou ganhar um aumento.

— Esclareça isso para mim.

Porque havia um tom humorado na voz dele, Serena sorriu para Justin.

— Dar um aumento se ele entender que deve agir de uma forma um pouco mais carismática. E demiti-lo se ele não entender. A equipe do seu cassino deve refletir a mesma atitude do resto da equipe do hotel.

— Um belo argumento — admitiu Justin. — E uma boa razão para querer você como a gerente do meu cassino. Mas isso não tem nada a ver com sociedade.

Serena virou-se de costas para o mundo silencioso atrás do vidro.

— Mais alguns argumentos, então. Quando você precisar viajar para a Costa Oeste, ou para a Europa, saberá que deixou alguém no comando que tem um interesse pessoal nesse empreendimento, não apenas no cassino, mas em toda a operação. Eu fiz alguma pesquisa — acrescentou ela. — Se a Blade Enterprises mantiver a taxa de crescimento que tem hoje, você vai precisar de uma pessoa para assumir algumas das suas responsabilidades. Ao menos, é claro, que escolha trabalhar 24 horas por dia ganhando dinheiro sem qualquer tempo para aproveitar o seu sucesso. O dinheiro que estou disposta a investir lhe daria capital líquido suficiente para incrementar a oferta que você fez naquele cassino em Malta.

Justin ergueu a sobrancelha.

— Você realmente fez uma pesquisa — comentou friamente.

— Nós escoceses nunca fazemos negócios com os olhos vendados. — Ela lhe deu um sorriso satisfeito. — O ponto é que não tenho a intenção de trabalhar *para* mais ninguém. Por metade do negócio, posso dirigir o cassino *e* cuidar de outras áreas quando for necessário.

— Metade do negócio... — murmurou ele, estreitando os olhos.

— Sócios equitativos, Justin. — Ela o encarou de igual para igual. — É a única maneira de me ter.

O silêncio veio rápido e absoluto, e Serena forçou-se a controlar sua respiração para manter um ritmo lento e constante. Ela não o deixaria saber o quanto estava nervosa e não se permitiria pensar em como seria fácil esquecer o orgulho e correr para os braços dele. O que começou da última vez que estiveram juntos acabou por se completar durante a separação. Serena tinha se apaixonado por Justin quando ele nem mesmo estava por perto para tentá-la. Mas ele não saberia disso — ela não permitiria que soubesse — até que estivesse pronta.

— Imagine que você tem um tempo para pensar sobre minha proposta — disse devagar. — Meus planos são flexíveis — continuou Serena enquanto se inclinava para apanhar sua bolsa da cadeira. — Eu pretendia olhar algumas propriedades enquanto estou na cidade.

Quando os dedos de Justin se enroscaram ao redor do braço dela, Serena virou-se com calma. Ele iria blefar, tinha certeza. E quando o fizesse, ela teria a chance de rebater, ou largar de mão.

— Em qualquer momento do primeiro ano que eu decidir que não está funcionando, posso desfazer a sociedade.

Ela lutou contra um grito de vitória.

— Concordo — disse ela, baixinho.

— Vou pedir para o meu advogado para redigir um rascunho do contrato. Enquanto isso você pode ir se ambientando ali. — Justin inclinou a cabeça em direção ao cassino. — Você vai ter mais ou menos uma semana para mudar de ideia.

— Eu não tenho intenção de mudar de ideia, Justin. Quando tomo uma decisão, eu a mantenho.

Os olhos deles se encontraram outra vez em um longo e cauteloso olhar. Serena estendeu a mão.

— Temos um acordo, então?

Justin olhou para a mão dela, então lentamente a envolveu com a dele. Ele a segurou, como se fizesse um pacto, então a levou aos lábios.

— Temos um acordo, Serena — concordou Justin. — Ainda que eu ache que nós dois podemos nos arrepender disso.

— Vou subir e me trocar — disse ela, afastando a mão da dele. — Vou trabalhar no cassino essa noite.

— Amanhã está bom para você começar. — Justin moveu-se para bloquear a porta, fechando a mão sobre as dela na maçaneta.

— Prefiro não perder tempo — disse ela. — Se você pudesse me apresentar para o meu assistente e alguns crupiês, posso gerenciar a partir daí.

— O que preferir.

— Dê-me uma hora para me trocar e desfazer as malas, então. — Tentando afastar a mão do toque dele, Serena girou a maçaneta.

— Temos outros assuntos a tratar, Serena.

As palavras pareceram escorregar sobre a pele dela. Doendo de desejo, Serena se virou para ele.

— Sim — disse ela, com vagar. — Mas prefiro primeiro acertar os detalhes do negócio, para que fique claro que uma coisa não tem a ver com a outra.

Observando-a, Justin agarrou o colarinho do terninho dela entre o dedão e o indicador.

— Eu não tenho certeza se uma coisa realmente não tem a ver com a outra — murmurou. — E que nós dois não somos tão ingênuos para fingir o contrário.

A pulsação na base da garganta dela começou a martelar visivelmente. Mas ainda assim, a voz dela soou forte e clara.

— Vamos descobrir isso em breve, não?

Com um sorriso lento, Justin afastou a mão.

— Sim, vamos. Vejo você em uma hora.

Seria um trabalho árduo, Serena descobriu rápido. Tão difícil quanto seu trabalho no *Celebration*. Mas dessa vez refletiu enquanto olhava ao redor do cassino lotado e barulhento, o negócio era dela. Assinou seu nome no recibo que um dos crupiês trouxe e sentiu uma ponta de prazer. Parte da vida pulsando ao redor, naquele momento, pertencia a ela.

Os ajustes levariam tempo, lembrou-se enquanto notava alguns olhares especulativos em sua direção. Quando Justin a apresentou como sócia, Serena quase pôde ouvir as engrenagens girando na cabeça de cada pessoa. Ela teria de mostrar ser qualificada para a posição, sem importar o que aconteceu entre ela e Justin. A regra número um era ter confiança. A regra número dois era ter tenacidade. Quando aplicadas juntas, Serena considerava essa uma combinação imbatível — em nada diferente da fórmula que usou para lidar com seu pai.

Seu assistente, Nero, era um homem negro enorme e de poucas palavras, que ao saber da participação de Serena no hotel apenas deu de ombros sem dizer nada. Ela descobriu que ele tinha trabalhado no primeiro cassino de Justin como leão de chácara, e em uma posição ou outra, trabalhara em todas as propriedades de Justin. Com o menor número de palavras possível, ele andou com Serena pelo cassino, explicou como era a rotina básica, então a deixou sozinha. Era um homem, percebeu, que não se deixaria conquistar facilmente.

Percebendo um sinal de um dos crupiês, Serena atravessou a sala. Antes que estivesse na metade do caminho até a mesa ouviu uma voz alta raivosa. Ela precisou de apenas uma espiadela para concluir que o dono da voz estava num dia de azar e bem chateado com isso.

— Desculpe-me — dando um olhar geral para os jogadores da mesa, Serena se pôs ao lado do crupiê — Algum problema?

— Pode apostar que sim, querida. — O homem na ponta da mesa se inclinou e pegou o pulso dela. — Quem é você?

Serena deixou seu olhar baixar até a mão do homem, e depois ergueu os olhos lentamente para o rosto dele:

— Eu sou a dona.

Ele deu uma risada rápida antes de esvaziar seu copo.

— Eu já vi o dono, senhora. E ele não se parece nada com você.

— Meu sócio — informou Serena com um sorriso gelado. Pelo canto dos olhos percebeu o movimento de Nero vindo em sua direção. Quase imperceptivelmente ela balançou a cabeça. — Como posso ajudá-lo?

— Eu deixei uma nota nessa mesa hoje à noite — disse ele. — Meus amigos aqui vão confirmar.

A expressão facial dos outros jogadores ia do tédio ao aborrecimento. Todos o ignoraram.

— Você se importaria em descontar o resto de suas fichas? — perguntou Serena, com educação.

— Quero uma chance de ganhar alguma coisa de volta — respondeu ele, apoiando o copo vazio. — Mas esse palhaço não vai aumentar o limite.

Serena olhou para o crupiê com expressão neutra, mas com um toque de fúria nos olhos.

— Nossos crupiês não estão autorizados a aumentar o limite, senhor...?

— Carson. Mick Carson, e eu gostaria de saber que tipo de operação é essa onde um homem não pode ter a chance de se recuperar.

— Como eu disse — respondeu Serena, calmamente —, os crupiês não são autorizados a aumentar o limite, mas eu sim. Quanto tem em mente, sr. Carson?

— Assim é melhor — disse, e acenou para pedir outro drinque. Serena balançou levemente a cabeça para a garçonete que circulava por ali com coquetéis.

— Cinco mil na mão. — Ele deu um sorriso duro para Serena. — Isso deve equilibrar as coisas. Eu assino a autorização para fazermos isso.

— Tudo bem. Traga a conta do sr. Carson, Nero — pediu, sabendo que ele estava por perto. — O senhor pode jogar uma única mão de cinco mil, sr. Carson. — Serena lhe deu um olhar severo. — E se perder, encerramos a noite.

— Tudo bem, docinho. — Ele a pegou pelo pulso outra vez, correndo os olhos pelo vestido vermelho que Serena usava. — E se eu vencer, por que você e eu não tomamos um drinque em algum outro lugar?

— Não abuse da sorte, sr. Carson — advertiu Serena com um sorriso no rosto.

Risonho, ele aceitou a prancheta que Nero trouxe, então rabiscou o nome dele.

— Não há mal algum em tentar, docinho. Ah, não — disse ele quando Serena deu um passo para o lado. — Você dá as cartas.

Sem uma palavra Serena tomou o lugar do crupiê. Foi então que percebeu a presença de Justin ao seu lado, observando-a. *Droga*! Ela encontrou os olhos dele por um instante, imaginando se havia deixado que sua irritação comprometesse seu bom senso. Com outro olhar para Carson ela disse a si mesma que os cinco mil dólares valeriam para se livrar-se dele sem maiores problemas.

— Apostas? — perguntou ela, olhando para os outros jogadores enquanto contava as fichas do sr. Carson. Os demais jogadores preferiram não participar.

— Seremos só você e eu — disse Carson, deslizando suas fichas pela mesa. — Vamos lá.

Em silêncio, Serena abriu para ele um 7 e um 2. Uma espiadela em seu próprio jogo revelou um 12 com 9 a caminho.

— Pode mandar — disse Carson, apanhando seu copo vazio. Ela virou uma dama. — Eu paro — disse ele, dando um enorme sorriso para Serena.

— Parou em 19. — Serena abriu uma carta para ela. — Doze... 15... — ela continuou, abrindo um 3 para si mesma. — Vinte. — Carson praguejou. — Volte sempre, sr. Carson — disse ela, tranquilamente, esperando que ele deixasse a mesa.

Ele a encarou por um instante enquanto Serena recolhia suas fichas, depois se levantou e deixou o cassino sem dizer uma palavra.

— Peço desculpas pelo inconveniente. — Serena sorriu para os outros jogadores antes de fazer um sinal para o crupiê.

— Realmente muito bom, srta. MacGregor — murmurou Nero quando ela passou por ele.

Parando, ela se virou.

— Obrigada, Nero. E é Rena. — Ela teve o prazer de merecer um sorriso dele antes de ir até Justin. — Está pronto para me ter a bordo? — perguntou a ele.

Justin baixou os olhos para ela, depois enrolou uma mecha de seu cabelo no dedo.

— Sabe, eu queria você aqui por uma série de razões. Essa era uma delas.

Satisfeita, Serena riu.

— E se eu perdesse?

Justin deu de ombros.

— Bem, então você teria perdido. Ainda assim, teria lidado com uma situação delicada com o mínimo de comoção — murmurou ele, sem tirar os olhos dos dela. — Admiro seu estilo, Serena MacGregor.

— Estranho. — Ela pôde sentir algo acontecendo dentro de seu peito; um abrandamento, um calor. O desejo. — Eu sempre admirei o seu.

— Você está cansada. — Justin correu o dedo abaixo dos olhos dela, onde um traço de olheiras começavam a surgir.

— Um pouco — admitiu Serena. — Que horas são?

— Quase quatro da manhã.

— Não é de se admirar. O problema com lugares como esse, é que se perde a noção de dia e noite.

— Você já fez mais do que a sua parte — disse ele, guiando-a pelo salão. — O que você precisa é de um café da manhã.

— Huum.

— Acho que isso quer dizer que está faminta.

— Eu não tinha percebido, mas agora que você mencionou, sim, acho que estou mesmo morta de fome.

Serena olhou para trás enquanto ele a empurrava através das portas de seu escritório.

— Mas o restaurante não fica para o outro lado?

— Vamos tomar o café da manhã na minha suíte.

— Oh, espere um minuto. — Rindo, ela estacou. — Acho que vai ser melhor comer no restaurante.

Justin a estudou por um momento, depois enfiou a mão no bolso.

— Ai, Justin...

— Cara, minha suíte; coroa, o restaurante.

Franzindo as sobrancelhas, Serena estendeu a mão.

— Deixe-me ver essa moeda. — Ela a examinou de ambos os lados. — Tudo bem, estou com muita fome para discutir. Jogue a moeda.

Com um movimento hábil com o polegar, ele lançou a moeda. Serena esperou até que ela caísse deitada no dorso de sua mão, então soltou um suspiro.

— Vamos pegar o elevador — disse Justin, gentilmente.

Capítulo 8

— EU AINDA VOU GANHAR de você um dia desses — disse Serena, com um bocejo, enquanto Justin apertava o botão para a cobertura. — E, quando ganhar, vai valer mais do que um café da manhã. — Ela olhou em volta, para as paredes espelhadas. — Sabe, nem cheguei a reparar no elevador quando estava em seu escritório.

— É uma rota de fuga — disse ele, depois lhe deu um pequeno sorriso quando ela o encarou. — Todos precisamos de uma de vez em quando.

— Não imaginaria que você precisasse. — Ela se lembrou do espelho com dois lados no escritório dele e suspirou. — Elas o cansam às vezes, Justin? Todas aquelas pessoas, apenas a uma parede fina de distância?

— Ultimamente tem sido pior — admitiu ele. — Acho que, às vezes, você se sentia assim no navio. Não é por isso que você ia para o convés quando todos dormiam?

Ela respondeu dando de ombros.

— Bem, terei de me acostumar se vou viver aqui. De qualquer modo, sempre pareceu que vivi em meio a uma multidão. — Quando as portas deslizaram e se abriram, Serena deu um passo à frente. — Justin, aqui é mesmo lindo.

Ele usava cores mais ousadas em seus cômodos particulares, pinceladas de índigo nas almofadas de um sofá baixo e amplo, um lampejo de verde pistache na sombra de uma luminária. Para equilibrar, havia esboços em giz pastel e um espelho bisotado com moldura dourada.

— Dá para relaxar aqui — concluiu Serena, apanhando uma figura esculpida de um falcão durante um mergulho. — Mal parece um hotel, com todas as suas coisas por aqui.

Estranhamente, quando a viu com as mãos no que era dele, Justin se sentiu íntimo da sala pela primeira vez. Para ele, viver ali sempre havia sido apenas conveniente, nada mais, nada menos. Um lugar para ir quando não estava trabalhando. Tinha quartos parecidos em outros hotéis. Eram confortáveis, discretos e, ele percebeu subitamente, vazios. Até aquele momento.

— Claro, minha suíte é muito bonita — continuou Serena, vagando à vontade para tocar ou examinar tudo o que estivesse à mão. — Mas vou me sentir mais bem instalada quando arrumar algumas de minhas próprias coisas por lá. Acho que vou pedir que minha mãe me envie minha escrivaninha e outras coisas. — Virando-se, ela viu que ele a observava com aquela calma e aquele silêncio em que parecia tão à vontade. Sentindo-se nervosa de repente, Serena pousou um pequeno vaso azul-cobalto.

— Que vista você tem daqui? — Serena se moveu na direção da janela, e mal tinha colocado o pé na pequena plataforma elevada à frente dela antes de perceber que a mesa de vidro já estava posta. Levantando a cobertura de um dos pratos, viu uma farta omelete mexicana, bastante bacon e um bolinho de milho. Ergueu um pouquinho a tampa de um bule de prata e o aroma de café fresco se espalhou pelo ambiente. Ao lado da mesa, havia um balde de gelo com champanhe.

— Ora, imagine só — murmurou Serena enquanto tirava o botão de rosa de seu vaso de cristal. — Veja o que a fadinha boa nos deixou, Justin. Incrível!

— E dizem que milagres são coisa do passado.

— Quer ouvir um milagre? — perguntou-lhe Serena, passando o botão sob o nariz. — É um milagre que eu não vire esse café na sua cabeça.

— Prefiro virá-lo na boca — murmurou ele, enquanto cruzava a sala para se juntar a ela. — Gostou da rosa?

— É a segunda vez que você providencia minha comida antes de me consultar — disse ela.

— Você estava com fome da última vez também — relembrou ele.

— Mas essa não é a questão.

— E qual é?

Serena farejou o ar sentindo-se impotente e foi atacada pelo aroma da comida.

— Eu sabia qual era há um minuto — murmurou ela. — Como você fez para trazer tudo para cá, quente e prontinho?

— Liguei para o serviço de quarto antes de ir ao cassino para ver se você precisava ser resgatada. — Dobrando um pano sobre a garrafa, ele habilmente tirou a rolha da garrafa de champanhe.

— Muito inteligente. — Rendendo-se à fome, Serena se sentou. Colocando os cotovelos sobre a mesa, pousou o queixo sobre as mãos entrelaçadas. — Champanhe no café da manhã?

— É a melhor hora. — Justin encheu duas taças antes de se sentar à mesa também.

— *Se* eu decidir ignorar sua arrogância — considerou Serena, enquanto cortava a omelete —, devo dizer que isso tudo é muito gentil da sua parte... De uma maneira traiçoeira.

— De nada — murmurou ele, erguendo sua taça.

Depois do primeiro bocado, Serena fechou os olhos, saboreando em silêncio.

— E é fácil ignorar a arrogância com um estômago vazio. Ou estou faminta, Justin, ou essa é a melhor omelete que já foi feita.

— Vou dar seus cumprimentos ao *chef*.

— Hmm. Vou precisar dar uma olhada na cozinha amanhã, e na boate — disse ela, depois de outro bocado. — Notei que Chuck Rosen vai se apresentar aqui por uma semana. Não deve haver um lugar vazio.

— Ele assinou comigo um contrato exclusivo de dois anos. — Justin partiu um bolinho ao meio. — Ele é garantia de bilheteria esgotada em todos os hotéis.

— Foi um investimento inteligente — ponderou Serena. — Sabe... — Levantando seu champanhe, ela observou Justin por sobre a borda da taça. — Você é exatamente o que eu pensei que era quando se sentou à minha mesa pela primeira vez. E, ainda assim, não é nada do que pensei que fosse.

Tomando um gole, Justin devolveu o olhar.

— O que você pensou que eu era?

— Um jogador profissional. O que, é claro, acertei em cheio. Mas... — Serena divagou e bebeu de novo. Justin estava certo, pensou ela. O gosto do champanhe nunca tinha sido melhor. — Não o vejo como um homem que poderia erguer e dirigir uma rede de empreendimentos como essa.

— Não? — Achando graça, ele brincou com a comida enquanto a observava. — O quê, então?

— Acho que o vejo como um tipo de nômade. O que, de novo, é em parte verdade, se levarmos em conta sua herança, mas não o considero um homem que ia querer a responsabilidade que a administração de hotéis como esse requer. Você é uma mistura interessante, Justin, de rudeza e responsabilidade; de dureza e... — ela pegou o botão de rosa de novo — de delicadeza.

— Ninguém nunca disse isso de mim — murmurou Justin enquanto enchia a taça dela novamente.

— O quê?

— Que sou delicado.

— Bem, não é uma de suas virtudes dominantes — balbuciou ela, com a boca na taça. — Suponho que seja por isso que me impressiono quando ela se anuncia.

— Bem, gosto de impressioná-la. — O dedo dele passeou pelas costas da mão dela até chegar ao punho. — Descobri que tenho certa... fraqueza pela vulnerabilidade.

Determinada, ela tomou outro gole de champanhe.

— Não sou tão vulnerável assim.

— Não — concordou ele. — Talvez seja por isso que seja mais recompensador quando consigo derrubar suas defesas. Seu pulso acelera quando eu a toco aqui — sussurrou ele, deslizando o dedo na parte interna do pulso dela.

Meio instável, Serena pousou sua taça.

— Acho melhor eu ir.

Mas Justin se levantou ao mesmo tempo, e então os dedos dele se entrelaçaram aos dela. Os olhos de Justin, quando Serena os encontrou, estavam muito calmos e confiantes.

— Fiz uma promessa a mim mesmo nessa tarde, Serena — disse ele, baixinho. — Que eu faria amor com você antes que a noite acabasse. Aproximando-se com um passo, Justin apanhou sua outra mão. — Ainda temos uma hora antes de o Sol nascer.

Era o que ela queria. Cada poro de seu corpo parecia gritar de desejo. Mesmo assim, se as mãos dele não segurassem as dela tão firmemente, teria se afastado.

— Justin, não vou negar que eu quero você, mas acho que seria melhor esperarmos mais um tempo.

— Sensato — concordou ele, enquanto a puxava para seus braços. — O tempo acabou. — Ele desfez a risada de protesto de Serena com os lábios.

Não havia comida que acabasse com a fome dele. Sua boca se aproximou exigente, devastadora, antes que Serena pudesse responder ou tentar ir embora. Mas ela sabia, enquanto Justin esmagava seu corpo contra o dele, que dessa vez ele não permitiria nenhuma resistência. Ela provou os seus lábios, que tinham gosto de urgência. Sentiu as linhas firmes e longas do corpo dele e sentiu desejo.

Quando a língua dele buscou a dela, não houve provocação delicada ou uma aproximação delicada, mas uma exigência desesperada por intimidade. *Agora*, Justin parecia lhe dizer. *Não há como voltar atrás*. O que havia começado semanas antes com um longo e frio encontro de olhares atingiria seu ápice. Aconteceria, pensou Serena, zonza, porque nenhum dos dois queria qualquer outra coisa.

Através dessas primeiras ondas urgentes de paixão, ela sentia uma alegria silenciosa. Ela amava. E o amor, percebeu, era a última aventura. Tomando o rosto de Justin em suas mãos, cuidadosamente afastou seus lábios dos dele, depois mergulhou em seus olhos, mais calorosos agora, tomados com o desejo por ela. Serena queria um momento, só um momento para desanuviar a mente, para dizer o que desejava dizer sem o calor da paixão correndo em seu corpo. Com delicadeza, passou os dedos nos ossos longos e fortes do rosto dele. O coração de Justin batia forte contra os seios dela, enquanto o coração de Serena começava a se acalmar. Um sorriso tocou os lábios que estavam quentes e desejosos dos dele.

— Isso — disse-lhe ela, baixinho — é o que quero, o que escolhi.

Justin não disse nada enquanto a encarava. Aquelas simples palavras eram mais sedutoras do que o aroma delicado de verão dela, do que o sabor quente e pulsante. Elas o enfraqueciam, expondo vulnerabilidades que Justin nunca havia imaginado ter. Subitamente, havia mais do que paixão correndo pelas veias dele. Apanhando a mão dela, ele a aproximou de sua boca, comprimindo seus lábios contra a palma.

— Não pensei em nada além de você por semanas — disse ele. — Não quis ninguém além de você. — Correu uma das mãos pelo cabelo dela, antes que seus dedos se fechassem em um punho. Desejo. Nossa, quando foi que ele havia sentido um desejo como aquele? — Venha para a cama, Serena, não aguento mais ficar sem você.

Seus olhos estavam calmos quando ela lhe estendeu a mão. Sem palavras, caminharam até a cama. O quarto estava na penumbra, acentuada pela luz pálida do fim da madrugada. E havia silêncio, tanto silêncio que Serena podia ouvir sua própria respiração, que começava a acelerar. Quando sentiu Justin se afastar, ela ficou de pé, resoluta, arrepiada de nervoso de repente.

Justin não seria delicado, Serena pensou lembrando-se da sensação da boca e das mãos dele nela. Como amante, ele seria igualmente excitante e assustador. Ela ouviu um som de raspar, e viu a chama e um fósforo, enquanto ele o segurava no pavio de uma vela. As sombras dançavam.

Os olhos dela foram atraídos para ele. Na luz amarela que tremulava, o rosto dele exibia uma beleza perigosa. Parecia pertencer mais aos ancestrais nativos agora do que ao mundo que ela compreendia. E ela entendeu, naquele instante, por que a mulher cativa havia lutado contra o que sentia e por que, depois, quis ficar com seu sequestrador.

— Quero ver você — murmurou Justin, esticando a mão para trazê-la para a luz da vela. Com surpresa, ele a sentiu estremecer. Apenas momentos antes ela parecera tão forte, tão confiante. — Você está tremendo.

— Eu sei. — Serena inspirou fundo e expirou rapidamente. — Bobeira minha.

— Não. — Ele sentiu uma onda de poder, clara e intensa. Serena MacGregor não era uma mulher que tremesse por qualquer homem. Mas por ele, mesmo enquanto o fogo acendia nos olhos dela, seu corpo tremia. Apanhando-a pelo cabelo, Justin inclinou a cabeça dela para trás. Na luz trêmula, os olhos dele brilhavam com ferocidade, quase selvagens, cheios de desejo. — Não — disse ele de novo, depois esmagou sua boca com a dele.

Ela pareceu derreter junto dele. Justin teve a impressão de que sentia os ossos dela amolecerem, derreterem-se, até que ela estivesse totalmente flexível nos braços dele. Naquele momento, ele aceitaria a rendição, mas logo teria mais, muito mais. Com a boca ainda ávida na dela, ele começou a despi-la. Esquecendo-se que o tecido era delicado, quase o arrancou de seu corpo, parando apenas para acariciar, centímetro a centímetro, a carne que descobria. Ela tremia ainda mais, puxando os botões da camisa dele enquanto seu vestido deslizava para se amontoar a seus pés.

Justin soubera que ela usaria algo macio e transparente. Com a ponta de um dedo, afastou as alças finas da combinação dela de seus ombros. Mas não a tirou — ainda não. Queria o prazer de sentir a seda entre seus corpos. Ele a atormentou, dando beijos quentes e mordiscando-a enquanto Serena lutava para despi-lo. Os dedos dela tocando sua carne arrancaram um gemido que Justin abafou contra a garganta dela.

Então, ela estava sob ele na cama, com apenas um pedaço frágil de tecido entre eles. Ele sentiu uma loucura, um desejo propulsor de possuí-la rapidamente contra o qual teve de lutar. Os seios dela eram pequenos e firmes em suas mãos, os mamilos destacavam-se contra a seda enquanto ele deixava beijos atrás de beijos, todos selvagens, nos lábios dela. Consumido por Serena, Justin a conduziu impiedosamente ao primeiro gozo apenas com as mãos e a boca. Engolindo os soluços, ele comprimiu o corpo no dela, de modo a fundir seus movimentos frenéticos a ele. Então, rudemente, ele deslizou para baixo para apanhar o seio envolto em seda com a boca.

Lutando por ar, Serena se arqueou contra ele. Seu corpo tremia com centenas de sensações inesperadas. Estava aprisionada em um mundo de seda e fogo. A cada movimento seu, a colcha acariciava suas costas e pernas nuas, sussurrando promessas obscuras. A carne dela ardia em qualquer lugar que ele tocasse, como se Justin carregasse a pequena chama dourada da vela nos dedos. Enquanto ele molhava a seda sobre seu mamilo excitado com a língua, ela sentiu o fogo invadi-la. Como uma voz distante, ela o ouviu murmurar seu nome, e mais coisas que não pôde entender.

Como se houvesse perdido a paciência com qualquer barreira, Justin abaixou a combinação até sua cintura para que pudesse se regalar em sua pele nua. Serena o puxou para mais perto, suas mãos tão exigentes quanto as dele. Embora sua boca ansiasse pelo gosto dele, seu corpo estava excitado com a corrida desesperada dos lábios de Justin sobre sua pele. Só conhecia o prazer agora, o prazer quente da paixão implacável. As restrições e regras se foram; ali estava o abandono que ela só vislumbrara em sonho.

Só naquele momento que Serena percebeu que havia tanto que não sabia, tanto que nunca sentira. A cada segundo, havia novas descobertas. Enquanto a boca dele demorava bem acima da linha da seda, ela sentiu uma fome mais profunda do que qualquer outra que jamais experimentara. Sua imaginação correu solta, pensamentos sobre ele dentro dela, preenchendo-a, sonhos de um prazer tão intenso que causaram uma pontada de dor entre suas coxas. Delirante, ela se agarrou nos ombros dele.

— Possua-me — exigiu ela com o fôlego entrecortado. — Justin, faça isso agora.

Mas ele continuava a conduzi-la cada vez mais alto, como se não tivesse ouvido seu pedido. Ele tirou a seda, acariciando com os lábios a carne recentemente exposta — sobre o abdômen chato e trêmulo, sobre a curva macia do quadril, até os músculos firmes e tensos do lado de dentro de suas coxas.

Serena arqueou o corpo, gritando, arrastada rapidamente para o rio da paixão. Ele era implacável, tão assustador como amante quanto ela temera, tão excitante quanto ela sonhara. Ela era tudo o que Justin desejava — macia e úmida e sem controle. Desesperada, exigente, ela se agarrou a ele, arranhando sua pele com aquelas unhas finas e elegantes. Ele podia ouvir seus gemidos, suas palavras incoerentes raspando pela garganta enquanto ele a conduzia mais e mais na direção da loucura. A pele de Serena estava úmida, cheia de gotas de paixão, enquanto os quadris dela arremetiam seu desejo na direção dele, sem parar. Agora, ela era dele, inteiramente entregue a ele. E ele sabia, de algum modo, que ninguém jamais a possuíra mais completamente. Lutando para conter a força mais um momento, ele oscilou acima dela. Selena agarrou os quadris dele, apressando-o.

Com o toque da primeira luz do dia, o rosto dela parecia de porcelana. Seus olhos estavam fechados, seus lábios abertos, como se cada fôlego os fizesse tremer. Meio enlouquecido de desejo, ele desejou que nenhum homem jamais a visse como ele a viu naquele momento.

— Olhe para mim — exigiu Justin com uma voz dura de paixão. — Olhe para mim, Serena.

Ela abriu os olhos, que estavam brilhantes de prazer, sombrios de desejo.

— Você é minha mulher. — Ele a penetrou, quase perdendo o controle. — Não tem como você voltar atrás agora.

— Nem você. — Os olhos dela perderam o foco quando os dois começaram a se mover juntos.

Justin lutou para compreender o que Serena dissera, mas ela se movia mais rápido. Enterrando o rosto no cabelo dela, ele se entregou à loucura.

O amanhecer jorrou pela larga janela em um fluxo de luz rosa-dourado. Com a cabeça de Justin ainda aninhada em seu pescoço, Serena observou a luz brincar sobre a extensão das costas dele. Era parecida com o modo que ela se sentia, percebeu. Brilhante, intensa e nova. Havia um modo melhor de observar o nascer do Sol do que com o corpo quente de seu amante sobre o seu? Dormir... Ela não sentia nenhuma vontade disso. Sabia que podia ficar deitada assim por horas, com o sol tornando-se cada vez mais forte e o som da respiração gentil dele em seu ouvido. Com um suspiro doce de contentamento, ela passou as mãos nas costas dele.

Com o toque dela, Justin levantou a cabeça. Com seus rostos próximos, ele a encarou, permitindo que seus olhos vagassem por cada traço, até que não houvesse nada em sua mente além do rosto dela, corado e suave pelo amor. Sem uma palavra, Justin levou sua boca até ela, com o toque de borboleta que usava tão raramente. Gentil, de forma quase reverente, ele pousou beijos nas pálpebras dela, em suas têmporas, em suas bochechas, até que Serena sentiu lágrimas inesperadas se acumularem em sua garganta. Sob o corpo dele, o dela parecia fluido e livre.

— Pensei que eu sabia como seria — sussurrou ele, tocando os lábios dela com os seus de novo. — Deveria ter percebido que com você nada é como espero. — Levantando a cabeça de novo, ele passou a ponta de um dedo sob o olho dela. — Você deveria dormir.

Ela sorriu e acariciou o cabelo na testa dele.

— Acho que nunca mais vou dormir. Sei que nunca mais quero perder outro amanhecer.

Ele a beijou de leve e depois, rolando de cima dela, a puxou para perto de si.

— Quero você comigo, Serena.

Contente, ela se acomodou mais perto.

— Estou com você.

— Quero que você viva comigo — ele a corrigiu, inclinando o queixo dela para cima, para que pudesse ver seus olhos. — Aqui. Não basta saber que você está em um quarto corredor abaixo. — Depois ele parou, passando o polegar nos lábios dela. — Haverá fofocas lá embaixo, boatos.

Descansando a cabeça no ombro dele, Serena começou a acariciar seu peito com um dedo.

— A fofoca não vai parar lá embaixo, já que seu nome estará ligado ao da filha de Daniel MacGregor — disse-lhe ela.

— Não. — Serena percebeu a mudança no tom e soube que, se o encarasse, os olhos dele estariam impenetráveis. — A imprensa acharia a relação interessante, considerando meu passado e minha reputação... em contraponto à sua.

— Justin... — Ela desceu a mão até o centro de seu tórax, depois subiu de novo. — Você está me pedindo para morar com você ou me avisando para não fazer isso?

Por um longo momento, ele ficou em silêncio, enquanto Serena continuava acariciar o peito dele preguiçosamente.

— As duas coisas — respondeu ele, por fim.

— Entendo. Bem... — Ela virou a cabeça, de modo a ficar livre para mordiscar o pescoço dele — ...suponho que eu deveria pensar a respeito disso. — Serena o sentiu estremecer em resposta, quando sua mão desceu abaixo do estômago dele. — Pesar os prós e os contras — continuou ela, beijando o contorno do maxilar dele. Virando-se, ela se deitou sobre Justin, seu rosto bem acima do dele. — Talvez você possa relembrar os prós e contras para mim. — Com um sorriso, ela pressionou os lábios aos dele. — Só para refrescar minha memória.

— Apenas para ajudá-la a tomar uma decisão inteligente — disse ele, deslizando a mão pelo quadril dela.

— Uhum. — Enquanto Justin procurava aprofundar o beijo, ela se moveu à procura do ponto vulnerável atrás da orelha dele. — Sabia que eu fui capitã da equipe de debate no meu último ano na Smith?

— Não. — Os olhos dele se fecharam quando a sensação inebriante de ser seduzido o dominou.

— Pode me dar um tema — disse, deslizando seus dedos pelas costelas dele — e o tempo para... pesquisa — acrescentou enquanto mordia gentilmente seu pescoço. — E posso argumentar contra e a favor do assunto. Agora, do meu ponto de vista... — Ela deu um suspiro de prazer ao colocar os lábios no pulsar rápido e brusco na base da garganta de Justin. — Viver com você envolve um grande número de inconvenientes. — A mão dele passeou no quadril dela, deslizando entre suas coxas. Serena deslizou mais para baixo no corpo dele, frustrando-o.

— Serena...

— Não, é minha vez de falar — relembrou ela, depois passou a língua no tórax dele. — Perderia minha privacidade e muitas noites de sono — disse, desfrutando da respiração acelerada dele quando explorou seu corpo de forma ousada. — Arriscaria ser alvo de fofoca e boatos dos meus novos empregados, e também da imprensa.

Enquanto os músculos tensionavam e relaxavam sob as mãos dela e sob seus lábios curiosos, ela perdeu o rumo das ideias. Justin era tão magnífico quanto a escultura de mármore do cacique na entrada do cassino, ela pensou vagamente enquanto seu sangue começava a acelerar.

— Seria impossível de viver com você — concluiu, perdida em algum lugar entre sua própria iniciativa e a beleza selvagem do corpo nu dele. —

Exigente, enfurecedor, e porque eu o acho tão incrivelmente atraente, nunca teria um momento de paz de espírito.

Ela ficou em cima de Justin, permitindo que seu corpo se satisfizesse ao se esfregar sinuosamente ao dele no caminho. O sorriso dela foi lento e sedutor, quando viu os olhos dele fixos em seu rosto.

— Dê-me um bom motivo pelo qual eu deveria, depois de considerar tudo isso, morar com você.

A respiração dele não estava normal, mas ele não conseguia se controlar. A mão que agarrava seu cabelo não era gentil, mas ele não conseguia pará-la também.

— Quero você.

Serena abaixou os lábios até que estivessem a centímetros dos dele.

— Mostre — exigiu ela.

Enquanto a boca de Serena descia até a sua, Justin rolou sobre ela, sem a menor delicadeza, além da razão. Ele a penetrou rapidamente, arrancando-lhe um grito que se transformou em gemidos entrecortados enquanto a penetrava mais forte e mais rapidamente. Com uma avidez impensada, ele a possuiu e possuiu, mas a fome só parecia se alimentar de si mesma, crescendo em um turbilhão, enquanto as pernas e braços dela se enroscavam nele. Estava afogado de suor, preso naqueles membros brancos e macios, incapaz de respirar, incapaz de se libertar. E foi o nome dela que a mente dele gritou sem parar.

O corpo dele parecia reverberar o som, ameaçando explodir com a repetição desesperada do nome dela. Então a palavra se partiu em fragmentos minúsculos. Justin soube que nunca se livraria deles, depois não reconheceu nada além do alívio trêmulo da completude.

Maravilhado, ele adormeceu, com o corpo e a mente misturados a ela.

O telefone o acordou somente quatro horas depois. A seu lado, Serena se virou, suspirou, e murmurou algo. Mantendo um braço em volta dela, Justin esticou o outro e apanhou o receptor.

— Sim? — Olhando para baixo, ele viu que Serena havia aberto os olhos pesados para encará-lo. Ele pressionou os lábios no topo de sua cabeça. — Quando? — Vendo-o tenso, ela se ergueu apoiando-se no cotovelo. — Eles evacuaram? Não, eu cuido disso... Desço em poucos minutos.

— O que foi?

Justin já estava fora da cama e se dirigindo ao closet.

— Ameaça de bomba em Vegas. — Ele apanhou a primeira coisa que caiu em suas mãos, jeans e um suéter de cashmere.

— Ai, meu Deus! — Serena estava confusa, procurando sua lingerie. — Quando?

— A ligação disse que ela detonaria às 3h35, no horário de Vegas, a menos que entreguemos 250 mil dólares em dinheiro. Isso não nos dá muito tempo — murmurou ele, fechando a calça. — Ainda estão evacuando.

— Você não vai pagar. — Com fúria nos olhos, Serena passou a roupa pela cabeça.

Justin a observou em silêncio por um momento, depois sorriu — tão frio e afiado quanto uma faca.

— Não vou pagar.

Enquanto ele passava para o cômodo do lado, Serena disparou atrás dele.

— Vou descer assim que me vestir.

— Não há nada para você fazer.

As portas do elevador já estavam se abrindo quando ela agarrou o braço dele.

— Vou ficar com você.

Por um instante, os traços dele se abrandaram.

— Apresse-se, então — disse ele, dando-lhe um beijo rápido e duro antes de entrar no elevador.

Em menos de dez minutos, Serena se apressava pela área da recepção, seguindo para o escritório de Justin. Ele ergueu os olhos quando ela entrou, mas não lhe deu mais que um aceno de cabeça enquanto continuava a falar em voz baixa ao telefone. Kate estava parada ao lado da mesa, as mãos fechadas, seu rosto, normalmente tranquilo, estava tenso.

— Srta. MacGregor — disse ela, brevemente, sem tirar os olhos de Justin.

— Você poderia me atualizar, por favor?

— Algum maluco alega ter uma bomba posicionada em algum lugar do hotel de Vegas. Ele supostamente tem um aparelho remoto que a detonará em... — ela conferiu no relógio — ...uma hora e quinze minutos. Eles estão evacuando, e o esquadrão antibombas está vasculhando o lugar, mas...

— Mas? — interrompeu Serena.

— A senhorita tem alguma ideia do quanto aquele hotel é grande? — quis saber Kate em uma voz trêmula. — O estrago que uma bomba poderia causar?

Sem dizer nada, Serena foi até o bar no extremo oposto da sala e serviu um gole de conhaque. Ela o trouxe até Kate, enfiando-o nas mãos dela.

— Beba isso — ordenou ela.

Com um tremor, Kate virou o copo até que esvaziasse.

— Obrigada. — Ela comprimiu os lábios por um momento, depois encarou Serena de novo. — Sinto muito. Meu marido perdeu um braço no Vietnã... Uma mina terrestre. Isso... — Ela expirou. — Isso traz tudo de volta.

— Venha, sente-se — disse Serena, mais gentilmente, enquanto a levava até o sofá. — Não há nada para fazer agora além de esperar.

— Justin não vai pagar — murmurou Kate.

— Não. — Serena lhe deu um olhar surpreso. — Acha que ele deveria?

Kate passou a mão pelo cabelo.

— Não sou objetiva sobre coisas assim, mas... — ela levou os olhos novamente para Serena — ...ele tem tanto a perder.

— Ele perderia mais que dinheiro se pagasse. — Virando-se, Serena se posicionou atrás de Justin. Ela o tocou apenas uma vez, rápido, a mão em seu ombro. Enquanto Kate olhava, ele levantou a mão e entrelaçou os dedos com os de Serena. O gesto lhe contou mais do que mil palavras.

Ora, ele a ama, pensou Kate, espantada. Nunca lhe ocorrera que Justin Blade fosse vulnerável a mulher alguma. Enquanto Kate estudava seu rosto, ela imaginava se ele mesmo sabia quão vulnerável estava.

— Ele detonou uma carga em uma das salas de estoque do subsolo. — Justin deixou o telefone cair em seu ombro por um momento.

— Ah, Deus, alguém se machucou?

Ele ergueu os olhos para Serena, sem mostrar nada de seus pensamentos.

— Não. Houve danos, mas foram bem pequenos. Ele ligou para dizer à polícia que essa foi só uma prova de que não está blefando. Quer que o dinheiro seja entregue às 3h15, horário de Vegas.

Serena colocou a mão no braço dele.

— No que está pensando, Justin?

— Estou pensando que ele está fazendo muita confusão para alguém atrás de duzentos e cinquenta mil. Estou imaginando se é tudo o que ele quer. Quando ele ligou para o hotel, perguntou pelo meu nome.

Serena sentiu uma nova inquietação.

— Muitas pessoas sabem que você é o dono do Comanche — começou ela. — Ou é muito provável que seja alguém que um dia trabalhou para você ou conheceu alguém que trabalhou.

Ele colocou o telefone de novo na orelha.

— Vamos precisar esperar para ver, não é? — E houve algo nas palavras quase sussurradas que Serena reconheceu. Uma ameaça de violência, uma promessa de vingança. — Quantas pessoas ainda estão lá dentro? — perguntou Justin no telefone. — Não, quero ser avisado assim que todos estiverem do lado de fora.

— Vou buscar um pouco de café — disse Serena.

— Não. — Levantando-se, Kate balançou a cabeça. — Eu faço isso. Você fica com ele.

Serena olhou o bonito relógio dourado sobre a mesa dele. Dez e quarenta e cinco. Umedecendo os lábios, ela agarrou o encosto da cadeira de Justin e esperou.

Os olhos dele também foram até o relógio. Menos de uma hora, pensou. E estava ali, impotente. Como poderia explicar que o hotel era mais que concreto e pedras para ele? Tinha sido a primeira coisa que possuíra, seu primeiro lar depois da morte dos pais. Simbolizava sua independência, seu sucesso, sua herança. Agora, tudo o que podia fazer era esperar que fosse implodido.

Era essa a razão para aquele pressentimento em seu peito lhe dizendo que a ameaça era dirigida pessoalmente para ele? Passando a mão na nuca, Justin percebeu que aquilo fazia sentido — e ainda assim sua intuição lhe dizia algo diferente.

— Pode ser que seja um blefe. — A voz de Serena soou calma e forte detrás dele. Justin sentiu a intensa onda de frustração passar. Esticando a mão, esperou que ela desse a volta na cadeira e colocasse a sua mão sobre a dele.

— Eu não acho.

Ela apertou a mão dele entre as suas.

— Seria errado pagar. Você está fazendo a coisa certa, Justin.

— É a única coisa que eu sei fazer. — Ele deu atenção à voz ao telefone. — Bom. Os convidados e os empregados saíram — disse ele a Serena.

Ela se sentou no braço da cadeira, enquanto ambos observavam o relógio.

Kate havia voltado com o café, que permaneceu intocado na mesa enquanto esperavam. Enquanto os minutos passavam, Serena podia sentir a tensão emanando de Justin em ondas. Ele ficou sentado em silêncio absoluto, o telefone nas mãos. Ela tentou imaginar a complexidade da busca em um hotel do tamanho do Comanche. Quantas centenas de quartos, imaginou Serena, quantos milhares de armários e cantos? Será que ele poderia ouvir pelo telefone o som da explosão?, ela se perguntou, impotente. E quantas outras vezes o destino de Justin seria colocado à mercê dos caprichos da sorte? Dessa vez, disse a si mesma enquanto colocava a mão de volta no ombro dele, o destino teria de vencer os dois.

Observando a mão de Justin, Serena viu a súbita rigidez nos dedos que estavam na mesa.

— Sim.

Para evitar fazer perguntas, Serena mordeu o lábio enquanto Justin ouvia a voz ao telefone.

— Entendo. Não, não que eu saiba. Sim, estarei aí assim que for possível. Obrigado. — Desligando o telefone, ele se virou para Serena. — Eles a encontraram.

— Ah, graças a Deus. — Ela colocou a testa contra a dele.

— Pelo que acabaram de me contar, ela teria destruído o cassino e metade do andar principal. Kate, agende para mim o primeiro voo para Vegas.

— Justin. — Serena se levantou do braço da cadeira dele e descobriu que suas pernas estavam estranhamente fracas. — Eles têm alguma ideia de quem foi?

— Não. — Só então ele notou a caneca de café na mesa. Apanhando-a, bebeu metade de uma vez só. — Preciso ir até lá, acalmar as coisas no hotel e falar com as autoridades. Voltarei em alguns dias. — Ele se levantou e a pegou pelos ombros. — Parece que minha nova sócia vai passar por uma prova de fogo.

— Ficarei bem. — Erguendo-se na ponta dos pés, ela pousou um beijo em sua boca. — E vou cuidar bem de nosso hotel.

— Tenho certeza de que você vai — disse ele, e a puxou para mais perto. — Não queria ter de deixá-la bem agora.

— Estarei aqui quando você voltar. — Serena esticou as mãos para segurar o rosto dele. — Não se preocupe, só volte logo.

Ele abaixou a boca até a dela e demorou-se um pouco nela.

— Durma um pouco — sugeriu ele.

— Ah, não, esse é meu primeiro dia no trabalho. — O rosto dele estava calmo, mas ela podia sentir a tensão. Em vez das infindáveis perguntas que desejava fazer, Serena se obrigou a sorrir e se afastar. — Tenho algumas providências a tomar — percorrer o hotel, inspecionar a cozinha, estudar os arquivos do meu escritório, providenciar que minhas coisas sejam levadas para nossa suíte.

O *nossa* o atingiu com força, deixando-o espantado.

— Faça isso primeiro — exigiu ele, tomando as mãos dela de novo. Quero saber que você está em minha cama, Serena, eu...

— Você vai estar em um avião em quarenta e cinco minutos, Justin — interrompeu Kate, enfiando a cabeça na porta. — Precisa se apressar.

— Certo, providencie um carro para me levar.

— Justin. — Com uma meia risada, Serena puxou as mãos. — Você está quebrando meus dedos. — Havia algo no olhar que ele lhe deu, em parte cansado, em parte tempestuoso, que fez o sorriso dela se apagar. — O que foi?

Será que ia dizer que a amava?, pensou Justin tomado por um golpe de pânico. Será que ia dizer as palavras antes que as tivesse processado completamente em sua mente?

— Vai ficar tudo bem — disse ele, por fim.

— Tudo bem. — E porque queria apagar a tensão de seu rosto, ela sorriu de novo. Então, passando os braços em volta de seu pescoço, Serena comprimiu a boca contra a dele. — Fique infeliz sem mim, por favor.

— Farei o melhor possível. Kate tem o número se você precisar de mim.

— Justin, seu carro está aqui.

— Sim, tudo bem. — Ele deu um último beijo intenso em Serena. — Pense em mim — ordenou ele, antes de sair.

Inspirando fundo, Serena se sentou na cadeira, ainda quente dele.

— Será que tenho alguma escolha? — pensou ela, em voz alta.

Capítulo 9

Durante a semana seguinte, Serena mergulhou na rotina do Comanche. Era seu primeiro grande investimento que não havia sido escolhido com cuidado por seu pai, e um que estava determinada a entender a fundo. Ela não se importava com alguns olhares especulativos, os cochichos que escutava enquanto inspecionava os banheiros nas áreas comuns ou se ocupava de livros, arquivos ou registros. Esperava por isso. Passava seus dias aprendendo sobre o hotel, de cima a baixo, as noites no cassino ou em seu escritório, na função de gerente. As madrugadas, passava sozinha na suíte de Justin.

Durante a semana, descobriu duas coisas. O Comanche era uma organização de fácil administração, que servia pessoas que tinham dinheiro para gastar. Oferecia o melhor à sua clientela, mas por um preço alto. E, em segundo lugar, a falta de Justin era uma bênção disfarçada.

Serena teve pouco tempo para sentir falta dele com suas horas muito ocupadas. Só tarde da noite, a sós, é que percebia o quanto havia se tornado dependente dele. De uma palavra, um toque, da presença marcante. Mas sozinha, ela teve a oportunidade de provar a si mesma e à sua equipe que era competente e séria no comando do hotel. Serena conseguiu se sair bastante bem.

Sua experiência foi muito útil. Durante anos, tinha se acostumado a frequentar hotéis finos, e sabia o que um cliente procurava, do check-in ao check-out. Seu ano a bordo do *Celebration* lhe dera outra perspectiva. Entendia agora os problemas que atormentavam os tripulantes — desde a fadiga, passando pelo tédio, até a carência de roupas de cama. No primeiro dia, ganhara Nero e Kate. No segundo, Serena dobrara o *chef*, o gerente da noite, e a chefe das governantas. Ela considerou cada um uma grande vitória.

Atrás da arrumada mesa de nogueira em seu escritório, Serena estudava a agenda dos crupiês naquela semana. Bem à sua frente, o painel estava aberto, dando-lhe uma ampla vista do cassino. Descobriu que gostava dos sentimentos ambíguos de isolamento e companhia. Já que o dia mal havia começado, pelos padrões do cassino, planejava dedicar mais duas horas à papelada, sabendo que se precisassem dela o alarme em sua mesa soaria, indicando o local do problema. Então, por enquanto, ficaria ali. Se mantivesse a si mesma ocupada até que o cansaço a dominasse, não ficaria tentada a apanhar o telefone e ligar para o número de Justin em Vegas.

Ele era um homem que precisava de espaço, que não fazia promessas ou as esperava. Se quisesse ganhar no final, Serena sabia que não podia esquecer-se disso. Se fosse paciente, talvez chegasse o momento em que ele se sentisse confortável com a ideia de amá-la. Com uma risada, balançou a cabeça. Ela nunca se sentiria *confortável* amando-o. Nem escolheria isso.

Esfregando a nuca, Serena fez uma careta para a agenda. Poderia ser feita de um jeito menos complicado, ponderou, se eles contratassem mais um crupiê extra. Isso tornaria as horas um pouquinho mais flexíveis e... uma batida na porta quase a desconcertou.

— Sim, entre. — Sem erguer os olhos, Serena continuou a encarar a lista. Com alguém extra para assumir o posto, pensou, poderia manobrar os turnos. Então, subitamente, violetas pousaram na papelada à sua frente.

— Pensei que isso poderia chamar a sua atenção.

Sentindo seu coração disparar, Serena ergueu os olhos.

— Justin! — Ela estava fora da cadeira e correndo para os braços dele mais rápido que qualquer um dos dois pudesse esperar.

Quando as bocas se uniram, Justin percebeu que era a primeira vez que via aquela alegria espontânea e livre no rosto de Serena. E era para ele. O cansaço de um longo voo, a tensão daquela semana, tudo desapareceu.

— O que há em uma mulher — perguntou ele — que torna tão bom o fato de abraçá-la?

Sorrindo, ela inclinou a cabeça para trás. E ao observar o rosto dele tão de perto, ficou preocupada.

— Você parece cansado. — Os dedos dela acariciaram as linhas de preocupação em torno da boca dele. — Nunca vi você parecer cansado. Foi muito ruim?

— Já passei semanas mais agradáveis. — Ele a puxou de volta para si, querendo se encher da sensação de tê-la em seus braços, de seu aroma. Mais tarde, pensou, ele lhe contaria do bilhete caprichosamente impresso que recebera. Outra ameaça, sem detalhes ou motivos, só uma promessa que não acabara. — Fiz o que você pediu — acrescentou Justin, correndo a mão sobre a pele macia que o decote baixo das costas do vestido expunha.

— Hum. O quê?

— Fiquei muito mal sem você.

Serena não riu como ele esperara, mas apertou seus braços em volta de seu pescoço. Lutando contra as lágrimas, ela colou os lábios contra o pescoço dele.

— Você não ligou. Esperei sua ligação — sussurrou ela. Aterrorizada com suas palavras, Serena se afastou dos braços dele, engolindo as lágrimas e balançando a cabeça. — Não, não quis dizer isso. Sei que você estava ocupado. — Ela ergueu as mãos, depois as deixou cair, impotente. — E... Eu também estava. Havia um milhão de coisas... — Ela se virou para revirar os papéis sobre a mesa. — Somos adultos e independentes. A última coisa que precisamos é começar a colocar correntes um no outro.

— Você fica incoerente quanto está nervosa — comentou Justin.

Virando-se, Serena lançou-lhe um olhar intenso, furioso.

— Não faça piada comigo.

— É estranho que eu tenha sentido falta desse olhar matador — disse ele enquanto se aproximava. Apanhando seu rosto nas mãos, ele o segurou com carinho, os olhos nos dela. Serena sentiu a raiva sumir, deixando-a fraca e trêmula. — Serena — disse Justin com um suspiro, enquanto sua boca se fechava sobre a dela.

O beijo terno se tornou rapidamente faminto. Ela sentiu o desejo escorrendo dele para encontrar o dela, enquanto seus lábios se uniam, abrindo-se apenas para buscar novos ângulos, prazeres mais profundos. Desejos de uma semana se intensificaram tanto que havia dois pares de lábios quentes e ávidos buscando, dois pares de mãos urgentes vagando. Em um suspiro ansioso, Justin a pressionou contra si. Nenhuma mulher, pensou ele, um pouco aéreo, jamais o fizera sofrer assim.

— Nossa, Serena, eu quero você. Quero tanto que não consigo pensar em nada além de possuí-la.

Ela comprimiu seu queixo contra o dele, mas os movimentos atrás do vidro chamaram sua atenção.

— É bobagem — admitiu ela —, mas me sinto... exposta. — Com uma risada trêmula, ela se afastou, mas o olhar dele fez seu coração disparar novamente. — Por que você não fecha o painel — sussurrou ela — e faz amor comigo? — A batida na porta a fez gemer.

Com um longo suspiro, Justin a afastou até segurá-la gentilmente pelos ombros.

— Eu me esqueci. Trouxe-lhe um presente.

— Diga-lhes para ir embora — sugeriu Serena. — E me dê o tal presente mais tarde. — Ela levou as mãos às dele. — Bem mais tarde.

A batida veio novamente.

— Vamos lá, Justin, já teve seus dez minutos.

— Caine?

Justin viu a surpresa e o prazer atravessarem o rosto de Serena.

— Caine.

Beijando seu nariz, ele tirou as mãos das dela.

— Por que você não o deixa entrar?

Disparando para a porta, Serena a escancarou.

— Caine! Alan! — Com uma gargalhada, ela se lançou sobre ambos. — O que vocês estão fazendo aqui? — quis saber, beijando os dois. — Os governos estadual e federal não vão quebrar?

— Mesmo servidores públicos precisam de uns dias de folga de vez em quando — retrucou Caine, depois segurou o braço de Serena.

Ele havia mudado tão pouco, pensou ela. Embora seus dois irmãos tivessem herdado a altura do pai, Caine era esguio e ossudo. Quase magro, ponderou Serena agora, com objetividade fraternal. Ainda assim, possuía um rosto fascinante, cheio de planos e ângulos, com um sorriso poderoso que sabia usar a seu favor e olhos quase tão escuros quanto os dela. O cabelo dele ondulava, descuidado, moldurando seu rosto — loiro com toques de ruivo. Olhando-o, ela podia ver por que era famoso tanto por sua habilidade com as mulheres quanto por sua habilidade como advogado.

— Hmm. Ela não se deu tão mal assim, não é, Alan?

Com uma sobrancelha arqueada, Serena se virou para o irmão mais velho.

— Não — respondeu ele, dando-lhe o sorriso lento e sério que combinava com seu ar sorumbática. Ele se parece mais com Heathcliff, pensou ela, do que com um senador americano. — Embora ela ainda seja um pouco magricela. — Ele apanhou o queixo dela com os dedos, virando seu rosto para a direita e para a esquerda. — Garota bonita — constatou, em uma imitação perfeita do pai deles.

— Talvez você devesse ter se casado com Arlene Judson, no final das contas — disse ela, docemente. Então, abrandando, ela passou o braço em torno de cada um de seus irmãos. — Ah, estou tão feliz de ver vocês!

Justin se sentou no canto da mesa de Serena e os observou. Ela parecia muito pequena entre aqueles dois homens altos, mas, pela primeira vez, ele notou a semelhança entre ela e Caine — o formato da boca, o nariz, os olhos. Alan era uma versão maior e mais rústica de Anna, ainda que os três fossem parecidos com o pai. Parecia tão claro agora, e Justin imaginou porque não a reconhecera no primeiro momento em que a vira.

Talvez fosse por vê-los como uma família, vendo Serena como irmã. Ele pensou em Diana e sentiu uma pontada de arrependimento. Fizera tudo o que podia, Justin lembrou a si mesmo. De qualquer forma, nunca sentiria por alguém aquela afinidade básica e duradoura, assim como jamais ocuparia, no coração de Serena, o lugar reservado para sua família.

— Quanto tempo vão ficar? — quis saber Serena, enquanto os puxava para dentro do escritório.

— Só durante o fim de semana — disse-lhe Alan, enquanto Caine deu uma olhada rápida e cuidadosa no escritório dela.

— Então você aceitou uma sócia no fim das contas — disse ele para Justin. — Ficamos todos um pouco surpresos depois que você recusou o papai tantas vezes.

— Eu fui mais convincente — disse Serena, sem mais.

Caine lançou um olhar para Justin que não fazia perguntas, porque ele já sabia as respostas. Havia um aviso nele, sutil, mas perfeitamente claro.

— Vocês ainda não me contaram o que estão fazendo aqui. — Ela se adiantou para ficar ao lado de Justin, enquanto Caine se acomodou em uma cadeira e Alan se movia para observar através do vidro.

— Soubemos da ameaça de bomba em Vegas — disse Alan. — Liguei para Justin. Ele sugeriu que você poderia gostar de uma visita. E... — ele se virou com um de seus raros sorrisos. — Caine e eu pensamos que nossa vinda poderia evitar que papai aparecesse durante um tempo.

— Da última vez que conversamos — disse Caine —, ele deu a entender que gostaria de passar algumas semanas na praia.

Serena fez um som que estava entre um gemido e uma risada.

— Acho que vocês ficaram sabendo sobre o último esqueminha dele.

— Parece que funcionou muito bem — constatou Alan, observando a mão de Justin se erguer para descansar na nuca de Serena.

— Fiquei tentada a partir mais do que alguns charutos — murmurou ela, depois abaixou os olhos para o alarme em sua mesa quando ele soou. — Mesa 6. Não — disse, tocando o ombro de Justin quando ele começou a se levantar. — Eu cuido disso. Por que vocês três não sobem e relaxam? Vou encontrá-los assim que garantir que tudo está correndo bem no salão.

— É antiético que eu jogue aqui, agora que você é sócia? — pensou Caine em voz alta.

— Não, desde que você jogue tão mal quanto sempre jogou — respondeu Serena, enquanto deixava a sala.

Praguejando, Caine esticou as pernas compridas.

— Só porque eu costumava deixá-la ganhar de mim no pôquer.

— Deixá-la ganhar, que piada — disse Alan baixinho. — Ela costumava massacrar você. Você não falou muito ao telefone, Justin — continuou ele, enquanto se afastava do espelho de dois lados. — Pode falar sobre o que aconteceu em Vegas?

Dando de ombros, Justin tirou um charuto do bolso.

— Era uma bomba caseira, muito compacta. Estava sob uma das mesas de apostas. O FBI está repassando a lista de antigos funcionários, clientes que perderam muito dinheiro, estelionatários que costumam agir dessa forma. Não acredito muito nisso. Houve algumas ligações com ameaças, mas não puderam rastreá-las e não reconheci a voz. Eles não têm muito com o que prosseguir. — Enquanto ele acendia o charuto, o olhar dele se desviou do ombro de Alan para o lugar onde Serena estava, falando com um cliente. — É impossível rastrear todos que perderam dinheiro em um dos meus cassinos, mesmo que seja o motivo por trás da ameaça.

— Você não acha que foi isso? — perguntou Caine, seguindo o olhar de Justin até sua irmã.

— Só um palpite — murmurou ele, depois se levantou, inquieto.

— Houve uma ameaça entregue há uns dois dias... nada específico, só para eu ficar sabendo que ele vai tentar novamente.

— Sem dizer onde, quando, ou como? — perguntou Caine.

— Não. — Justin lhe deu um sorriso amargo. — É claro que eu poderia fechar todos os meus hotéis e esperar que o sujeito sumisse. — Ele deu uma tragada rápida no charuto. — Que um raio caia na minha cabeça se eu fazer isso. — Com esforço, controlou sua fúria impotente. Estava sendo perseguido. Sabia disso tão bem quanto se tivesse visto a sombra atrás de si. — Quero que Serena vá para casa até que isso esteja resolvido. Um de vocês dois deve ser capaz de convencê-la.

A resposta de Caine foi uma risada curta. Alan deu um olhar tranquilo para Justin.

— Ela iria — disse ele —, se você fosse com ela.

— Porra, Alan, não vou achar um buraco para me esconder enquanto alguém brinca com a minha vida.

— E Serena faria isso? — retrucou ele.

— Ela tem metade das ações de um dos meus cinco hotéis — disse Justin, tenso. — Se algo acontecer a esse hotel, o seguro vai cobrir as perdas dela. — Os olhos dele foram atraídos para o vidro novamente. — Tenho mais que um investimento em jogo.

— Está se enganando se acha que isso é tudo que Rena tem — murmurou Alan.

Justin se virou para ele, dando lugar a toda raiva reprimida que havia segurado por uma semana.

— Vou lhe dizer, tenho um pressentimento ruim sobre isso. Alguém está atrás de mim, e ela está perto demais. Quero que ela vá embora daqui, que fique segura em um lugar onde nada possa lhe acontecer. Achei que você entenderia isso. Pelo amor de Deus, ela é sua irmã!

— E o que ela é para você? — perguntou Caine delicadamente.

Furioso, Justin se virou para ele, centenas de palavrões tremendo em seus lábios. Encarou aqueles olhos escuros e francos, tão parecidos com os de Serena.

— Tudo — sussurrou ele antes de se virar para o vidro. — Droga, ela é tudo para mim.

— Bem, está tudo certo — disse Serena quando voltou para o escritório. — Eu acabei... — Ela parou de falar quando a tensão se ergueu como uma parede. Lentamente, ela olhou de um homem para outro, depois passou pelos irmãos, caminhando até Justin. — O que foi?

— Nada. — Forçando-se a ficar calmo, ele bateu o charuto e apanhou a mão dela. — Você jantou?

— Não, mas...

Deliberadamente, ele olhou além dela, para Alan e Caine.

— Vamos pedir alguma coisa lá em cima, a menos que vocês prefiram comer no salão de refeições.

— Na verdade, acho que vou tentar a sorte lá fora. — Caine se levantou. — Alan pode evitar que eu perca o pagamento de um mês. Tem alguma dica, Rena?

— Mantenha-se nas máquinas que só operam com centavos — disse ela, curvando os lábios para cima.

— Ó, mulher de pouca fé — murmurou ele, puxando a orelha dela. — Vemos vocês amanhã.

— Mas não cedo demais — disse Alan, enquanto abria a porta. — Nunca vou conseguir tirá-lo das mesas antes das três da manhã. — Serena esperou até que a porta se fechasse atrás deles.

— Justin, o que está acontecendo?

— Estou cansado — disse ele, pegando-a pelo braço. — Vamos subir.

— Justin, não sou idiota. — Ele a conduziu rapidamente através do escritório dele e para dentro do elevador. — Parecia que algo estava prestes a explodir quando entrei lá. Você está bravo com Alan e Caine?

— Não. Não é nada que tenha a ver com você.

A resposta fria e impessoal a fez ficar tensa e na defensiva.

— Justin, não estou tentando me meter nos seus negócios pessoais, mas, como pareceu envolver meus irmãos, me senti no direito de procurar uma explicação.

Ele percebeu a dor e a raiva. Quis livrá-la daquilo, puxá-la para seus braços e interromper as perguntas dela de um modo que apagaria a raiva e a tensão que ele mesmo sentia. Quando as portas do elevador se abriram, Justin se obrigou a pensar de forma objetiva. Ele podia usar a raiva e a dor a seu favor.

— Não é nada que tenha a ver com você — repetiu ele, sem rodeios. — Por que você não pede alguma coisa para o serviço de quarto? Preciso de um banho. — Sem esperar a resposta dela, Justin se afastou.

Espantada demais com o tom dele para reagir, Serena só o encarou. O que havia mudado desde aquele cumprimento desesperado e tempestuoso que compartilharam? Por que ele a tratava como uma estranha? Ou pior, percebeu, como uma amante desimportante, alguém que um homem podia possuir ou colocar de lado como bem quisesse. Parada no centro da sala, Serena tentou sentir fúria, mas só encontrou angústia. Ela sabia dos riscos. E, pelo jeito, tinha perdido a aposta.

Não. Fechando as mãos em punhos, balançou a cabeça. Não, não era tão fácil dispensá-la assim. Justin que tomasse seu banho e comesse, decidiu. Então ela iria... *Explicar* exatamente o que esperava. Com calma, acrescentou ela para si mesma enquanto caminhava até o telefone. Falaria com ele com tranquilidade. Apertou o botão do serviço de quarto.

— Aqui é a srta. MacGregor. Gostaria que me mandassem bife e salada.

— É claro, srta. MacGregor. Como gostaria do seu bife?

— Bem passado — murmurou ela.

— Perdão?

Com esforço, ela se controlou.

— É para o sr. Blade — explicou. — Estou certa que você sabe como ele prefere o bife.

— Claro, srta. MacGregor. Vou providenciar para que o jantar dele suba agora mesmo.

— Obrigada. — Todos correm por Justin Blade, pensou ela com amargura, enquanto recolocava o telefone no lugar. Caminhando até o bar, preparou para si uma bebida grande e forte.

Quando Justin saiu do quarto, Serena estava sentada no sofá, enquanto o garçom do serviço de quarto arrumava a refeição na mesa do outro lado da sala. Justin só vestia um robe, que se abria no pescoço quando ele enfiava as mãos nos bolsos.

— Você não vai comer? — perguntou, com um gesto na direção da mesa posta apenas para um.

— Não. — Ela tomou um gole de sua bebida. — Vá você. — Abrindo a bolsa, ela tirou uma nota e depois a entregou para o garçom. — Obrigada.

— Obrigada, srta. MacGregor. Bom apetite, sr. Blade.

Quando a porta se fechou, Justin se sentou.

— Pensei que você não tivesse jantado.

— Não estou com fome — disse ela, sem mais.

Dando de ombros, Justin se concentrou na salada, que não tinha gosto.

— Aparentemente, não houve grandes problemas enquanto estive fora.

— Nada que eu não pudesse controlar. Ainda que eu tenha algumas sugestões, acho que o hotel e o cassino funcionam muito bem.

— Você fez um bom investimento. — Ele cortou uma fatia da carne.

— Podemos chamar de um bom investimento. — Serena esticou um braço sobre o encosto do sofá. Sua jaqueta bordada reluzia à luz baixa. Olhando-a, Justin queria mais que nunca arrancá-la e à fina seda preta que ela vestia por baixo, para se perder nela de novo, a pele branca e macia, a massa de cabelo dourado. Ele fincou o garfo em um pedaço do filé.

— O hotel parece ter ultrapassado as dificuldades nesse último ano — disse ele. Parece desnecessário que nós dois dediquemos 24 horas por dia a ele. — Incapaz de engolir, ele se serviu de café. — Você pode querer pensar em voltar para casa.

Ela parou o copo na metade do caminho para seus lábios.

— Para casa? — repetiu ela, sem entender.

— Você não é necessária aqui no momento — continuou ele. — Ocorreu-me que seria mais prático para você ir para casa, ou para onde quiser, depois voltar e assumir quando eu tiver de me ausentar.

— Entendo. — Cegamente, ela pousou o copo na mesa à sua frente e se levantou. — Não tenho intenção de entrar na categoria de sócia oculta, Justin. — A voz dela soou forte e clara, mas do outro lado da sala ele podia ver seus olhos cheios de água. — Nem tenho a intenção de entrar na categoria de bagagem extra. É um assunto muito simples, voltamos ao acordo original e esquecemos o erro de uma noite. — Porque sentiu a mão começar a tremer, ela apanhou a bebida novamente e tomou tudo. — Vou fazer as malas e voltar para minha própria suíte.

— Mas que droga, Serena, quero que você vá para casa. — Observando-a lutar contra as lágrimas, ele sentiu algo se revirar em seu estômago. Na defensiva, Justin se afastou da mesa e caminhou até ela. — Não quero você aqui.

Ele a ouviu inspirar rapidamente, e a névoa nos olhos dela clareou. Descobriu que seu olhar seco e magoado era cem vezes pior.

— Não há necessidade de ser cruel, Justin — murmurou ela. — Você já deixou claro. Vou deixar sua suíte, mas sou dona de metade desse hotel e vou ficar.

— Não assinei o acordo ainda — relembrou ele.

Ela o encarou por um longo e silencioso momento.

— Você está mesmo desesperado para se livrar de mim — murmurou ela. — Erro meu. — Serena encarou o copo vazio em suas mãos. — Se fosse mais esperta, não teria dormido com você até que o acordo estivesse finalizado.

Enraivecido, ele arrancou o copo das mãos dela e o arremessou para o outro lado da sala, onde se espatifou contra a parede.

— Não! — Puxando-a para si, ele enfiou o rosto em seu cabelo e praguejou novamente. — Não posso fazer assim. Não vou deixar você pensar assim.

Rígida de dor, Serena não resistiu.

— Por favor, deixe-me ir.

— Serena, me escute. Escute — repetiu ele, enquanto a afastava com as mãos apertadas em seus ombros. — Chegou uma carta antes que eu deixasse Las Vegas. Estava endereçada a mim, pessoalmente. Quem quer que tenha plantado aquela bomba queria que eu soubesse que ainda não acabou. Ele vai me atacar de novo, em algum momento, em algum lugar. Há mais do que dinheiro envolvido, sinto isso. É pessoal, entende? Você não está segura comigo.

Ela o encarou, enquanto aquelas palavras atravessavam a sua dor.

— Você me disse aquelas coisas porque acha que posso correr algum risco se ficar?

— Quero você longe disso.

Erguendo as mãos, Serena afastou as dele de seus ombros.

— Você não é melhor do que meu pai — disse ela, furiosa. — Decidindo minha vida com seus planos e esquemas. Sabe o quanto me magoou? Ao menos passou pela as cabeça que poderia apenas ter me contado a verdade?

— Eu contei — retrucou ele, lutando contra as ondas de culpa e desejo. — Agora você vai embora?

— Não.

— Serena, pelo amor de Deus...

— Espera que eu faça as malas e saia correndo? — interrompeu ela, empurrando-o, frustrada. — Esconder-me porque alguém *pode* plantar uma bomba no hotel *algum dia*? Por que você não me pede apenas para encontrar uma pequena bola de cristal e ir morar nela? Que droga, Justin, tenho tanto a perder quanto você.

— O hotel está completamente coberto pelo seguro. Se algo acontecesse, você não perderia seu investimento.

Ela fechou os olhos com um suspiro.

— Seu idiota.

— Serena, seja sensata.

Quando seus olhos se abriram, a fúria tinha voltado.

— Você está sendo sensato, acredito.

— Não estou nem aí se estou sendo sensato ou não! — cuspiu ele de volta. — Quero você em algum lugar onde eu saiba que nada pode atingi--la.

— Você não pode *saber* de tudo!

— Sei que amo você! — Ele a agarrou novamente, sacudindo-a. — Sei que você é mais importante para mim que qualquer outra coisa em minha vida, e não vou arriscar.

— Então como pôde me pedir para ir embora! — gritou ela. — Pessoas que se amam pertencem umas às outras.

Eles se encararam, digerindo o que Justin tinham acabado de dizer. Ele a segurou com menos força, depois suas mãos se afastaram.

— Faça isso por mim, Serena.

— Qualquer outra coisa — respondeu ela. — Não isso.

Virando-se, ele caminhou até a janela. Do lado de fora, o sol afundava no mar. Clarões de fogo, raios dourados — bem como a mulher atrás dele.

— Nunca amei ninguém — murmurou Justin. — Meus pais, talvez minha irmã, mas eles estão fora da minha vida há tempos. Eu me viro sem eles. Não acho que conseguiria me virar sem você. Só o pensamento que algo pode acontecer me aterroriza.

— Justin. — Indo até ele, Serena passou os braços em torno dele e comprimiu o rosto nas suas costas. — Você sabe que não há garantias, só probabilidades.

— Joguei com probabilidades toda a minha vida. Não com você.

— Ainda faço minhas próprias escolhas — relembrou-lhe ela. — Não pode mudar isso, Justin. Não posso deixar você. Diga-me de novo — exigiu, antes que ele pudesse responder. — E dessa vez não grite. Sou um pouco romântica, afinal de contas.

Quando se virou para ela, Justin traçou a curva de seus lábios com a ponta do dedo.

— Sempre pensei que *eu amo você* soava tão banal... Até agora. — Ele trocou o dedo pelos lábios, com o mesmo toque gentil. — Amo você, Serena.

Ela suspirou enquanto o sentia tirar a jaqueta de seus ombros.

— Justin — murmurou ela, quando ele a levantou nos braços.

— Hum?

— Não vamos contar a meu pai. Odeio quando ele se alegra com a desgraça alheia. — Rindo, ele a colocou na cama.

Ele ia amá-la gentilmente. Parecia a coisa certa a fazer, de algum modo, quando se lembrou da dor nos olhos dela. Serena era preciosa para ele, essencial para sua vida, tinha um lugar em seus pensamentos. Macia e já cheia de desejo, ela o puxou para si. Ele ia amá-la gentilmente, mas ela o deixava louco.

As mãos dela já afastavam o robe dele, movendo-se sobre sua pele. Os lábios dela já corriam no rosto dele, mordiscando-o — provocando, atormentando, exigindo. Justin praguejou enquanto puxava o vestido pelo corpo dela, e o som baixo e rouco de sua risada o levou além do limite. Talvez a tenha machucado; não podia controlar as mãos. Estavam ávidas para tocar, possuir. Mas ela só arqueou o corpo sob ele, sem pensar, com abandono, até o sangue dele rugisse como trovão em seus ouvidos. Ele murmurava inconscientemente na língua de seus ancestrais — ameaças, promessas, frases de amor e guerra, que ele não mais podia separar.

Serena ouviu as palavras duras e baixas — palavras primitivas e eróticas, sussurradas contra sua pele. Não havia nada do jogador sofisticado e sensual nele agora, mas algo feroz e indomável. E ele lhe pertencia, pensou ela, ensandecida, enquanto as mãos de Justin a machucavam. Ela aspirou seu rico aroma masculino, um aroma indisfarçável pelas colônias, e enfiou o rosto no ombro dele, querendo absorvê-lo. Mas a fome dele não lhe permitiria desfrutar. Quente e pronta, a boca dele esmagou a dela, exigindo não rendição, mas agressão.

Deseje-me, ele parecia dizer. *Anseie por mim*. Serena respondeu com uma torrente de paixão que os deixou sem fôlego. Ela pensou que ele havia lhe mostrado tudo o que havia para saber, tudo o que havia para ter, em sua primeira noite de amor. Como poderia haver tanto mais, com ainda uma promessa de segredos não descobertos? Ele parecia ter uma fonte inesgotável de energia e desejo. Como fizera desde o início, ele a desafiava a corresponder.

Ele a tocou e uma centena de pequenas e violentas explosões surgiram dentro dela. Enquanto o corpo dela tremia, todas as imagens de sua meninice sobre fazer amor — as palavras ternas, os toques delicados — ficaram pálidos e insignificantes. Foi para isso que ela fora feita: a tempestade e a fúria.

Com as bocas desesperadamente presas, eles se uniram de uma forma selvagem e insaciável.

Com os olhos ainda fechados, Serena se espreguiçou com luxúria.

— Ah, Deus, eu estou ótima! — Mesmo para seus próprios ouvidos, sua voz soava como o ronronar de um gato contente.

— Sempre achei isso — concordou Justin, passando a mão por seu corpo.

Com uma risada, ela se sentou, esticando os braços para o alto, sobre sua cabeça. À meia-luz, Justin observou o cabelo dela cascatear por suas costas nuas que se arqueavam.

— Não, realmente me sinto assim... Se não fosse o fato de estar faminta.

— Você disse que não estava com fome — relembrou ele. Esticando a mão, enlaçou o braço pela cintura dela e a trouxe de volta, jogando-a na cama.

— Eu não estava. — Ela rolou para cima dele. — Agora estou. — Depois de pousar beijos no rosto de Justin, mordiscou seu lábio. — Esfomeada.

— Pode comer o resto do meu filé.

— Está gelado — reclamou ela. Com uma risada abafada, comprimiu os lábios no pescoço dele. — Não pode pensar em outra coisa?

— Admiro sua disposição — disse ele, levando os lábios de volta aos dele. Depois de acariciar os cabelos dela, aninhou a cabeça de Serena em seus ombros. — Quer que eu ligue para o serviço de quarto?

Ela deixou escapar um suspiro longo e contente.

— Daqui a pouquinho. Eu amo você, Justin.

Enquanto ele fechava os olhos, seus braços se fecharam em torno dela.

— Eu estava mesmo aqui pensando quando você me diria isso.

— Eu não tinha mencionado o fato? — Sorrindo, Serena se acomodou sobre o peito dele. — Que tal isso? Eu amo você — começou ela, pontuando as palavras com beijos. — Adoro você. Sou fascinada por você. Desejo você.

— Serve para começar. — Levando a mão dela aos lábios, ele beijou seus dedos lentamente. — Serena...

— Não. — Rapidamente, ela comprimiu a mão sobre a boca dele. — Não me peça de novo. Não vou a lugar algum e não quero brigar com você, Justin. Não agora, não essa noite. — Ela encostou o rosto no dele. — Parece que esperei toda a minha vida para me sentir assim. Tudo até esse momento foi como um prelúdio. Pode ser loucura, mas acho que sabia desde o primeiro minuto em que ergui os olhos e vi você que tudo ia mudar. — Ela riu novamente e se afastou. — E pensei que eu era muito racional para acreditar em amor à primeira vista.

— Sua racionalidade — disse-lhe ele — atrasou as coisas consideravelmente.

— Ao contrário — disse ela, com um sorriso arrogante. — Ela as encaminhou direitinho. Vim para cá com a ideia de me tornar sua sócia, para que pudéssemos negociar de igual para igual, enquanto o convencia que você não podia viver sem mim.

— Ah, é?

Ela sorriu para ele.

— Funcionou.

— Você pode estar sendo um pouco vaidosa demais, Serena. — Dando um puxão no cabelo dela, ele se levantou da cama.

— Onde você está indo?

— Vou inflar mais um pouco o seu ego. — Abrindo uma gaveta, Justin sacou uma pequena caixa. — Escolhi isso para você em St. Thomas.

— Um presente? — Ajoelhando-se sobre a cama, ela esticou a mão. — Vivo para ganhar presentes.

— Bruxinha gananciosa — disse ele, enquanto colocava a caixa na mão espalmada.

A risadinha dela diminuiu até silenciar quando a abriu. Aros gêmeos de ametistas e diamantes brilharam para ela, incandescentes mesmo na luz difusa do entardecer. Ela se lembrou de como pareceram na vitrine iluminada pelo sol, onde primeiro os vira. Hesitante, tocou um com o dedo, como se o fogo fosse real e não apenas uma ilusão das pedras.

— Justin, eles são maravilhosos — sussurrou ela, levantando os olhos para ele. — Mas por quê?

— Porque lhe agradaram e você não se daria esse presente. E... — ele colocou a mão no rosto dela — eu já havia decidido que não ia deixar você sair da minha vida. Se você não tivesse vindo, teria mandado buscá-la.

— Querendo ou não? — perguntou ela, com o começo de um sorriso.

— Avisei a você que é uma velha tradição da minha família. — Ele colocou o cabelo dela atrás das orelhas. — Coloque-os. Imaginei como eles ficariam em você.

Serena tirou os brincos da caixa e os colocou nas orelhas. Ainda de joelhos na cama, ela colocou o cabelo para trás com as mãos.

— Quero ver. — Justin a impediu com nada mais que um olhar.

Sua pele era pálida e perfeita. Seu cabelo, quando a mão dela o soltou devagar, caiu selvagemente. Usando nada mais que um brilho de joias nas orelhas, ela parecia uma fantasia exótica. A chama de desejo nos olhos dele despertou a que havia nos dela. Quando seus lábios se abriram, ela estendeu os braços para ele.

Capítulo 10

SERENA SE ESPREGUIÇOU COM LUXÚRIA e considerou a ideia de se levantar. Se Justin já não tivesse descido, a ideia de permanecer languidamente na cama durante a manhã teria sido mais atraente. Ela estava deitada no meio da confusão de lençóis — o lugar que haviam compartilhado, abraçados, durante a noite.

Serena sabia que Justin ainda estava preocupado. Embora ele tivesse sussurrado nada além de algumas ameaças bobas em seu ouvido antes de deixá-la, ela havia sentido a tensão controlada nele. Enquanto Justin estivesse convicto de que a bomba plantada em Vegas tinha sido uma ameaça direta para ele, e um aviso de que mais estava por vir, não havia nada que Serena pudesse fazer para acalmá-lo. Só podia permanecer por perto, tentando convencê-lo que ela não estava em perigo, que podia cuidar de si mesma.

Homens, pensou Serena com um sorrisinho. Não importava o quanto fossem liberais, simplesmente não podiam aceitar o fato de que as mulheres sabiam se cuidar. A última coisa que ia fazer era ficar sentada em Massachusetts enquanto o homem que amava estava em Nova Jersey. Não era lógico, disse Serena a si mesma enquanto saía da cama. Ela acreditava exatamente no que havia gritado para Justin na noite anterior — pessoas apaixonadas pertenciam umas às outras.

Justin provavelmente não ia ter em paz até que a polícia capturasse quem quer que tivesse plantado a bomba, e isso poderia levar meses — se realmente o sujeito fosse capturado um dia. Ele poderia ter desistido completamente quando seus planos foram frustrados. Ou poderia esperar — dias, semanas, meses — antes de atacar de novo.

Tirando um robe do closet, ela considerou aquela possibilidade, depois afastou aquela preocupação. Capturassem a pessoa ou não, Serena não compartilhava da certeza de Justin de que o homem tentaria de novo. O bilhete provavelmente havia sido enviado por frustração depois que os planos do chantagista haviam sido destruídos. Aquilo fazia mais sentido do que alguém querer se vingar de Justin.

Justin não estava sendo objetivo, concluiu Serena enquanto fechava o robe. Os hotéis ocupavam um lugar tão importante em sua vida, que ele não podia vê-los como como qualquer outro os veria: edifícios que valiam muito dinheiro. O homem havia jogado sua mão e perdido. Tinha de saber que as autoridades investigariam o caso e que Justin reforçaria sua segurança particular. Quem usa bombas são os covardes, pensou ela. Um covarde não vai arriscar ser preso. Com o tempo, Justin perceberia a lógica disso.

Quando ouviu a batida na porta, Serena automaticamente conferiu o relógio de cabeceira. Cedo demais para a camareira, pensou enquanto atravessava a sala de estar.

Agora, quem seria... Sua mão parou na maçaneta enquanto todas as palavras de Justin da noite anterior corriam por sua cabeça. *Alguém está atrás de mim. Você não está segura.*

De repente apreensiva, Serena espiou pelo olho-mágico. Aí, veja, disse ela a si mesma enquanto seu nervosismo diminuía. É só bobagem. Abrindo a porta, sorriu para o irmão.

— Você deve ter perdido bem rápido na noite passada se está de pé tão cedo — comentou ela.

Caine a encarou por um momento antes de entrar no quarto.

— Não é tão cedo assim — retrucou ele, olhando em volta. — Vim ver o Justin.

— Ele acabou de sair. — Serena fechou a porta e puxou para trás seu cabelo amassado do sono. — Ele desceu para o escritório há uns quinze minutos. Onde está Alan?

A amizade de Caine por Justin estava lutando com o fato de Serena ser sua irmã. Sua irmã *caçula*, droga, pensou ele. E estava de pé na suíte particular de Justin vestindo nada além do robe curto de seda que ele lhe dera no último Natal.

— Ele está tomando café — disse-lhe Caine vagueando pela sala.

— Bem, sempre foi você quem se levantava bem-disposto — lembrou Serena. — Sempre pensei que era um hábito nojento. Quer um pouco de café? É uma das coisas que ainda temos na cozinha da suíte.

— Sim. Claro. — Ainda lidando com o choque de perceber que havia alimentado a ilusão que a irmã era exclusivamente a irmã *dele*, Caine a seguiu.

A cozinha era acolhedora e surpreendente. O chão e as paredes eram brancos, os armários preto-fosco. Serena ligou a cafeteira, enquanto gesticulava na direção do balcão de café-da-manhã com a mão livre.

— Sente-se.

— Você parece conhecer bem o lugar — Caine se ouviu dizendo.

Ela lhe lançou um olhar divertido, enervante.

— Moro aqui.

Incomodado, Caine se sentou em um banquinho na frente do balcão.

— Justin certamente trabalha rápido.

— Essa é uma observação bem chauvinista para um procurador de um estado liberal — comentou Serena, enquanto media o café. — Mas olhando por outro ângulo, pode-se dizer que eu trabalho rápido.

— Você o conheceu há apenas um mês.

— Caine. — Virando-se, Serena ergueu a cabeça. — Você se lembra de Luke Dennison?

— Quem?

— Era o gostosão da escola quando eu tinha 15 anos — relembrou ela. — Você o encurralou no estacionamento do cinema e lhe disse que se ele algum dia colocasse as mãos em mim, você quebraria cada ossinho de seu corpo. — Ela observou o sorriso irônico de Caine aparecer quando ele se lembrou.

— Ele nunca fez isso, fez?

— Não. — Então ela caminhou até ele e agarrou suas duas orelhas. — Não tenho mais 15 anos, Caine, e Justin não é Luke Dennison.

Inclinando-se, ele apanhou as orelhas dela, apertando com força suficiente para trazê-la para perto.

— Eu amo você — disse ele, e a beijou rápido e com força.

— Então fique feliz por mim. Justin é tudo o que eu quero.

Soltando-a, Caine se sentou de novo.

— Ele disse o mesmo sobre você.

Caine viu o prazer nos olhos dela.

— Quando?

— Ontem, quando falou comigo e com Alan para convencê-la a ir para casa durante um tempo. — Caine levantou a mão quando o prazer se transformou em raiva. — Não vá direto na jugular, Rena; nós dois dissemos não.

Serena expirou com um sopro rápido.

— Justin está convencido de que a pessoa que plantou a bomba não fez isso só para extorquir dinheiro. Por isso, colocou na cabeça que não estou segura com ele. — Frustrada, ela gesticulou amplamente com as duas mãos. — Ele não vai agir racionalmente ou ser prático sobre tudo isso.

— Ele a ama.

A tempestade em torno dela se acalmou no mesmo instante.

— Eu sei. A maior razão para que eu fique com ele. Diga-me... — ela se inclinou no balcão para observá-lo — o que você faria?

— Se eu fosse o Justin, faria o que pudesse para obrigar você a partir. Se fosse você — continuou ele, mansamente, antes que ela pudesse começar a gritar —, eu não cederia.

— Nada pior do que a mente analítica e legal — murmurou Serena enquanto o café fervia. — Bem, por que você não me conta o que tem feito da sua vida? Alguma nova dama fascinante, ou seu trabalho está te empatando?

— Consigo dar um jeito para arranjar um tempo para lazer — comentou ele, ganhando uma fungadela, enquanto Serena apanhava duas canecas. — Decidi voltar ao escritório particular.

— Decidiu? — Surpresa, ela se virou. — Isso não é meio súbito?

— Na verdade, não. — Ele aceitou a caneca de café. — Tenho pensado nisso há um tempo. Alan é o político. Ele tem a paciência para isso. — Dando de ombros, Caine deu um gole no café. — Sinto falta do tribunal. A burocracia não me deixa muito tempo para ele.

— Sempre amei assistir você defender um caso — relembrou Serena, sentando-se do lado oposto do balcão. — Seu estilo tinha algo de implacável, como um lobo circulando uma fogueira e perdendo a paciência.

Caine riu.

— Lá vem a imaginação descuidada dos MacGregor aparecendo de novo.

— Lançando calúnias sobre o nome da família? — perguntou Alan, da porta da cozinha.

Serena se virou para ele com um rápido sorriso caloroso. O olhar mudou sutilmente, quando ela passou os olhos para o homem ao lado de seu irmão.

— Alan reclamou que foi abandonado — comentou Justin. — Tem mais desse café?

— Acabei de fazer. — Ela esticou a mão para ele, enquanto ele entrava. Apanhando-a, Justin roçou um beijo sobre os dedos dela antes de passar ao bule de café.

— Alan? — disse ele, oferecendo o café.

Ele olhava para a irmã.

— Sim, por favor.

— Caine não me contou o quanto perdeu a noite passada — começou Serena enquanto Alan se inclinava no balcão.

— Ah, a sorte dele não estava tão ruim assim. — Ele deu um olhar astuto para o irmão, que retornou suavemente.

Serena arqueou uma sobrancelha.

— É melhor que você não tenha tentado a sorte com uma das minhas carteadoras do pôquer — avisou a Caine.

— A loirinha — entregou Alan com um sorriso brilhante — com grandes olhos castanhos.

— *Caine*! — Serena lhe deu um olhar de diversão e espanto. — Ela mal tem 21 anos.

— Não sei do que ele está falando. — Calmamente, Caine tomou um gole do café. — Alan estava ocupado, tentando impressionar uma ruiva com um vestidinho, com suas opiniões sobre política estrangeira.

— Bem. — Serena se virou para Justin, que trazia café fresco. — Parece-me que nem as funcionárias nem as clientes estão seguras se deixarmos esses dois à solta.

— Você pode ficar de olho nos dois essa noite durante o show. — Justin entregou uma caneca para Alan, antes de abrir a geladeira para apanhar creme.

— Deveria tê-los avisado — disse Serena aos irmãos, dando a mão para Justin. — Ele tem o hábito de fazer preparativos sem consultar ninguém. Mas, dessa vez — acrescentou ela, sorrindo para ele —, adoraria ir ao show. Lena Maxwell vai tocar essa noite — disse ela, olhando as unhas. — Acho que Justin pode ser convencido a apresentá-la se vocês forem.

— Que hora é o show? — Alan e Caine perguntaram juntos.

Rindo, Serena se levantou.

— Lamentável. Coloque uma morena sexy na frente desses dois e eles o seguem a todo lugar. Tenho que tomar um banho e me trocar. — Ela ficou na ponta dos pés e roçou a boca de Justin com a sua. — Estarei lá embaixo em meia hora.

Ao sair da sala, ela ouviu a pergunta de Caine.

— Onde é que Lena Maxwell vai ensaiar hoje de tarde, Justin?

Enquanto tomava banho, Serena riu sozinha. Se Caine colocasse na cabeça que tinha de chegar até Lena Maxwell, não precisaria da apresentação de Justin para conseguir um encontro particular com ela usando seu charme. Caine MacGregor tinha recebido mais que uma cota justa de charme.

Pensou novamente na reação dele quando a encontrou na suíte de Justin. Foi realmente muito encantador, concluiu. E ela percebera o olhar longo e silencioso que Alan havia lhe dado quando entrara na cozinha com Justin. Tão logo estivessem sozinhos, pensou ela, seus irmãos discutiriam seu relacionamento com Justin, provavelmente brigariam um pouco sobre ele, depois lhe dariam apoio incondicional. Sempre havia sido daquela maneira entre eles três.

Por um momento, sentindo a água quente correndo pelo corpo, Serena lamentou por Justin. Ele nunca conheceu realmente a segurança, a ligação, a frustração dos laços de família. Talvez com o tempo, ele permitisse que Serena lhe mostrasse como era. Talvez, um dia, tivessem filhos.

Serena enfiou a cabeça embaixo do chuveiro. Estava se adiantando, e muito. Ele a amava, mas isso não significava que pensava em se casar e ter filhos. Justin tinha sido solitário por tanto tempo, e o amor deles era tão novo. Filhos significariam um lar, e ele nunca quis um. Escolhera um estilo de vida quase nômade. E o nômade nele foi, e era, parte do que a atraía. Era besteira começar a sonhar sobre mudanças quando mal haviam passado 48 horas embaixo do mesmo teto.

Ainda assim, ele tinha falado sobre a irmã duas vezes, e nessas duas vezes, Serena sentiu uma ponta de arrependimento. Justin não havia virado as costas para a família dele, mas foi forçado pelas circunstâncias a se afastar. Se um dia quisesse uma, Serena prometeu a si mesma, estaria lá para ele.

Saindo do chuveiro, Serena ligou a lâmpada de aquecimento do teto, e então enrolou o cabelo em uma toalha. Começou a cantarolar enquanto passava loção na pele. Pensou por um momento no que havia planejado fazer naquele dia e decidiu que conseguiria cumprir tudo antes de precisar se trocar para o show à noite. Mas não se ficasse perdendo tempo no banheiro o dia todo, pensou enquanto vestia o robe. Desenrolando a toalha do cabelo, caminhou de volta ao quarto.

Quando a porta da sala abriu, suspirou de surpresa.

— Justin! — passando uma das mãos pelo cabelo, Serena soltou a respiração — Você me assustou, achei que tivesse ido embora.

Mergulhando as mãos nos bolsos, Justin olhou para ela devagar, dos dedos dos pés ao topo da cabeça.

— Não.

Como era possível, pensou ela, que depois de ver e tocar em cada parte do corpo dela, ele ainda pudesse olhá-la daquela forma e fazê-la se derreter?

— E Alan e Caine?

— Desceram para competir por Lena, acredito.

— Ai, pena que estou perdendo isso — pensou alto enquanto caminhava para o closet.

— O que você está fazendo?

— Bem, estou me vestindo — respondeu com uma risada. — O que parece que estou fazendo?

— Parece uma perda de tempo, já que vou tirar o que quer que você vista.

Ela deu uma espiadela por cima do ombro.

— Posso estar enganada, mas acho que Kate acharia estranho se eu entrasse no escritório vestindo o meu robe.

Ele deu um sorriso demorado e frio para ela.

— Você não vai deixar esse quarto.

— Justin, não seja ridículo. — Com outra risada Serena começou a mexer em suas roupas no closet. — Tenho um monte de coisas para fazer antes do jantar, e... — O resto das palavras ficou preso na garganta dela, para então jorrar como um sopro enquanto ele a erguia nos braços e a jogava no colchão.

Pairando sobre ela, Justin disse:

— Gosto de como você fica em uma cama amarrotada.

— Ah, verdade? — Serena conseguiu se ajoelhar na cama. — Bem, eu gostaria de saber de onde veio a ideia de que você poderia me carregar e me jogar por aí. — Enquanto ela colocava as mãos no quadril, o robe frouxo escorregou de um dos ombros — Não é a primeira vez — continuou, lembrando-se do piquenique na praia —, mas se pensa que pode transformar isso em um hábito...

— Eu sei, ninguém se mete com uma MacGregor e sai ileso — murmurou ele enquanto enganchava um dedo no decote do robe dela.

— Isso mesmo — concordou ela e empurrou a mão dele, o que só fez com que o robe deslizasse ainda mais. — Então se lembre disso da próxima vez que tiver uma vontade enorme de me jogar por aí.

— Vou me lembrar. Desculpe. — Com um sorriso de desculpas, ele esticou a mão. Embora desconfiada, Serena a aceitou movendo-se para deixar a cama. Em um instante estava deitada de costas, presa embaixo dele.

— Justin! — Lutando contra o riso, ela o pressionou — Você não vai parar? Preciso me vestir.

— Essa não. Você precisa é se despir. Deixe-me ajudá-la. — Com um gesto, ele tirou o robe dela.

— *Pare*! — Achando graça, contrariada e excitada, Serena lutou contra ele. — Justin, sério! A camareira pode entrar aqui a qualquer minuto!

— Ela vem só á noite. — Ele achou o ponto exato, embaixo das costelas dela, e sentiu um arrepio de prazer quando ela gemeu. — Liguei para o serviço de quarto...

— Você... — reunindo forças novamente, Serena tentou se libertar das mãos dele. — Você fez de novo! — Quase conseguiu livrar seus braços antes que ele os prendesse. — Não lhe ocorreu que eu poderia ter outros planos? Que talvez eu não *queira* passar a tarde na cama com você?

— Calculei que as chances de fazer você mudar de ideia seriam boas — contestou ele.

— *Ah*! — disse ela, entrelaçando as pernas com as de Justin deitada sob ele.

— Tudo bem, lutaremos primeiro, as melhores três em cinco.

— Isso não é engraçado — disse Serena, abafando uma risada. — Sério.

— Muito sério. — Ele a fez rolar até que ela estivesse em cima dele. — Ganhei a primeira. — Antes que ela pudesse respirar, estava de volta embaixo dele — E agora a segunda.

— Ah, claro — Serena soprou o cabelo molhado dos seus olhos. — Uma partida realmente de igual para igual, quando estou seminua e você totalmente vestido.

— Você tem razão. — Ele cobriu o rosto dela com beijos rápidos e provocantes. — Por que não faz algo a respeito? Minhas mãos estão ocupadas.

Ela gemeu involuntariamente enquanto as mãos percorriam seu corpo.

— Bobo — disse, sem fôlego. — Justin...

— Parar? — perguntou ele sem convicção, os olhos presos ao rosto dela enquanto deixava as pontas de seus dedos a persuadirem.

— Não. — Entrelaçando seus dedos no cabelo de Justin, levou a boca dele à sua.

Era sempre daquele jeito, sempre único. Todas as vezes em que seus lábios se encontravam, era tomada por aquela avassaladora corrente de calor. Os músculos amoleciam com primorosa lentidão até Serena acreditar que seu corpo era uma fluida massa aquecida. Ainda assim, a sensação era sempre nova, como se fosse a primeira vez. Esquecendo o pedido dele para despi-lo, Serena se entregou à primeira onda de prazer.

Justin sentiu a rendição, uma rendição que sabia ser apenas o prelúdio para uma excitação sem fôlego e pedidos frenéticos. Ele gostava do breve e inebriante controle total. Ela era dele agora, uma mulher forte e vital que por alguns momentos preciosos seria como uma massa maleável nas mãos dele. Sabendo disso, ele ficava delicado, tanto que a acariciava com mais ternura do que se achava capaz. O amor fazia tanta diferença?, perguntava-se enquanto corria os dedos longos e finos pela pele dela.

Os lábios dele tocaram os de Serena, abafando o som suave de prazer. Os olhos dela, não completamente fechados, encontraram os dele. Quando ele tracejou o formato dos lábios dela com a língua, as pálpebras vibraram. Ele roçou os lábios dele contra os dela, saboreando a sensação, então observou que suas mãos haviam parado. Todo o seu ser parecia concentrado no encontro de suas bocas. O poder que sentiu transformou-se em uma vulnerabilidade, não menor do que a rendição de Serena a ele. Com isso, sentiu-se fraco e destemido.

— Eu amo você — murmurou contra a boca dela. — Eu não sabia o quanto. — O beijo foi profundo, lento e mais excitante do que qualquer coisa que havia vivido.

Então a língua dela procurou a de Justin, movendo-se pelos lábios dele para tragar todos os aromas e sabores. Enquanto um calafrio percorria o corpo dele, sabia que a rendição de Serena estava terminada.

Serena escorregou a lã macia do suéter dele pelo peito, pelos ombros dele, e seus lábios foram forçados a se separar, mas apenas brevemente. As mãos dela estavam ocupadas, tocando, esfregando, demandando. Ele podia vê-las pelos olhos da mente, brancas e suaves contra sua pele mais escura, as lustrosas unhas femininas arranhando-o com excitação. Avançou até o ombro para mordiscá-la e foi atacado pelo cheiro dela. O cheiro o fez pensar em noites abafadas de verão, em amor selvagem na grama verde alta. Ele a encheu de beijos mais desesperados, pela parte interna dos braços, onde o pulso rápido apenas intensificava a fragrância. Enquanto enterrava a língua na pele pálida de veias azuis, o corpo dela arqueou, lançado na paixão.

Serena se virou para ele para que ficassem lado a lado, então cerrou os braços ao redor dele. Ela não sentiu o emaranhado de lençóis embaixo dela, a seda fria do robe havia escorregado até suas pernas. Tudo que podia sentir era o corpo quente e rígido contra o seu e o caminho molhado e formigante que a boca dele riscara em sua pele.

Enquanto as carícias dele percorriam seu corpo, ela o guiava para todos os lugares secretos que Justin havia descoberto para os dois. Ninguém mais despertaria essa fome tórrida e bruta, que a preenchia, consumia, fortalecia. Com uma repentina explosão de energia ela se colocou sobre ele, a boca ávida, as mãos rápidas e espertas. Ele gemeu, agarrando seu cabelo molhado e escorregadio. O som a fez mover-se com mais urgência colada a ele. Ele é bonito, tão bonito, foi tudo em que ela pôde pensar enquanto tocava e provava outra vez.

Uma camada fina de suor brilhava na pele morena dele. Serena podia provar o sal enquanto vagueava por aquele peito liso e firme, as costelas marcadas pela cicatriz destacada, o quadril longo e estreito.

Então as mãos dele a pressionaram, puxando-a até que a boca dele estivesse fechada na sua. Serena sentiu o sabor misturado dos seus gostos até sua consciência parecer levitar. O corpo dela parecia agir sem seu consentimento, insinuando-se até tomá-lo dentro dela. A sensação disparou, fazendo-a gritar enquanto se arqueava. Mas ele ergueu-se com ela, as mãos ainda agarrando seu cabelo, as bocas ainda fundidas. Serena não podia respirar, mas mesmo enquanto lutava por ar, seu corpo determinou entre eles um ritmo feroz.

Os braços dela estavam travados ao redor dele, os dele ao redor dela. A posse mútua se fortaleceu convulsivamente enquanto atingiam o cume agudo, rarefeito, então como um só escorregaram de volta para a cama e se deitaram, ofegantes.

— Eu não consigo me cansar de você — conseguiu sussurrar Justin. — Nunca, nunca.

— Não. — Serena deixou sua cabeça escorregar, amolecida, para o ombro dele — Nunca se canse.

Eles ficaram deitados quietos enquanto sua respiração acalmava e os tremores se dissipavam. Com a palma da mão sobre o coração dele, Serena podia sentir a batida palpitante se estabilizar e se acalmar.

— Há apenas você — disse Justin, sentindo a repentina ferocidade do amor. — Há apenas você na minha vida.

Serena ergueu a cabeça para encará-lo.

— Amor que não é loucura não é amor. — Sorrindo, ela traçou a linha do queixo dele. — Eu nunca entendi isso até agora. Sei que nunca mais quero ser sã outra vez.

Levou o dedo dela ao seu lábio.

— Então a brilhante Serena MacGregor escolhe a insanidade.

Franzindo o nariz, ela dobrou os cotovelos no peito dele.

— Não precisa trazer meu cérebro para essa história.

— Isso me fascina — disse Justin a ela. — E é uma parte sua que eu não explorei de verdade. Quão inteligente você é?

Ela ergueu uma sobrancelha.

— Essa — disse, afetada —, é uma questão abstrata.

— Ah, você vai desconversar. — Sorrindo, tirou o cabelo dos ombros dela. — Quantos diplomas você tem?

— Sua primeira questão não tem nada a ver com a segunda. Quão inteligente você é?

— Inteligente o suficiente para saber quando estão me enrolando — disse ele. — Nenhum desejo ardente de entrar no direito ou na política como seus irmãos?

— Não. Meu único desejo ardente era aprender. Então, tive um desejo ardente de agir. Agora... — mordeu o lábio — Tenho desejos ardentes mais básicos.

— Hum... — Justin permitiu-se o prazer de banquetear-se nos lábios dela por um momento. — Não acha que comandar um hotel de apostas é um desperdício da sua educação?

— Claro que não. Minha educação é minha, e sempre a terei não importa o que eu escolher fazer na vida. Para que servem os diplomas se não se aproveita a vida? — Com um suspiro, ela se aconchegou junto do peito dele outra vez. — Eu não estudei para que pudesse colecionar pedaços de papel em molduras, mas porque eu era curiosa. Por que você gerencia hotéis?

— Por que sou bom nisso.

Serena sorriu para ele.

— E foi exatamente por essa razão que quase me tornei uma estudante profissional. Mas estava ficando muito repetitivo e muito fácil. Há desafios aqui todos os dias e uma variedade constante de pessoas. E — acrescentou presunçosa —, sou boa nisso também.

— Nero acha que você tem classe.

Agora o sorriso de Serena era tão presunçoso como sua voz:

— Ele é muito perspicaz. Por que não o tornou gerente?

— Não estava interessado — Justin começou a correr a mão para cima e para baixo nas costas dela. — Ele gosta de sua posição não oficial de quebra-galho. Eu o mandarei para Malta no próximo ano.

— Você comprou o cassino, então?

— Comprarei em breve — pensativo, estudou o rosto dela. — Eu estava considerando ter um sócio.

Ele viu o sorriso brilhar nos olhos dela, logo antes dos lábios se curvarem.

— Estava? Então suponho que deva fazer minha oferta agora mesmo.

Ele colocou a mão atrás do pescoço dela:

— Quanto antes melhor — murmurou quando levou os lábios dela aos seus.

Quando o telefone tocou, Justin atendeu prontamente. Serena riu e aninhou-se no pescoço enquanto ele atendia.

— Blade. — Ouvindo a voz baixa e trêmula de Kate, lutou para manter a tensão afastada do seu corpo. Serena perceberia.

— Tudo bem, Kate, eu vou descer. — Depois de desligar, beijou o topo da cabeça de Serena. — Aconteceu alguma coisa lá embaixo.

Ela deu um suspiro resignado.

— Esse é o problema de trabalhar onde mora. — Rolando na cama, esticou-se. — Bem, eu mesma deveria descer.

— Você não teve um dia de folga essa semana. — Vestindo-se, Justin imaginou se era mais sábio deixá-la ali ou levá-la com ele. Ele decidiu que seria melhor se ela ficasse na cobertura. — Relaxe um pouco, voltarei logo. Por que não pede alguma coisa para comer?

O pensamento de tê-lo para si a tarde toda era muito atraente. Serena se concentrou na papelada em sua mesa.

— Tudo bem. Uma hora?

— Sim, está bem. — Apreensivo, Justin pegou o elevador.

Kate estava esperando por ele quando saiu. Sem uma palavra, entregou-lhe um envelope branco.

— Steve encontrou na mesa da recepção. Assim que eu o vi... — A voz dela foi diminuindo, então retomou o controle. — É exatamente como o que você recebeu em Vegas, não é?

— Sim — respondeu Justin enquanto estudava cuidadosamente as letras negras maiúsculas que soletravam o seu nome. Sentiu o desejo urgente de simplesmente rasgar aquilo, mas apanhou o abridor de cartas de sua mesa e cortou uma das bordas com todo o cuidado. Tirando a nota, ele a desdobrou.

AINDA NÃO ACABOU. VOCÊ VAI PAGAR.

— Chame a segurança — disse à Kate enquanto lia as palavras uma segunda vez. Então soltou a respiração em uma declaração violenta. — E a polícia.

Capítulo 11

SERENA PASSOU UM SUÉTER PRETO angorá por cima da cabeça. Seria bom ser preguiçosa por um dia, concluiu, relaxar na suíte com roupas confortáveis e fazer absolutamente nada. Ela e Justin não haviam passado um dia juntos desde St. Thomas.

Isso a fez pensar nos brincos que ele lhe dera. Ela os usaria naquela noite, decidiu enquanto abria a gaveta superior do closet para pegar a caixa. São deslumbrantes, pensou ao admirá-los outra vez. E mais deslumbrante ainda por terem sido comprados por ele antes mesmo de se tornarem amantes.

Que homem estranho ele é, pensou. Tão frio de algumas maneiras, tão introspectivo, mas ainda assim capaz de gestos tão doces. As violetas no quarto dela no primeiro dia, champanhe para o café da manhã. E embaixo de tudo havia uma controlada, mas latente, inclinação para a violência. Tudo isso nele a excitava.

Quão inteligente você é? Serena riu quando se lembrou da pergunta de Justin. Inteligente o bastante para saber que sou uma mulher de muita sorte, respondeu silenciosamente. Alcançando a gaveta outra vez, jogou a moeda de duas caras que apanhou enquanto Justin esteva em Las Vegas. Com um sorriso, ela a examinou, então colocou-a no bolso do jeans. E inteligente o bastante para ter um ás na manga, adicionou com um brilho de malícia nos olhos.

Enquanto olhava o reflexo no espelho, o sorriso de Serena virou um olhar de espanto. Seu cabelo secou parecendo um esfregão embaraçado e desregrado. Que bagunça, pensou enquanto pegava a escova. Bem, ela daria um jeito naquilo antes de chamar o serviço de quarto. Não seria injusto se Justin tivesse que esperar o almoço, considerou, sofrendo para desfazer os nós dos cabelos. Inclinando a cintura, deixou o cabelo cair para a frente, então cerrou os dentes e escovou a parte de baixo.

— Ai! Só um minuto — gritou para a batida na porta rápida e discreta. Caine ou Alan haviam se dado mal com Lena Maxwell, pensou com um sorriso afetado enquanto caminhava até a porta, ainda escovando o cabelo.

— Não espere que eu resolva a...

— Serviço de quarto. — Um rapaz magro de cerca de 20 anos deu um sorriso tímido.

Justin deve ter decidido mandar que alguém arrumasse o quarto antes do almoço, concluiu. Típico. Poderia ter ligado para avisar.

— Eu posso voltar mais tarde se...

— Ah, não, desculpe. Estava pensando em outra coisa.

Serena sorriu enquanto abria a porta o suficiente para ele entrar com o carrinho de serviço.

— Você é novo, não é?

— Sim, senhora, esse é o meu primeiro dia.

Isso explicava o nervosismo dele, ela disse a si mesma, e isso do sorriso dela mais acolhedor.

— Apenas relaxe e não tenha pressa — aconselhou. — Ficarei fora de seu caminho. — gesticulando com a escova, virou-se. — Por que não começa pela cozinha enquanto eu...

Algo pressionou com força seu nariz e boca. Chocada demais para ficar assustada, Serena agarrou a mão que a prendia, enquanto respirava fundo para gritar. Inalou algo forte e com uma fragrância doce enjoativa que fez sua cabeça girar. Reconhecendo o aroma, começou a brigar freneticamente, lutando contra a névoa que girava na frente dos seus olhos.

Ah, Deus, não. Os braços caíram pesados, a escova escorregou dos dedos subitamente sem força. Justin...

— O recepcionista encontrou no balcão — disse Justin ao tenente Renicki. — Aparentemente, ninguém viu quem colocou isso lá. Foi na hora do check-out e o pessoal da recepção estava ocupado.

— Sim. Bem, ele não é bobo. — O tenente da polícia apanhou a folha comum pelo canto e a colocou em um saco plástico. — Tenho de entregar isso ao Bureau, imagino, mas por agora vou deixar alguns homens à paisana no hotel.

— Tenho meus próprios seguranças posicionados em todos os ambientes públicos.

O tenente Renicki ergueu suas duas sobrancelhas espessas e grisalhas em reconhecimento. Não gosta de lidar comigo, notou ele. Ah, é um cara durão. Ele observou Justin acender um charuto com as mãos firmes. Ele não se deixa abalar com qualquer coisa.

— Tem algum inimigo, sr. Blade?

Justin lhe lançou um olhar suave.

— Aparentemente.

— Alguém específico sobre quem queira falar?

— Não.

— É a primeira ameaça que o senhor recebeu desde que voltou de Nevada?

— Sim.

O tenente Renicki conteve um suspiro. Tipos como Blade o faziam se sentir como um dentista arrancando um dente que teima em ficar.

— Contratou ou demitiu alguém recentemente?

Como resposta, Justin apertou o interfone.

— Kate, confira com o RH. Veja quem contratamos ou dispensamos nos últimos dois meses. Depois consiga uma lista do resto dos hotéis.

— Grandes coisas, computadores — disse o tenente, quando Justin desligou. — Tenho uma adolescente praticamente casada com um. — Sem resposta, ele ergueu os ombros arredondados. — Eu mesmo vou conferir sua segurança. Se ele vai plantar uma bomba, vai precisar entrar primeiro.

— Ele pode entrar — relembrou Justin —, é só se registrar na recepção.

— Verdade. — O tenente Renicki observou a fumaça do charuto subir. — Você pode fechar o hotel.

A única mudança na expressão de Justin foi um leve estreitar dos olhos.

— Não.

— Não achei que faria isso. — O tenente Renicki se levantou da cadeira. — Meus homens serão discretos, sr. Blade, mas vamos fazer buscas contínuas. Vou voltar a falar com o senhor depois de conversar com os recepcionistas.

— Obrigado, tenente.

Justin esperou até que a porta se fechasse atrás dele, depois apagou o charuto com tanta força que o partiu em dois. Se antes se sentia perseguido, agora parecia que havia alguém respirando em sua nuca. Ele estava ali agora — se não no hotel, então em algum lugar próximo. Esperando. Serena ia voltar a Hyannis Port nem que Justin tivesse de amarrá-la e enfiá-la em um avião.

Ele ficou imóvel por um momento até se acalmar de novo. Não ia convencer Serena gritando ou ameaçando. O único modo seria fazê-la ver que sua presença ali tornaria impossível para ele ser completamente racional. Se ela se fosse, ele poderia pensar claramente e talvez descobrir quem e por quê. Justin apanhou o interfone de novo.

— Kate, vou estar lá em cima. Passe minhas ligações para lá. — Levantando-se, ele foi para o elevador. Talvez durante a subida pensasse no melhor modo de dizer a Serena que a estava expulsando, e a seus irmãos, do hotel.

Quando entrou na sala de estar, Justin olhou para a janela panorâmica, meio que esperando vê-la sentada ali, já beliscando o almoço. Ele só ficou um pouco surpreso por ver a mesa vazia — afinal, já havia se passado mais de uma hora desde que descera. Pensando que talvez ela tivesse voltado a dormir, Justin entrou no quarto. A cama desfeita não despertou uma pontada de desejo dessa vez, mas uma inquietação. Chamando seu nome, Justin foi até o banheiro.

Um breve traço do perfume dela permanecia no ar. Como o quarto estava vazio, aquilo só fez a inquietação de Justin aumentar. Não seja idiota, ele disse para si mesmo. Ela não está confinada a essa suíte. Pode ter saído por uma centena de razões. Mas ela sabia que eu voltaria. Teria me ligado. Como ele ia saber? Enquanto voltava à sala de estar, Justin se lembrou de que eles não estavam juntos há tempo suficiente para saber bem dos hábitos um do outro. Podia ser que ela tivesse ido à butique para comprar um vestido.

Inclinando-se, Justin apanhou a pequena escova laqueada do tapete. Por um momento, sua mente ficou em branco, e não pôde fazer nada além de encará-la. Ele se obrigou a pensar. Estava sendo alarmista — ela voltaria a qualquer momento. Era típico de Serena deixar as coisas espalhadas pela suíte. Ela era bagunceira, pensou ele, impiedosamente. Descuidada. Apanhando o telefone, Justin apertou um número.

— Ligue para Serena MacGregor.

Ele segurou a escova enquanto esperava. A jaqueta bordada de cristais dela estava nas costas do sofá. Ele podia se lembrar de tê-la tirado dos ombros dela na noite anterior. Em algum momento durante a manhã, ela a havia apanhado e jogado ali. Então por que teria deixado a escova no chão?

— A srta. MacGregor não responde à chamada, senhor.

Justin sentiu o nó em seu peito se apertar. Ele apertou o cabo da escova até que ele ameaçasse se partir.

— Ligue para Alan ou Caine MacGregor. — Olhando seu relógio, Justin viu que haviam se passado trinta minutos da hora que dissera para Serena esperá-lo.

— Caine MacGregor.

— É Justin. Serena está com você?

— Não, Alan e eu estávamos...

— Você a viu?

— Não desde hoje cedo. — Era a primeira vez nos dez anos em que conhecia Justin, percebeu Caine, que ouvia uma nota de pânico naquela voz sempre tão controlada. Algo como gelo correu por sua coluna. — Por quê?

Justin sentiu sua garganta se fechar e olhou para a escova em sua mão.

— Ela desapareceu.

Caine sentiu o telefone umedecer sob sua mão.

— Onde você está?

— Na cobertura.

— Já estaremos aí.

Em minutos, Justin abria a porta para os irmãos de Serena.

— Ela pode ter saído para fazer alguma coisa — disse Caine imediatamente. — Você viu se ela pegou o carro?

— Não. — Justin xingou e apanhou o telefone de novo. — Aqui é o Blade. A srta. MacGregor saiu de carro? — Ele esperou, bravo e impaciente, enquanto Caine andava pela sala e Alan o observava. Justin ouviu a resposta do estacionamento, depois desligou sem falar. — O carro dela ainda está na garagem.

— Ela pode ter ido caminhar na praia — sugeriu Alan.

— Ela estava me esperando aqui há meia hora — disse Justin, categoricamente. Ela deveria pedir o almoço, mas já conferi; ela não ligou lá para baixo. Achei isso perto da porta da frente.

Alan apanhou a escova da mão de Justin. Ele se lembrou de ter dado o antigo estojo para Serena no aniversário de 16 anos dela. Era uma das poucas coisas que ela mantinha com todo o cuidado.

— Vocês brigaram?

Justin se virou para Caine, perdendo um pouco mais de seu controle.

— Justin — disse Caine rapidamente. — Rena tem um temperamento difícil. Se estava brava, pode ter saído sem dizer nada para ninguém. Ela iria para a praia para se acalmar.

— Não, nós não brigamos — disse Justin, tenso. — Nós fizemos amor. — Ele enfiou as mãos nos bolsos porque desejava transformá-las em punhos. — Recebi uma ligação lá debaixo. Um envelope tinha sido deixado para mim na recepção. Era outra ameaça.

Alan colocou a escova de Serena cuidadosamente sobre a mesa.

— Justin. — Ele esperou até que aqueles olhos verdes cheios de raiva se encontrassem com os dele. — Chame a polícia.

Como um ponto de exclamação no final de suas palavras, o telefone tocou. Justin o agarrou.

— Serena... — começou ele.

— Procurando-a, já? — A voz estava abafada e não tinha gênero. — Estou com a sua amante de índio, Blade. — A ligação foi interrompida com um clique suave.

Justin ficou paralisado por dez segundos completos. Sentiu um gosto de cobre na boca e reconheceu o medo.

— Ele está com ela — ouviu alguém dizer, depois percebeu que era a própria voz. Com uma onda cega de fúria, ele arrancou o telefone da parede e o jogou para o outro lado da sala. — O filho da puta está com ela.

O tenente Renicki olhou em volta da sala de estar da suíte de Justin e notou que ela estava mais quente que ele teria esperado. O homem que ele havia encontrado no andar de baixo parecia gostar de cores frias e linhas retas. Seus olhos pousaram no telefone, jogado de qualquer maneira contra a parede leste. Bem, águas paradas têm correntes profundas, supôs.

O loiro alto que olhava pela janela era Caine MacGregor, o jovem advogado bonitão que atualmente era o promotor estadual de Massachusetts. O moreno sentado na cadeira encarando a escova de cabelo nas mãos era Alan MacGregor, senador, um liberal bastante eloquente. O tenente olhou para Justin de novo.

— Imagino que você passou os fatos mais de uma vez.

Os olhos de Justin confrontaram os do tenente Renicki, cheios de fúria e de controle gélido.

— Desci para ver o envelope que me deixaram na recepção. Deixei Serena aqui; passava pouco do meio-dia. Combinamos de almoçar aqui na suíte uma hora depois. Estava atrasado, e quando voltei, ela não estava aqui. Fiquei preocupado, e quando achei sua escova no chão, perto da porta, liguei para ela. Quando ela não atendeu, liguei para seus irmãos. Quinze minutos atrás eu recebi uma ligação.

— Sim, aparentemente de um sequestrador — acrescentou Renicki, incerto se estava satisfeito ou incomodado com a frieza com que Justin recitava os acontecimentos. — Não me disse precisamente o que ele falou.

Justin deu um olhar longo e intenso para o tenente.

— Ele me disse que estava com a minha "amante de índio".

Pronto para explodir, Caine se virou, afastando-se da janela.

— Merda, isso não está nos levando a nada! Por que vocês não a estão procurando?

O tenente Renicki o fitou com olhos cansados e pacientes.

— Estamos fazendo exatamente isso, sr. MacGregor.

— Ele vai ligar de novo — disse Alan, parecendo calmo. Ergueu os olhos da escova para encontrar o olhar do tenente. — Ele deve saber que entre Justin e nossa família, podemos levantar qualquer quantia de dinheiro para ter Rena de volta. — Deixou os olhos vaguearem até Justin e se fixarem nele. — Se dinheiro for o que ele quer.

— Vamos ter de trabalhar com essa premissa por agora, senador — disse o tenente com uma voz prática. — Vamos colocar uma escuta em seu telefone, com sua permissão, sr. Blade.

— Faça o que for preciso.

Caine olhou Justin, pela primeira vez desde a ligação.

— Onde está o conhaque?

— O quê?

— Você precisa de uma bebida. — Como Justin apenas negou com a cabeça, Caine praguejou baixinho. — Bem, vou tomar um... Antes de ligar para papai e mamãe.

Justin sentiu uma nova pontada em seu peito e gesticulou.

— Naquele armário.

Do outro lado da suíte, o telefone tocou. Sem esperar pela autorização do tenente Renicki, Justin foi para a cozinha atender. Ele não conseguia ir até o quarto.

— Blade. — Fechando os olhos, ele lutou com a frustração, depois esticou o fone. — É para você — disse ao tenente.

Quando voltou à sala de estar, Justin encontrou Alan e Caine de pé no centro do cômodo, falando baixo.

— Alan vai ligar para nossos pais — disse Caine. — Vão receber melhor a notícia dele. Vão querer vir para cá.

Justin fez de tudo para não deixar o pânico dominá-lo, ou a dor.

— Claro, claro.

Quando o tenente entrou na sala, esperou até que os três pares de olhos estivessem nele.

— Meus homens descobriram um carrinho de camareira abandonado no estacionamento. O laboratório vai examiná-lo cuidadosamente, mas acharam um pano ensopado de éter no fundo. Aparentemente, foi como ele a tirou sem que ninguém a visse. — Observando de perto, o tenente Renicki viu os nós dos dedos de Caine ficarem brancos ao segurar seu copo, viu a onda de raiva aterrorizada nos olhos de Alan. Não viu nenhuma mudança na expressão de Justin. — Temos sua descrição da srta. MacGregor, sr. Blade, mas uma fotografia seria útil.

Justin o encarou quando a dor correu de seu estômago até sua garganta.

— Não tenho uma.

— Eu tenho. — Inerte, Alan apanhou sua carteira.

— Vamos colocar a escuta agora mesmo, sr. Blade — continuou o tenente, olhando a foto que Alan lhe entregara. — Vamos gravar tudo o que for dito. Quanto mais o mantiver na linha, melhor. Quaisquer exigências que ele faça, insista em falar com a srta. MacGregor antes de concordar com qualquer coisa. Precisamos de provas de que ela de fato está com ele. — E viva, acrescentou ele, silenciosamente.

— E se ele se recusar? — quis saber Justin.

— Então o senhor se recusa a negociar.

Justin se forçou a se sentar. Se ficasse de pé, caminharia — se caminhasse, perderia o controle.

— Não — disse ele, no mesmo tom.

— Justin — interrompeu Alan antes que Renicki pudesse falar novamente. — O tenente está certo. Precisamos ter certeza de que Rena está com ele e ilesa. — *É Rena*, pensou ele, indócil, enquanto lutava para manter a voz tranquila. *Nossa Rena*. — Se deixar claro que não haverá resgate até que ouça a voz dela, ele vai colocá-la no telefone.

Você vai pagar. As palavras irromperam na cabeça de Justin. Não Serena, pensou ele desesperadamente. Deus, não Serena.

— E depois que eu falar com ela — começou Justin. — Concordarei com qualquer coisa que ele pedir. Não vou negociar e não vou enrolar.

— É seu dinheiro, sr. Blade. — O tenente Renicki lhe deu um sorriso mirrado. — Gostaria que o senhor prestasse muita atenção na voz do sequestrador quando ele ligar de novo. É provável que ele a disfarce, mas o senhor pode reconhecer uma frase, uma inflexão.

Houve uma leve batida na porta, à qual o tenente atendeu em pessoa. Parado de pé, falando baixo com um de seus homens, Caine se aproximou de novo de Justin, oferecendo o conhaque. Pela segunda vez, Justin balançou a cabeça.

— Eles vão apanhá-lo — disse Caine, só precisando ouvir as palavras em voz alta.

Lentamente, Justin ergueu os olhos.

— Quando o fizerem — disse ele, calmamente. — Eu vou matá-lo.

Sentindo-se grogue e dolorida, Serena acordou, gemendo. Será que tinha dormido demais?, imaginou. Ela ia perder a aula se não... Não, não, era seu turno no cassino e Dale... Justin... Não, Justin ia subir para almoçar e ela nem tinha chamado o serviço de quarto.

Precisava se levantar, mas seus olhos se recusavam a abrir e havia uma sensação leve e contínua de náusea. Enjoada, pensou ela confusa. Mas nunca ficava enjoada. E havia alguém... A porta, ela se lembrou. Alguém na porta. A náusea apareceu novamente e, com ela, o medo. Juntando todas as forças, Serena abriu os olhos.

O lugar era pequeno e escuro. Sobre uma janela, havia uma cortina puxada. Havia um gabinete barato de madeira contra uma parede, com um espelho cheio de poeira e uma pequena cadeira de balanço de encosto reto. Não havia lustre, só fios pendiam do teto. Como a lâmpada estava apagada e um pouco de luz se filtrava pela cortina, Serena sabia que ainda era dia. Mas estava um pouco perdida no tempo e não sabia que dia era.

Alguém um dia havia pintado as paredes de um amarelo claro, mas a cor havia desbotado e agora pareciam mais com as páginas de um livro muito velho. Serena estava deitada no meio de uma cama de casal, sobre uma colcha de chenille rasgada. Quando tentou mover o braço direito, ela viu que estava algemado à cabeceira da cama. Foi então que o medo superou o atordoamento.

O rapaz da limpeza, lembrou-se ela. Éter. Ah, Deus, como podia ter sido tão estúpida! Justin a havia alertado... Justin, pensou ela de novo, enquanto mordia o lábio. Ele devia estar apavorado agora. Será que estaria procurando por ela? Será que havia chamado a polícia? Talvez pensasse que ela apenas saíra para passear.

Tenho de sair daqui, disse a si mesma em desespero e se arrastou para mais perto da cabeceira, para puxar as algemas. O rapaz devia ter algo a ver com o atentado em Vegas. Parecia incrível. Ele mal parecia ter idade para se barbear. Velho o bastante para sequestrar, lembrou-se com amargura, puxando inutilmente as algemas de metal. Quando ouviu os passos dele, ela se sentou e esperou, sem mexer um dedo.

Planejara tudo perfeitamente, pensou Terry, desligando o telefone. Arrancar a mulher de debaixo do nariz de Blade tinha sido arriscado, mas, ah, tão compensador. Melhor do que a bomba, decidiu ele enquanto tamborilava os dedos na mesa. Teve de lhes dar muito tempo, e eles acharam a bomba porque ele não queria machucar ninguém. Só Blade. Mas isso... Isso era perfeito.

Ela era linda, pensou. Blade pagaria para tê-la de volta. Mas antes que pagasse, ele sofreria. Terry garantiria isso. Para liberar sua própria tensão, ele se lembrou do quanto tinha sido esperto. Enquanto Justin viajava para Vegas, Terry estava a caminho de Atlantic City. Na época, ele se aborrecera consigo mesmo por não ter escolhido o hotel na Costa Leste. Mas tudo tinha dado certo.

Ele havia notado Serena na primeira noite em que passeara pelo cassino — depois ficou sabendo que ela era sócia de Justin. Só precisou fazer algumas perguntas inocentes nos lugares certos para saber que ela era muito mais que isso para ele. Então Terry tinha elaborado seu plano.

Primeiro, sentiu medo. Tirar uma mulher de um hotel era mais complicado que colocar uma pequena bomba nele. Mas ele havia observado. Ninguém reparava muito nas pessoas usando os uniformes brancos da equipe de limpeza. Depois de alguns dias observando os movimentos de Serena, percebeu que havia uma entrada particular dos escritórios para a suíte dele. Provavelmente um elevador, deduzira Terry. Era dessa maneira que os ricos faziam as coisas. Ele tinha sido paciente, passando a maior parte do tempo nas máquinas caça-níqueis, esperando.

Quando Justin voltou a Atlantic City, soube que era hora de agir. Roubar um uniforme tinha sido fácil, tão fácil quanto deixar a carta. Ninguém notou um jovem inofensivo em roupas de trabalho. No minuto em que vira o recepcionista enviar o envelope para os escritórios, Terry começou a agir. Teve de se obrigar a ir devagar. Disse a si mesmo para dar a Justin dez minutos para descer. No terceiro andar, trocou de roupas em um armário, depois simplesmente saiu empurrando um dos carrinhos das camareiras que estavam no corredor.

Ele se lembrou de como seu coração havia batido com força enquanto entrava no elevador de serviço. Havia uma chance de ela não estar lá, de ter saído com Justin e ele teria de começar tudo novamente. Quando ela abriu a porta e sorriu, ele quase perdeu a calma. Depois se lembrou de Blade. O resto foi fácil.

Foram precisos menos de cinco minutos para que ele cobrisse o corpo inconsciente dela com roupas de cama e empurrasse o carrinho até o estacionamento, onde seu carro o esperava. Com Serena no banco de trás, sob um cobertor, ele simplesmente deixou o hotel dirigindo. Mas ela ficara inconsciente por um longo tempo. Talvez tivesse usado éter demais, ou... Então a ouviu gemer. Terry se levantou para lhe preparar uma xícara de chá.

Quando abriu a porta, Serena estava sentada contra a cabeceira, encarando-o. Mas não parecia tão assustada quanto imaginara que estaria. Pensou se ela estaria em choque. Ele esperava que ela começasse a gritar a qualquer minuto.

— Se você gritar — disse ele, falando baixinho — vou precisar amordaçá-la. Não quero fazer isso.

Serena viu que ele segurava uma xícara, e que ela tremia em suas mãos. Um sequestrador nervoso, pensou rapidamente, seria mais perigoso do que um calmo. Ela abafou qualquer vontade de gritar.

— Não vou gritar.

— Trouxe um pouco de chá para você. — Ele se aproximou. — Você pode estar se sentindo um pouco enjoada.

Ele estava se aproximando, pensou Serena, como alguém se aproximava de um animal encurralado. Ele espera que eu fique aterrorizada, percebeu. Bem, não estou longe disso. Poderia ser mais vantajoso para ela parecer ter perdido o controle. Por dentro, ela se obrigou a se acalmar. A primeira coisa que precisava saber era onde ele mantinha as chaves das algemas.

— Estou. Por favor... — ela deixou a voz tremer — posso usar o banheiro?

— Certo, não vou machucá-la. — Ele falou de modo a acalmá-la, enquanto colocava o chá de lado e ia até ela. Tirando uma chave do bolso do jeans, ele enfiou na tranca dos punhos. — Se tentar fugir ou começar a gritar, vou ter de detê-la. — Ele parou, enquanto recolocava o metal no punho dela. — Entende?

Serena assentiu. Ele era mais forte, notou ela, do que parecia.

Silenciosamente, ele a conduziu até um pequeno banheiro.

— Vou estar bem do lado de fora da porta — alertou ele. — Seja esperta e nada vai lhe acontecer.

Assentindo, Serena entrou. Imediatamente, procurou meios de escapar e ficou frustrada. Não havia nem mesmo uma janela. Uma arma. Uma busca rápida revelou nada mais que um suporte fixo de toalhas. Ela mordeu o lábio, enquanto o medo e a impotência começaram a dominá-la. Tinha de descobrir outro modo. *Descobriria* outro modo.

Abrindo a torneira de água fria, ela a jogou no rosto. Precisava permanecer calma e alerta. E não podia subestimar o homem do lado de fora da porta.

Ele era perigoso, porque estava tão apavorado quanto ela. Então ela ficaria mais apavorada, decidiu. Iria se acovardar e choramingar tanto que ele não perceberia que estava observando, esperando pela oportunidade de escapar. Primeiro, tinha de descobrir exatamente quais eram os planos dele.

Abrindo a porta, Serena deixou que ele prendesse seus punhos de novo.

— Por favor, o que você vai fazer?

— Eu não vou machucar você — disse Terry de novo, puxando-a na direção da cama. — Ele vai pagar para tê-la de volta.

— Quem?

Ela viu a fúria nos olhos dele.

— Blade.

— Meu pai tem mais dinheiro... — começou ela, rapidamente. — Ele...

— Não quero o dinheiro do seu pai! — Com sua explosão feroz, Serena não teve de simular um tremor. — Blade. Ele vai pagar. Vou arrancar tudo dele.

— Foi você... Foi você quem plantou a bomba em Vegas?

Terry lhe entregou o chá. Serena considerou a possibilidade de jogá-lo no rosto dele, depois decidiu que não. Se estivesse quente o bastante para queimá-lo, ele provavelmente daria um pulo para trás e a chave ficaria fora de seu alcance.

— Sim.

Ela o observou. O rosto dele estava corado de raiva agora e exibia um olhar que fez o estômago dela se revirar.

— Por quê?

— Ele matou meu pai — contou-lhe Terry, depois saiu do quarto.

Por que ele não liga de novo?!, pensou Justin enquanto bebia mais uma xícara de café. Se ele a machucasse... Baixou os olhos e viu que havia arrancado a asa da xícara. Colocando a xícara quebrada na mesa, sacou um charuto. Atrás dele, na pequena sala de jantar, dois detetives jogavam gin. Caine andava a esmo enquanto Alan já estava a caminho do aeroporto, para apanhar Daniel e Anna. O telefone da sala de estar havia sido reparado e agora estava conectado a um aparelho de gravação. Mas eles ainda esperavam.

Estava ficando mais escuro e as nuvens se aproximavam. Haveria chuva antes que a noite acabasse. Pelo amor de Deus, onde ela estava? Por que eu a deixei sozinha? Justin queria enfiar o rosto nas mãos. Queria bater em algo, em qualquer coisa. Ele estava sentado perfeitamente parado e encarava a parede. Por que pensei que ela estaria segura aqui?, perguntou a si mesmo. Eu a teria obrigado a partir se não a quisesse tanto comigo. Poderia tê-la feito partir. Se algo acontecer com ela...

Ele afastou o pensamento. Se pretendia ficar no controle, não podia sequer se permitir o luxo da culpa. Os únicos sons na sala eram a conversa incoerente dos detetives e o silvo do isqueiro de Caine, acendendo outro cigarro. Se o telefone não tocasse, Justin tinha certeza de que ficaria maluco.

Quando o telefone tocou, Justin arremeteu-se contra ele.

— Mantenha-o na linha tanto quanto puder — um dos detetives ordenou. — E diga-lhe que precisa falar com ela antes de negociar.

Justin nem sequer ouviu as instruções enquanto atendia. O gravador estava rodando silenciosamente.

— Blade.

— Quer a sua amante de volta, Blade?

Era uma voz jovem, percebeu Justin. E assustada. A mesma voz que ele ouvira nos registros policiais em Las Vegas.

— Quanto?

— Dois milhões, em dinheiro. Notas pequenas. Eu lhe direi quando e onde.

— Serena. Deixe-me falar com Serena.

— Esqueça.

— Como vou saber que você está com ela? Como vou saber que ela... — Ele teve de se obrigar a continuar. — Ainda está viva.

— Vou pensar nisso. — E a linha foi cortada.

Serena se amontoava sob o cobertor. Estava com frio. Apavorada, ela constatou, brutalmente. O frio que sentia não tinha nada a ver com seu suéter fino ou seus pés descalços. *Ele matou meu pai.* A declaração simples não parava de rodar em sua cabeça. Esse poderia ser o filho do homem que havia atacado Justin anos atrás? Ele seria pouco mais que um bebê na época. Se ele alimentou tanto ódio durante todos esses anos... Serena tremeu novamente e puxou o cobertor sobre os ombros.

Ela não devia ter duvidado da intuição de Justin. Ele sabia, de algum modo, que alguém estava atrás dele. O que o garoto faria por vingança?, perguntou-se ela. Seja objetiva, ordenou ela. Isso é real.

Tinha visto o rosto dele. Ele arriscaria deixá-la ir, já que podia identificá-lo? Ainda assim, ele não parecia ser um assassino a sangue frio. Tinha plantado uma bomba em um hotel lotado, ela se lembrou. Ah, Deus, ela precisava fugir!

Fechando os olhos, Serena concentrou-se em escutar. Havia silêncio, nenhum som de movimento. Ela teve a impressão de ter ouvido o mar. Poderia ser o vento. O quanto estariam longe da cidade?, imaginou ela. Se jogasse a xícara de chá pela janela e gritasse, será que alguém ouviria? Mas, enquanto pensava na possibilidade, Terry voltou ao quarto.

— Trouxe um sanduíche.

Ele parecia mais agitado dessa vez, ou talvez, reconsiderou ela, excitado. Faça-o falar, disse a si mesma.

— Por favor, não me deixe sozinha. — Ela apanhou o braço dele com a mão livre e deixou os olhos implorarem aos dele.

— Vai se sentir melhor depois de comer — gaguejou ele, e enfiou o sanduíche sob o nariz dela. — Não precisa ficar com medo. Eu disse que não vou te machucar, se não tentar nada.

— Eu já vi você — disse, arriscando-se. — Como você vai me deixar partir?

— Tenho planos. — Incansável, ele começou a caminhar pelo pequeno quarto. Ele não era grande, pensou ela. Se pudesse soltar minha mão, eu arriscaria. — Quando contar a eles onde você está, já terei partido. — Ele pensou na Suíça com um prazer mordaz. — Eles não vão me encontrar. Terei dois milhões de dólares que me ajudarão a me esconder numa boa.

— Dois milhões — sussurrou ela. — Como você sabe que Justin vai pagar?

Terry riu, virando-se para olhá-la. Seu rosto estava pálido, seus olhos enormes. Seu cabelo cascateava selvagemente em torno dos ombros.

— Ele vai pagar. Ele vai me implorar para me deixá-lo pagar antes que isso termine.

— Você disse que ele matou seu pai.

— Assassinou meu pai.

— Mas ele foi absolvido. Justin me contou... — As palavras escorregaram por sua garganta abaixo quando Terry se virou.

— Ele assassinou meu pai e o deixaram livre! — gritou ele. — Deixaram--no livre porque sentiram pena dele. Foi tudo política, minha mãe me contou. Deixaram-no livre porque ele era um pobre garoto nativo. Minha mãe disse que o advogado dele subornou as testemunhas.

A mãe dele, pensou Serena, vinha distorcendo os fatos na mente dele por anos. Seria preciso mais que algumas palavras dela para mudá-lo agora. Será que a mãe lhe contara sobre a cicatriz na lateral do corpo de Justin? Será que ela lhe contara que o pai estava bêbado, ou que a faca que o matara pertencia a ele? Serena analisou o rosto decidido e apavorado de Terry e seus olhos raivosos.

— Sinto muito — disse ela, com um fio de voz. — De verdade.

— Ele vai pagar agora — disse-lhe Terry, e afastou um pouco de cabelo dos olhos. — Espero que tenha a chance de manter você por mais que alguns dias. — Ele deu uma risada macia e pensativa. — Quem diria que eu faria Blade rastejar por uma mulher?

— Por favor, qual é seu nome?

— Terry — disse ele, brevemente.

Serena fez um esforço para se sentar ereta.

— Terry, você deve saber que Justin chamou a polícia. Eles devem estar me procurando.

— Eles não vão encontrá-la — retrucou ele. — Não comecei a planejar ontem. Eu fiz um depósito por esse lugar há seis meses, quando Blade abriu o hotel. Estava pensando em apertá-lo uma segunda vez depois do pagamento de Vegas. — Ele deu de ombros, como se o negócio de Vegas significasse pouco. — O casal de idosos de quem aluguei esse lugar está na Flórida agora. Eles nunca nem me viram, só o cheque que enviei.

— Terry...

— Olhe, nada vai acontecer com você. Só coma e descanse. Dez horas depois que Blade fizer o pagamento, vou ligar e dizer onde podem te encontrar. — Ele saiu do quarto, batendo a porta antes que ela pudesse dizer algo mais.

— O que eles estão fazendo para resgatá-la? — quis saber Daniel, enquanto caminhava pela sala de estar da suíte de Justin. — Veja esses dois... — ele esticou a mão na direção dos dois detetives — jogando, enquanto um maníaco está com a minha menininha.

— Eles estão fazendo tudo o que podem — disse Alan baixinho. — O telefone está grampeado. Ele não ficou na linha tempo o bastante da última vez para conseguirem rastrear. Estão conferindo todas as digitais no carrinho da camareira.

— Rá! — Deixando o pânico tomar a forma de raiva, ele cercou o filho. — E que tipo de lugar é esse, onde um homem pode jogar minha filha em uma cesta e sair com ela?

— Daniel. — De seu lugar no sofá, ao lado de Justin, Anna falou suavemente. Ela só disse o nome dele, mas a dor em seus olhos o fez praguejar de novo e ir até a janela. Ela se virou para Justin, colocando a mão sobre a dele. — Justin...

Mas ele balançou a cabeça, levantando-se. Pela primeira vez nas seis horas de medo, ele sabia que ia desmoronar. Sem uma palavra, entrou no quarto e fechou a porta.

O robe dela estava jogado sobre uma cadeira, onde ela o deixara. Ele só teve de apanhá-lo para sentir o cheiro dela. Fechou as mãos em punhos e se afastou dele. A caixa da joalheria, com os brincos que ele lhe dera, estava aberta sobre a penteadeira. Ele se lembrava do jeito como eles ficaram nela na noite anterior — brilhando, incendiando-se na luz tênue do quarto, enquanto ela se ajoelhara nua na cama e abria os braços para ele.

Medo e raiva se envolviam em seu peito até que sua pele ficasse úmida e pegajosa. O silêncio do quarto pesou sobre ele. Havia só o som da chuva, caindo gelada e pesada do lado de fora da janela. Apenas algumas horas antes, Serena enchera o quarto de vida, riso e paixão. Então ele a deixara. Não lhe dissera que a amava, ou lhe dera um beijo de despedida. Tinha saído com a cabeça ocupada com as próprias coisas. Deixei-a sozinha, pensou ele novamente.

— Ah, meu Deus. — Passando as mãos no rosto, apertou os dedos com força contra os olhos. Com a batida leve na porta, Justin deixou as mãos caírem e lutou contra a sensação de desespero. Daniel entrou, sem esperar pela resposta.

— Justin. — Ele fechou a porta atrás de si e ficou parado, parecendo imenso — e, pela primeira vez na lembrança de Justin, indefeso. — Sinto muito por tudo.

Justin o olhou nos olhos, enquanto ele fechava as mãos nos bolsos de novo.

— Você estava certo. Se eu não tivesse sido descuidado...

— Não. — Indo até ele, Daniel apanhou seus dois braços. — Não há culpa alguma aqui. Rena... Ele queria Rena e teria encontrado um modo. Estou com medo. — A voz grossa tremeu, e ele segurou os braços com mais força. — Só tive medo uma vez antes em minha vida. Quando Caine enfiou na cabeça que ia explorar o sótão e o encontramos pendurado na beirada de dois andares acima de nossas cabeças. Não sei onde ela está. — A voz dele balançou quando ele se virou. — Não posso colocar uma escada para apanhá-la.

— Daniel, eu a amo.

Com um suspiro profundo, Daniel se virou de novo. — Sim, *posso ver isso.*

— O que ele pedir, o que ele quiser que eu faça, eu farei.

Assentindo, Daniel esticou a mão.

— Venha, a família deveria esperar junta.

Capítulo 12

Serena devia ter cochilado, porque estava escuro quando foi chacoalhada para que acordasse.

— Você vai fazer uma ligação — disse Terry, depois foi até o interruptor para acender a luz do teto.

Serena colocou o braço nos olhos para protegê-los.

— Para quem? — começou ela.

— Ele já deve ter suado bastante — murmurou Terry, enquanto apanhava o telefone no suporte do quarto. — Passa da 1h. Ouça. — Ele puxou seu braço para que ela o olhasse. — Você vai lhe dizer que está bem e só. Não tente nada. — Ele começou a discar. — Quando ele atender, só lhe diga que não está machucada e que vai ficar assim desde que ele pague. Entendeu?

Assentindo, Serena apanhou o aparelho.

Justin estava no telefone ao primeiro toque. Meia xícara de café entornou na mesa e pingou sobre o tapete.

— Blade.

Serena apertou os olhos com força ao ouvir a voz dele. Estava chovendo, pensou ela distraída. Estava chovendo, e ela estava com tanto frio e assustada.

— Justin.

— Serena! Você está bem? Ele machucou você?

Inspirando fundo, ela olhou diretamente nos olhos de Terry.

— Estou bem, Justin. Sem cicatrizes.

— Onde você está? — começou ele, mas Terry colocou a mão sobre a boca de Serena e apanhou o telefone.

— Se você a quer de volta, junte o dinheiro. Dois milhões, notas pequenas, sem sequência. Vou informar onde entregá-lo. E você vai sozinho, Blade, se não quer que ela se machuque.

Ele desligou, depois soltou Serena. O som da voz de Justin fez o que as horas de medo não puderam. Com um soluço trêmulo, ela enterrou o rosto no travesseiro e chorou.

— Ela está bem. — Justin repôs o telefone com um cuidado calculado. — Ela está bem.

— Graças a Deus. — Anna apanhou suas duas mãos. — E agora?

— Junto o dinheiro e levo onde quer que ele me mande levar.

— Vamos fotografar as notas — declarou o tenente Renicki quando se levantou da cadeira. — Um dos meus homens vai segui-lo quando for fazer a entrega.

— Não.

— Ouça, sr. Blade — começou ele, pacientemente — não há garantia que ele vá libertar a srta. MacGregor depois de ser pago. É mais provável que ele...

— Não — repetiu Justin. — Vamos jogar do meu jeito, tenente. Sem me seguir.

O tenente inspirou fundo.

— Certo, vamos plantar um rastreador na mala. Desse modo, quando ele apanhar o dinheiro, pode nos conduzir diretamente a ela.

— E se ele o encontrar? — retrucou Justin. — Não — disse novamente. — Não vou arriscar, de jeito nenhum.

— Você está arriscando muito ao entregar-lhe os dois milhões de dólares assim — devolveu o tenente Renicki. — Sra. MacGregor. — Ele se virou para Anna, pensando que uma mulher, uma mãe, seria mais razoável. — Queremos sua filha de volta, íntegra, como vocês. Deixem-nos ajudá-los.

Ela lhe deu um longo e firme olhar enquanto a mão que apertava a de Justin tremeu levemente.

— Agradeço por sua preocupação, tenente, mas concordo com Justin.

— Fotografem o dinheiro — sugeriu Caine. — E vão atrás dele depois que Rena estiver segura. Por Deus, eu mesmo gostaria de acusá-lo — acrescentou ele, em um murmúrio selvagem.

— Então é melhor desejar que ele seja acusado apenas por sequestro e extorsão — não por assassinato — acrescentou cruelmente o tenente Renicki. — Ele vai mantê-la viva até receber o dinheiro. Depois disso, a sorte está lançada. Ouça, Blade — continuou, perdendo a paciência. — Você não gosta de lidar com a polícia, talvez por ter tido problemas anos atrás, mas seria bem mais inteligente lidar conosco do que com ele. — Ele esticou a mão na direção do telefone.

Com um gesto inconsciente, Justin passou a mão nas costelas. Não, pensou ele, não confiava na polícia. A lembrança daquele interrogatório sem fim, enquanto seu ferimento cicatrizava, estava marcada em sua memória. Talvez ele estivesse cometendo um erro. Talvez devesse... Seus dedos congelaram abruptamente. Cicatrizes. Sem cicatrizes!

— Ah, Deus — murmurou ele, os olhos baixando para as mãos. — Ah, meu Deus!

— O que foi? — Anna estava de pé ao seu lado, os dedos se enterrando em seu braço.

Lentamente, seus olhos se encontraram com os dela.

— Um fantasma — sussurrou ele. Depois afastou o terror, encarando o tenente Renicki. — No telefone, Serena estava tentando me dizer algo. Ela disse "sem cicatrizes". O homem que matei em Nevada me esfaqueou. Serena sabe da história.

O tenente já estava se dirigindo para o telefone.

— Você se lembra do nome dele?

Justin deu uma risada sem graça. E alguém esqueceria o nome do homem cujo assassinato lhe rendeu um processo?

— Charles Terrance Ford — respondeu. — Tinha esposa e um filho. Ela trazia o garoto ao tribunal todo dia. — Ele tinha olhos azuis, Justin se lembrou. Olhos azuis abatidos e confusos. Uma onda de enjoo surgiu, ameaçando afogá-lo.

— Beba, dessa vez — ordenou Caine, enfiando uma taça de conhaque nas mãos de Justin.

Olhando para ela, Justin negou com a cabeça.

— Café — gaguejou ele, caminhando até a cozinha. Mas não conseguia pensar. Comprimindo as palmas das mãos no balcão, tentou limpar a mente. Impotente, percebeu ele. Sentiu a mesma impotência enfurecedora que havia experimentado há tanto tempo naquela pequena cela estreita. Dezessete anos, pensou ele. Santo Deus, ele teve 17 anos para me odiar. O que fará a ela por minha causa?

— Se é tudo que pode beber, que seja — disse Caine rudemente, empurrando uma xícara de café no balcão. Ele se lembrava de Serena de pé ali, naquela manhã, os olhos rindo para ele, enquanto lidava com o fato de que ela crescera sem ele ter percebido.

— Eu sabia — disse Justin, baixinho, encarando o café. — Sabia que alguém estava atrás de mim. Sabia que ela não estava segura, mas não a obriguei ir embora.

Caine se sentou pesadamente em um banquinho.

— Conheço Rena a vida toda, amei-a a vida toda. Ninguém, absolutamente ninguém, pode obrigá-la a fazer nada.

— Eu poderia. — Justin apanhou o café e o bebeu sem realmente sentir o gosto. — Tudo o que precisava fazer era ir junto.

— E ele teria seguido vocês.

Justin bateu a xícara com força de volta.

— Sim. — A raiva limpou sua mente e desatou o nó em sua garganta. — Vou trazê-la de volta, Caine — disse, com extrema calma. — Nada nesse mundo vai me impedir de trazê-la de volta.

— O nome dele é Terry Ford — declarou o tenente Renicki, entrando na cozinha, dirigindo-se para a garrafa de café. — Marcou um voo vindo de Vegas há cinco dias; destino, Atlantic City. Teremos uma descrição em breve. Estamos conferindo todos os hotéis, motéis, condomínios, casas de aluguel na praia, mas não há como dizer se ele a está mantendo na cidade. Eu não apostaria que ele reservou um quarto no nome dele — acrescentou ele, servindo-se no açucareiro. A mãe se casou novamente há três anos. Estamos rastreando-a.

Era bom ter algo concreto com que se trabalhar — nomes, rostos. Com um grunhido satisfeito, o tenente Renicki se sentou à frente de Caine.

— Vamos apanhá-lo — prometeu. — Vocês dois deveriam tentar descansar um pouco — aconselhou ele. — É provável que ele não vá ligar novamente até de manhã.

Como nenhum dos dois respondeu, o tenente suspirou. Essa família sabe como cerrar fileiras, refletiu ele.

— Certo, sr. Blade, por que não me conta quais providências tomou para juntar o dinheiro do resgate?

— O dinheiro estará em meu escritório por volta das 8h.

As sobrancelhas espessas do tenente Renicki subiram e desceram.

— Sem problemas para reunir essa quantia?

— Não.

— Certo, diga-lhe que será às 9h. Então teremos tempo para fotografar o dinheiro em seu escritório. Assim, se ele nos escapar, poderemos apanhá-lo quando começar a gastá-lo. Gostaria que você reconsiderasse a ideia de nos autorizar colocar um rastreador em uma das malas. Posso lhe mostrar como pode ser bem disfarçado. Lembre-se — acrescentou ele, antes que Justin pudesse falar —, nossa preocupação primária é a mesma que a sua. Trazer a srta. MacGregor de volta, segura.

Pela primeira vez, Justin percebeu a fadiga nos olhos do tenente. Ocorreu-lhe que o policial não havia comido ou dormido mais do que ele mesmo. Em outra situação, ele teria acreditado naqueles olhos.

— Vou considerar — disse ele, por fim.

O tenente só assentiu e tomou o restante de seu café.

Às 6h, o telefone tocou de novo. Anna e Daniel acordaram de um cochilo no sofá. Alan ficou alerta na poltrona na qual passara a noite, acordado e insone. Caine parou na porta da cozinha, de onde voltava com mais uma xícara de café. A mão de Justin foi até o telefone. Ele estivera encarando-o por mais de uma hora.

— Blade.

— Conseguiu o dinheiro?

— Estará aqui por volta das 9h.

— Há um posto de gasolina a duas quadras do hotel, à direita. Esteja na cabine telefônica de lá às 9h15. Eu ligarei.

Terry desligou tão tenso que quase derrubou a pequena mesa. Não tinha conseguido dormir, mesmo depois que Serena tinha parado de se lamuriar. Não deveria se sentir mal por ela, pensou, esfregando as mãos nos olhos. Afinal de contas, que tipo de mulher era ela para viver com um assassino?

A mãe dele teria dito que era uma vagabunda, mas ele sentia algo nela. Classe, pensou Terry enquanto alongava os músculos endurecidos e doloridos. Ela parecia ter classe até mesmo naquele suéter com jeans quando abrira a porta para ele. E, na última noite... Ele suspirou, olhando a porta do quarto. Na última noite ela parecera tão pequena e indefesa quando se deitou na cama e chorou.

Bem, ele lamentava ser obrigado a assustá-la daquele jeito, mas ela era a melhor arma que poderia usar contra Blade. Ela não deveria ter se metido com escória como ele, relembrou Terry. Eu o mataria se pudesse, pensou Terry, mas sabia que não seria capaz fazer isso. Plantar uma bomba em um edifício e mostrar uma faca ou uma arma para um homem eram duas coisas diferentes. Uma bomba era remota, e ele foi forçado a admitir que provavelmente nunca teria a coragem para detoná-la. Mas a ameaça. Ah, a satisfação de ser capaz de manter o assassino de pai tremendo na base. Agora ele teria o dinheiro, e cada dólar que gastasse seria uma vingança contra Justin Blade.

Ele ouviu Serena se mexer e se levantou para ver como estava.

Ela estava decepcionada consigo mesma. Que bem havia feito em chorar, além de lhe dar uma dor de cabeça que martelava e olhos inchados? Precisava planejar um modo de fugir, não se afogar desolação. O braço preso na cabeceira da cama doía e formigava, devido à falta de circulação. Virando-se na cama, ela tentou esfregá-lo para fazer o sangue voltar. *Pense!*, disse a si mesma. Sempre há uma saída.

Quando a porta do quarto se abriu, sua cabeça girou. Serena assimilou o rápido arrependimento nos olhos de Terry enquanto ele a olhava. Deus, devo estar uma visão de dar pena, pensou, amargamente. Então use isso, Rena!, uma voz baixinha ordenou, impaciente. Comece a usar sua cabeça.

Ela deixou o medo emergir de novo enquanto se segurava à sua força interior desesperadamente.

— Por favor, meu braço dói. Acho que o torci durante a noite.

— Sinto muito. — Ele ficou de pé, irresoluto, no meio do quarto. — Vou arrumar um café da manhã.

— Por favor — disse ela, rapidamente, antes que ele pudesse sair. — Se eu... se eu só pudesse me sentar em uma cadeira. Estou com dor por todo o corpo de ficar deitada assim. Para onde eu iria? — perguntou ela, meio soluçando, quando ele hesitou. — Você é mais forte que eu.

— Olhe, vou levá-la para a cozinha. Se tentar algo, trago-a de volta para cá e amordaço você.

— Certo, só por favor me deixe ficar de pé por um tempo.

Terry tirou a chave do bolso e abriu as algemas. Serena afastou a urgência de correr, sabendo que não chegaria além da porta. Prendendo os dedos no braço dela, ele a puxou rapidamente pela casa.

As cortinas estavam fechadas. Poderia até estar no Alasca, pensou, frustrada. Se pudesse correr, para qual direção iria? Será que ele tem carro? Ele deve ter um carro — de que outro jeito ele me traria para cá? Se eu pudesse pegar as chaves...

— Sente-se — ordenou ele, e a empurrou para uma cadeira raquítica ao lado da mesa da cozinha. Rapidamente, ele se ajoelhou e passou as algemas no tornozelo dela e de uma perna da mesa. Tirando o cabelo dos olhos, ele se levantou. — Vou apanhar um pouco de café para você.

— Obrigada. — Os olhos dela varreram o cômodo rapidamente, buscando uma arma que estivesse ao alcance.

— Você vai estar fora daqui quando escurecer — disse-lhe Terry, servindo o café sem tirar os olhos dela. — Ele já está juntando o dinheiro. Provavelmente poderia ter pedido o dobro do valor.

— Você não vai ser feliz com ele.

— Ele vai ficar infeliz — retrucou Terry. — É o que conta.

— Terry, você está desperdiçando sua vida assim. — Ele parecia tão jovem, pensou ela. Jovem demais para ter tanto ódio guardado dentro de si. — É preciso inteligência para planejar tudo como você fez. Inteligência e habilidade. Você poderia usar isso para algo tão melhor. Se me deixar ir agora, eu posso ajudar você. Meu irmão...

— Não quero sua ajuda — disse ele entredentes. — Quero Blade. Quero que ele rasteje.

— Justin não vai rastejar — disse ela, amargamente.

— Moça, eu o ouvi ao telefone. Ele rastejaria até o inferno e de volta, por você.

— Terry...

— Cale a boca! — gritou ele, ameaçando explodir. — Passei a minha vida inteira imaginando como ia fazer Blade pagar. Tive de ver minha mãe guardar cada centavo e trabalhar em uma droga de restaurante, enquanto ele ficava cada *vez mais rico,* em vez de apodrecer em uma cela. Eu mereço o dinheiro, e vou tê-lo. — Conformada, Serena abaixou o olhar para a mesa. — Olhe, vou preparar algo para comer. Está com fome?

Ela começou a dizer que não, depois percebeu que ele simplesmente a trancaria de volta no quarto. Em vez disso, ela só assentiu, mantendo o rosto virado, tentando pensar.

Ouvindo-o cantarolar na despensa, Serena deu um puxão para testar a perna. Ela ia ter de se arriscar. Quando ele tirasse as algemas dessa vez, lutaria. Com sorte, poderia surpreendê-lo o bastante para ao menos chegar do lado de fora e conseguir a atenção de alguém. Se houvesse alguém perto o bastante para ouvi-la gritando...

Quando ergueu os olhos, Terry estava com uma grande frigideira de ferro fundido nas mãos. Sem se dar uma chance de pensar, Serena gemeu e começou a escorregar para o chão.

— Ei! — Alarmado, ele correu até ela, deixando a frigideira ao seu lado, tentando levantá-la pelos ombros. — O que foi? — ele quis saber. — Está doente?

— Acho que vou desmaiar — disse ela, com um fio de voz, fechando os dedos no cabo da frigideira. Ela ficou mole, até que o rosto dele se inclinou sobre o seu. Usando toda sua força, ela bateu a frigideira contra a lateral da cabeça dele. Terry caiu como uma pedra.

Primeiro, Serena ficou imóvel, tentando recuperar o fôlego que ele tirara dela quando caiu sobre seu corpo. Depois teve um momento de terror, pensando se o matara. Saiu de baixo dele depois de muita luta e sentiu seu pulso.

— Graças a Deus — murmurou ela, sentindo o pulso. Rapidamente, ela se moveu até que conseguisse alcançar a chave no bolso dele. A mãe dele era quem merecia aquela pancada, pensou ela enquanto se soltava. O pobre garoto nunca teve uma chance.

Levantando-se, ela considerou suas opções. Poderia correr como o diabo, mas a chance era que ele a alcançaria. Não, primeiro ela precisava garantir que ele ficaria preso.

Serena enfiou as algemas no bolso traseiro de seu jeans e começou a arrastá-lo para o quarto. Ele não era um homem grande, mas quando começou a cruzar a sala, inclinada e puxando-o pelos ombros, ela descobriu que sua força não estava ao máximo. Quando o passou pela porta, estava respirando com dificuldade e pingando de suor.

Descansando contra a moldura da porta, ela decidiu que nunca seria capaz de puxá-lo para cima da cama. Em vez disso, deixou-o esticado no chão, preso aos pés da cama com as algemas.

Ela tropeçou a caminho do telefone com uma fraqueza que dessa vez não foi fingida. Ocorreu-lhe que ela mal comera em dois dias. Isso podia esperar, ela disse a si mesma, balançando a cabeça para pensar melhor. Não ia desmaiar agora. Rapidamente, levantou o fone e fez a ligação.

Depois de um rápido banho e de trocar as roupas, Justin voltou à sala. Anna estava pedindo que Daniel comesse, ainda que ela mesma não tivesse tocado nada em seu próprio prato. Ergueu os olhos quando Justin entrou.

— Vamos fazer um jantar de família essa noite — disse-lhe, com um sorriso valente. — Rena adora a bagunça que fazemos. — Ele viu as lágrimas inundarem seus olhos e serem afastadas, quando Anna piscou rapidamente.

Pela primeira vez, desde que a conhecera, Justin foi até ela e a abraçou.

— Por que você não desce e fala com o *chef*? Ele vai preparar o que você quiser.

Ele sentiu o tremor dela, e seus dedos se enterraram nas costas dele.

— Sim, farei isso. Tome cuidado — sussurrou ela. — Tome cuidado, Justin.

Quando o telefone tocou, ela pulou, depois se afastou. O rosto dela era uma máscara de controle.

— Ele não deveria ligar de novo.

— Ele provavelmente quer ter certeza que nada vai dar errado. — Com a cabeça latejando, Justin apanhou o telefone. — Blade.

— Justin.

— Serena! — Ele ouviu Anna se engasgar atrás de si. — Você está bem?

— Sim, sim, estou bem. Justin...

— Tem certeza? Ele não a machucou? Não achei que ele a deixaria ligar de novo.

Ela controlou sua impaciência e falou baixo.

— Ele não teve escolha — disse-lhe ela. — Ele está inconsciente e algemado aos pés da cama.

— O quê? — Caine agarrou o braço dele, mas Justin o afastou. — O que você disse?

— Disse que eu o nocauteei e o algemei aos pés da cama.

Algo disparou dentro dele, algo que ele não reconheceu. Era alívio. Ele saiu em uma explosão de riso.

— Deus sabe por que eu estava preocupado com você — disse ele, afundando no sofá. Erguendo os olhos, viu quatro pares de olhos ansiosos. — Ela o nocauteou e o algemou aos pés da cama.

— Isso que é uma MacGregor! — explodiu, Daniel, e balançou Anna em seus braços. — Com o que ela o atingiu?

— É meu pai? — Serena quis saber.

— Sim. Ele perguntou com o que você o atingiu.

— Uma frigideira de ferro. — Ela percebeu que as pernas tremiam e se sentou no chão.

— Uma frigideira — retransmitiu Justin.

— Essa é minha garotinha! — Daniel beijou Anna com exuberância, depois pousou a cabeça nos ombros dela e chorou.

— Justin, você poderia vir me buscar? — quis saber Serena. — Eu tive uma noite realmente apavorante.

— Onde você está?

— Eu não sei. — Na medida em que a reação tomou conta dela, ela enterrou o rosto nos joelhos. Não desmorone, ordenou-se. Não desmorone agora. Podia ouvir Justin chamando-a pelo telefone e engoliu as lágrimas. — Espere um pouco, deixe-me abrir as cortinas e ver se consigo ver onde estou. Fale comigo — pediu ela, levantando-se. — Só continue falando comigo.

— Sua família está toda aqui — disse ele, ouvindo uma ponta de histeria na voz dela. — Sua mãe quer que jantemos juntos essa noite. O que você quer comer?

— Um cheeseburguer — disse ela, abrindo a primeira cortina. — Ah, Deus, eu adoraria comer um cheeseburguer e um monte de champanhe. Acho que estou a leste da cidade, perto da praia. Há algumas casas pré-fabricadas mais abaixo, na estrada. Nunca estive nessa região. — Ela mordeu o lábio com força para impedir que a voz falhasse. — Não sei onde estou.

— Serena, me dê o número do telefone. Vamos rastreá-lo. — Justin rabiscou-o rapidamente enquanto ela o lia. — Já estarei aí, aguente só um pouco.

— Eu vou, estou bem de verdade. — De algum modo, deixar a luz entrar na sala ajudou. — Só se apresse. Diga a todos que estou bem, para não se preocuparem.

— Serena, eu amo você.

As lágrimas brotaram de novo.

— Venha me mostrar — disse ela, antes de desligar.

Justin entregou o pedaço de papel ao tenente Renicki.

— Descubra onde ela está.

Com um aceno, o tenente começou a fazer uma chamada no telefone.

— Derrubou-o com uma frigideira, não é? — Ele deu uma risada rápida e de apreço. — Deve ser uma mulher e tanto.

— Ela é uma MacGregor — disse-lhe Daniel, depois assoou o nariz, emocionado.

— Uma pequena casa de frente para o mar a leste da cidade — disse o tenente Renicki alguns minutos depois, encaminhando-se para a porta. — Você vem? — perguntou a Justin.

Justin lançou-lhe um olhar suave.

— Todos iremos.

Serena ficou parada na porta, que estava aberta, embora tremesse no vigoroso ar da manhã. Fazia menos de 24 horas, percebeu ela. Parecia que fazia dias desde que ela vira a luz do sol. A grama ainda estava molhada da chuva da noite. Como era possível que nunca havia notado quantas cores havia em uma gota de água em uma folha de grama?

Então viu os carros. Como uma procissão, pensou ela, e desejou intensamente chorar de novo. Não, ela não ia receber Justin com lágrimas escorrendo pelo rosto. Endireitando os ombros, ela saiu no deque para esperar.

Ele parou na frente de dois carros de polícia. O carro ainda estava parando e ele já tinha saído, correndo para ela.

— Serena. — Com os braços em volta dela, tirando-a do chão, enquanto a esmagava contra si. Com o rosto enfiado na garganta dele, ela o ouviu dizer seu nome sem parar. — Você está bem? — quis saber ele, mas antes que pudesse responder, os lábios dele estavam colados aos dela.

Ora, ele está tremendo, percebeu ela, e se agarrou mais ainda a ele. Para assegurá-lo que estava bem, ela colocou todo amor e calor que tinha no beijo.

— Você está congelando — murmurou Justin, sentindo o frio da pele dela sob suas mãos. — Aqui, pegue meu casaco. — Quando começou a tirá-lo, Serena apanhou seu rosto nas mãos.

— Ah, Justin — sussurrou ela, e acariciou as linhas de dor no rosto dele. — O que ele fez com você?

— Agora, deixe-me dar uma olhada nela. — Daniel a apanhou pelos ombros, depois passou as mãos largas por seu rosto. — Então o derrubou com uma frigideira, não é, menininha?

Vendo os olhos avermelhados, Serena o beijou com força.

— Ela estava à mão — disse-lhe ela. — Não vá me dizer que estava preocupado comigo? — quis saber ela, como se estivesse insultada.

— É claro que não. — Ele deu uma fungadela exagerada. — Uma filha minha pode tomar conta de si mesma. Sua mãe, ela estava preocupada.

O tenente Renicki observava, enquanto Serena passava de um membro da família para outro. Ele pretendia manter Justin sob vigilância quando Terry Ford fosse trazido para fora.

— Vamos precisar de seu depoimento, srta. MacGregor — disse ele, movendo-se casualmente para ficar ao lado de Justin.

— Não agora.

Ele concordou com as palavras de Justin com um simples aceno.

— Se pudesse vir à delegacia mais tarde hoje, depois de descansar. — Sentiu que Justin estava tenso, e preparando-se, observou enquanto Terry era trazido para fora por dois oficiais uniformizados.

— Calma, sr. Blade — murmurou ele. — Sua garota já passou por muita coisa, o bastante para um dia.

Terry ergueu a cabeça. Justin se lembrava daqueles olhos. Os olhos pálidos e ansiosos que ele vira todos os dias no tribunal. Ele não tinha mais do que 3 anos, pensou Justin. Um bebê. Sentiu a mão de Serena se unir à sua, enquanto a raiva escoava dele. Enquanto conduziam Terry para o carro, ele continuava a olhar para Justin por sobre o ombro.

— Lamento por ele — murmurou Serena. — Lamento tanto por ele.

Justin a puxou para seus braços.

— Eu também.

— Alguns de meus homens vão revistar a casa — disse o tenente Renicki, energicamente. — E peço que a senhorita venha à delegacia quando for conveniente, srta. MacGregor.

— Venha, vamos levar a garota de volta — declarou Daniel, dando um passo na direção dela.

— Justin vai levá-la. — Anna apanhou o braço dele e o virou na direção do segundo carro de polícia. — O resto de nós vai voltar e planejar o jantar.

— Ela nem está com sapatos nos pés — explodiu Daniel, sendo empurrado para dentro do carro.

— Ela vai ficar bem — disse Alan, sentando-se no banco da frente. Ele percebeu que estava faminto.

— Certo, ela vai ficar bem — concordou Caine, depois se inclinou para a orelha do pai. — Vou lhe comprar um charuto se você ficar quieto.

Daniel olhou na direção da esposa e se acomodou.

— Ela vai ficar bem — concluiu ele.

— Venha. — Justin abotoou o casaco até a garganta de Serena. — Vou levar você de volta.

— Vamos andar na praia. — Ela passou o braço na cintura dele. — Realmente preciso andar.

— Você está descalça — observou ele.

— É o melhor modo de andar na praia. Você não dormiu — comentou ela, enquanto caminhavam até a areia.

— Não. Mas parece que eu poderia ter descansado facilmente. — Ele queria apertá-la contra si, mas ela era real, com certeza. Tentando manter o braço leve sobre os ombros dela, Justin roçou os lábios sobre o topo de sua cabeça.

— Odiei ter de machucá-lo — ponderou ela. — Mas não podia ter certeza de como ele reagiria uma vez que o visse cara a cara. Tanto ódio trancado dentro daquele menino, Justin. É tão triste.

— Tirei algo essencial da vida dele. Ele tirou algo essencial da minha. — Justin parou, abraçando-a com força enquanto olhava o mar. — Estou surpreso que ele tenha pedido tão pouco dinheiro.

— Pouco? — Ela levantou uma sobrancelha para ele. — Para muita gente, dois milhões é uma quantia indecente.

— Por algo inestimável? — Ele apanhou o rosto dela nas mãos, depois abaixou a boca até a dela. Então, com um tremor, a puxou para perto e beijou seus lábios. — Serena. — A boca de Justin correu o rosto dela, descansando novamente sobre seus lábios. — Não tinha certeza que algum dia voltaria a abraçar você. Tudo o que eu podia pensar era no que ele poderia ter feito a você... e no que eu faria com ele quando o encontrasse.

— Ele não teria me machucado. — A violência estava borbulhando nele de novo, então ela o acalmou com as mãos e lábios. — A razão pela qual foi tão fácil fugir foi porque ele não queria fazer mal algum a mim.

— Não, era a mim...

— Justin. É o bastante! — Ela o afastou, e seus olhos foram subitamente tocados pela raiva. — Você não provocou isso. Não vou ouvi-lo tentar assumir a culpa. O que houve hoje começou há muito tempo com bebidas e intolerância. Agora está acabado. Deixe o passado em paz.

— Imagino por que senti falta de seus gritos comigo — murmurou ele, depois puxou-a novamente.

— Masoquista. Você sabe... — Ela se aninhou a ele por um momento — tive algum tempo para pensar em nossa relação.

— Ah, sim?

— Sim, acho que precisamos redefinir as regras gerais.

Confuso, ele a afastou.

— Não sabia que tínhamos regras.

— Tenho pensado. — Ela andou pela arrebentação e, ao descobrir que a água estava congelando, voltou atrás.

— E...? — Cansado, ele a pegou pelos ombros e virou-a para encará-lo.

— E não acho que a situação atual é muito prática.

— Em que sentido?

— Acho que deveríamos nos casar — disse ela, objetivamente.

— Casar? — Pensativo, Justin a encarou. Ela estava de pé, descalça na areia gelada, vestindo um casaco muitos tamanhos maior do que ela, com o cabelo embaraçado e armado, calmamente lhe dizendo que eles deveriam se casar. Uma hora depois que tinha nocauteado um suposto sequestrador com uma frigideira de ferro. Não foi, descobriu ele, exatamente como havia imaginado. Justin imaginara pedi-la ele mesmo, quando estivessem em um quarto na penumbra, aquecidos e logo depois de terem feito amor. — Casar? — repetiu ele.

— Sim, ouvi dizer que as pessoas ainda fazem isso. Agora, estou querendo ser racional.

— Está sim. — Ele assentiu, imaginando qual era a ideia dela.

— Já que é minha sugestão, vamos fazer a seu modo. — Enfiando a mão no bolso, ela tirou uma moeda.

Justin riu e esticou a mão para tirá-la dela.

— Serena, realmente...

— Ah, não, minha moeda, minha aposta. Cara, nos casamos; coroa, não nos casamos. — Antes que ele pudesse falar outra palavra, ela girou a moeda no ar, e a apanhou. Ela a bateu nas costas da mão, e depois o esticou para que ele visse. — Cara.

Ele a espiou. Enfiando as mãos nos bolsos, Justin levantou os olhos para ela.

— Parece que eu perdi.

— Parece mesmo. — Serena enfiou a moeda de duas caras de volta no bolso.

— E que tal melhor de três?

Uma chama de fúria iluminou os olhos dela.

— Esqueça — disse-lhe ela, e começou a atravessar a areia. Ela deu um gritinho quando Justin a apanhou nos braços. — Se acha que você vai se esquivar... — começou ela, depois suspirou de prazer quando ele a silenciou.

— Nunca me esquivo — prometeu ele, mordiscando o lábio dela quando começou a conduzi-la de volta ao carro. — Deixe-me dar uma olhada naquela moeda.

Quando ela passou os braços em torno do pescoço dele, seus olhos riam.

— Sobre o meu cadáver.

Publisher
Omar de Souza

Gerente Editorial
Mariana Rolier

Assistente Editorial
Tábata Mendes

Copidesque
Mariana Oliveira

Revisão
Luiz Werneck

Diagramação
Laura Arbex | Ilustrarte Design e Produção Editorial

Design de capa
Osmane Garcia Filho

Este livro foi impresso em São Paulo, em 2017,
pela RR Donnelley, para a Harlequin.
A fonte usada no miolo é Adobe Caslon Pro, corpo 11/15,2.
O papel do miolo é Avena 80g/m2, e o da capa é cartão 250g/m2.